rororo

rororo

Sofie Cramer stammt aus der Lüneburger Heide, geboren wurde sie 1974 in Soltau. Zum Studium der Germanistik und Politik ging sie zunächst nach Bonn, später nach Hannover. Nach ihrer Zeit als Hörfunk-Redakteurin machte sie sich selbständig. Sie lebt in Hamburg, am Waldrand, arbeitet als freie Drehbuchautorin und entwickelt Film- und Fernsehstoffe. Seit ihrem Überraschungserfolg «SMS für dich» hat sie bereits mehrere Romane unter dem Pseudonym Sofie Cramer geschrieben. Der Roman «SMS für dich» wird von und mit Karoline Herfurth verfilmt und kommt 2016 in die deutschen Kinos. Weitere Rollen übernehmen Friedrich Mücke, Katja Riemann und Nora Tschirner. Mehr über die Autorin und ihre Schreibworkshops unter www.sofie-cramer.de.

Sofie Cramer

Der Himmel kann warten

Roman

Rowohlt Taschenbuch Verlag

Originalausgabe

Veröffentlicht im Rowohlt Taschenbuch Verlag,

Reinbek bei Hamburg, Januar 2016

Umschlaggestaltung any.way, Barbara Hanke/Cordula Schmidt

Umschlagillustration Jutta Bücker

Satz Dolly PostScript (InDesign) bei

Pinkuin Satz und Datentechnik, Berlin

Druck und Bindung CPI books GmbH, Leck, Germany

ISBN 978 3 499 27143 4

Für meinen
Lieblingsonkel

Prolog

magic moments

mit dem leben in der hand
wollt ich schreiend um mich schmeißen,
du warst mir noch unbekannt,
in mir schien ich zu zerreißen.

spürte wut und hass und leere,
wusste nicht, wohin, wozu,
doch plötzlich wich die lebensschwere,
denn, lovely lilly, dann kamst du.

und spieltest mir auf deinen saiten
das lied vom leben, voll magie,
drum nimm mich, lass mich dich begleiten
in unsere welt der phantasie.

lass uns die sterne einzeln küssen
und sonnenstrahlen glücklich trinken,
lass uns nie wieder etwas müssen,
im ineinander sanft entsinken.

und zeig mir weiter deine saiten,
dein lied vom leben, voll magie,

damit sie unsere seelen weiten
in unserer welt der phantasie.

so leg ich mich in deine träume,
mein herz, das leg ich mit dazu,
geleite dich hin zu den bäumen,
beschütz dich bis zur letzten ruh

und zeig dir ewig meine saiten,
mein lied voll sehnsucht und magie,
das soll dich sternennah begleiten
*in unsere welt der phantasie.**

Lilly

Ich liebe den Regen, dachte Lilly, als sie aus dem Fenster in den weitläufigen Garten blickte. Bei Regenwetter fühlte sie sich so schön normal. Denn was taten normale Menschen in ihrem Alter sonst, als bei Regen drinnen zu hocken und ihre kostbare Zeit vor irgendeinem Display totzuschlagen?

Lilly hatte sich wie so häufig in ihrem Zimmer in den übergroßen Sitzsack aus lila Samt gelümmelt und stöberte im Internet nach neuen Büchern. Gute Lektüre würde ihr vielleicht den Einstieg in die öden Sommerferien erleichtern. Denn Pläne hatte sie keine.

Während ihre Freunde drauf und dran waren, nach zwölf Jahren Schule endlich die Welt zu erobern, wurde Lillys Welt immer kleiner. Zwar hatte auch sie das Abitur frisch in der Tasche, dazu als Jahrgangsbeste. Doch was sollte sie schon damit anfangen? Sie würde nicht wirklich etwas davon haben.

«Haste schon gesehen?»

Lilly erschrak fürchterlich und starrte ihre Schwester entgeistert an, die, ohne anzuklopfen, in ihr Zimmer gepoltert war.

«Die Bilder sind online!»

Lilly stöhnte. «Welche Bilder?»

Es interessierte sie nicht. Überhaupt fand sie ihre drei Jahre jüngere Schwester einfach nur nervig. In ihrem Grufti-Outfit, mit dem dicken, schwarzen Lidstrich hinter der dunkel geränderten Brille und dem strengen Zopf sah Laura aus wie der Tod persönlich. Sehr zum Leidwesen ihrer Eltern trug die jüngere der beiden Heinemann-Töchter grundsätzlich nur Schwarz. Selbst ihre naturblonden Haare färbte sie schwarz, was die Mutter beim ersten Mal an den Rande des Wahnsinns getrieben hatte.

Lilly dagegen war schon immer angepasster gewesen. Sie lernte fleißig für die Schule, griff freiwillig zum Cello und ließ sich nicht auf Drogen, Computerspiele oder Männer ein. Auch bestand nie Gefahr, wie Laura in eine schwarze Phase abzudriften.

Trotzdem war Lilly das eigentliche Sorgenkind in der Familie.

«Na, vom Abiball», entgegnete Laura verständnislos. Sie trat zu Lilly, riss ihr den Laptop aus der Hand und ließ sich damit auf der Bettkante nieder.

«Guck mal hier!», befahl sie, sodass Lilly gezwungen war, sich aus dem Sitzsack zu hieven und neben die Schwester zu setzen.

Das Foto, das Laura zur Vergrößerung angeklickt hatte, zeigte Lillys beste Freundin Natascha zusammen mit einem Typen.

«Das ist doch Basti», sagte Laura.

Lilly wunderte sich, dass ihre Schwester den Kerl kannte. Basti war ein ehemaliger Schüler ihrer Schule, dem größten Gymnasium Lüneburgs. Es war nicht weiter verwunderlich, dass auch Absolventen der Vorjahre zum Abiball kamen. Ungewöhnlich war nur, dass Basti seinen Arm um Natascha gelegt hatte und sie durch ein glückliches Grinsen verriet, wie gut ihr dies gefiel. Bislang war er nur der Kumpel von Nataschas älterem Bruder gewesen. Aber das auf dem Bild sah eindeutig anders aus.

«Was haben die bitte am Laufen?», fragte Laura neugierig und wollte sich schon weiter durch die Galerie der bunten Partyfotos auf der Seite klicken. Aber Lilly nahm ihr den Laptop wieder ab.

«Das geht dich gar nichts an!»

Am liebsten hätte sie ihre Schwester einfach zurück auf den Flur geschoben. Auf keinen Fall wollte sie sich anmerken lassen, wie enttäuscht sie war. Lilly hatte den Abiball frühzeitig verlassen müssen und nicht mehr mitbekommen, wie ausgiebig offensichtlich noch gefeiert worden war. Aber Natascha hatte in den Tagen danach auch nichts Besonderes mehr erwähnt und Lilly nur mit den Worten getröstet: «Du hast echt nichts verpasst.»

«Also doch», stichelte Laura. «Die haben was miteinander!»

Lilly zuckte nur mit den Schultern.

«Na ja, das hält eh nicht lange», prophezeite Laura und schlug hinter sich die Tür zu.

Typisch Laura! Dabei war es noch gar nicht so lange her, dass die beiden Schwestern viel Zeit zusammen verbracht hatten. Wie oft hatten sie gemeinsam Musik gemacht: Lilly auf dem Cello und Laura am Klavier.

Lilly zog sich wieder in ihre Leseecke zurück. Das Knirschen des Sitzsacks erinnerte sie an das Innenleben von Kuscheltieren. Es klang nach unbeschwerter Kindheit, nach einer Zeit, als die Welt noch in Ordnung war.

Nicht ein einziges, dachte Lilly traurig, als sie sich tapfer bis zum letzten Foto des Abiballs durchgeklickt hatte. Und mit einem Mal fühlte sie sich seltsam verloren. Noch einmal rief sie die Startseite der Schule auf, um sicherzugehen, nicht doch ein Album ihres Abijahrgangs übersehen zu haben. Doch sie hatte alle rund 200 Bilder des wichtigsten Ereignisses des Jahres betrachtet – und keines zeigte sie.

Zum Glück hatte ihre Mutter ein paar Aufnahmen gemacht, bevor sie zusammen zum Fest aufgebrochen waren. Es gab auch ein paar Gruppen-Selfies auf ihrem eigenen Handy. Und doch löste es in Lilly eine starke Beklemmung aus, dass der eigens angeheuerte Fotograf sie als Einzige nicht für die Ewigkeit festgehalten hatte. War das ein Omen? Womöglich hatte er sie bloß für eine Verwandte gehalten und nicht für eine der achtzig Hauptpersonen. Schließlich hatte sie nicht getanzt und auch nichts auf der Bühne aufgeführt. Außerdem war sie als Erste wieder heimgefahren, weil die Anstrengungen der vergangenen Wochen deutliche Spuren hinterlassen hatten. Auch bei ihren Eltern. Und Lilly wusste nur zu gut, dass die beiden nicht ohne sie gefahren wären. Kein Auge würden sie zumachen, ehe die älteste Tochter nicht sicher in ihrem Bett lag. Also hatte sich Lilly gegen Mitternacht kurzerhand entschlossen, der unausgesprochenen, aber in den Augen ihrer Mutter deutlich ablesbaren Bitte nachzukommen und sich ihren Eltern und Laura beim Aufbruch anzuschließen. Unter anderen Umständen wäre sie vielleicht noch länger geblieben, aber sie war eben schon ziemlich kaputt.

Und so gab es eigentlich auch keinen Grund, sich zu wundern, dass es für die Nachwelt so aussehen musste, als hätte es sie nie auf diesem Abiball gegeben. Dabei hätte sich Lilly ausnahmsweise sicher gut gefallen auf einem Foto. Sie trug eine aufwendige Hochsteckfrisur und das hellblaue Chiffonkleid, das ihre Eltern eigens für den großen Tag spendiert hatten. Es war weit genug, um ihre spitzen Knochen in weibliche Rundungen zu verwandeln, und so geschickt ausgeschnitten, dass Lillys Narbe nicht zu sehen war. Dank eines Push-up-BHs hatte sie sogar ein annehmbares Dekolleté vorzuweisen.

Lilly klappte den Laptop zu und betrachtete das Kleid, das auch ein paar Wochen später noch immer an der Außenseite ihres Schranks hing. So konnte sie es jeden Tag bewundern. Ob sie jemals wieder eine Gelegenheit haben würde, es anzuziehen?

Sie stand auf und nahm das knielange Kleid, das auf einem vornehmen, mit Samt bezogenen Bügel hing, in die Hand. Dann hielt sie es an ihren zarten Körper und sah in den Spiegel. Aber es war nicht das gleiche Strahlen, welches sie am Tag des Abiballs umgeben hatte. Heute war ihr Blick leer. Seit die Schulzeit offiziell zu Ende war und bereits etliche Freunde die Stadt verlassen hatten, fühlten sich Lillys Tage unerträglich leblos an.

Es schnürte Lilly den Hals zu. Sie hatte wirklich Angst vor den großen Ferien. Denn es waren keine wie sonst. Nie wieder würde sie mit ihrer alten Mädchenclique auf dem Schulhof zusammenstehen und über die Lehrer lästern oder einen ganzen Tag lang auf der Wiese des Freibads verbringen. Sie würde langsam, aber sicher den Kontakt zur Außenwelt verlieren, zu den «normalen» Menschen. Aber zum Glück hatte sie Natascha! Ihre Freundin ahnte wohl, wie sehr Lilly die Aussicht auf diese nie mehr endenden Sommerferien bedrückte. Jedenfalls hatte Natascha angekündigt, am Wochenende mit ihr einen Ausflug zu unternehmen. Noch zwei Tage! Lilly befürchtete, bis dahin einzugehen. Vor Langeweile, weil ihre Eltern sie am liebsten gar nicht aus dem Haus ließen.

Natürlich durfte Lilly das Haus verlassen, aber nur, wenn ihr Vorhaben garantierte, dass es für sie nicht zu kräftezehrend war. Außerdem musste sie immer einen Notrufknopf an einem Schlüsselband um den Hals tragen. Wie ein Hund sein Halsband, hatte Natascha gewitzelt, als Lilly ihr das Plastikding zum ersten Mal gezeigt hatte. Natascha hatte ihr kurz darauf eine Kette mit riesigen bunten Perlen geschenkt, ein echtes «statement piece» wie sie sich ausdrückte. Die sollte Lilly tragen, um das Notrufhalsband darunter zu verstecken. Es tat so gut, eine Freundin wie Natascha zu haben, die einen auch im größten Kummer noch aufmuntern konnte. Eine Freundin, der nichts peinlich war und die sich nicht abschrecken ließ von Lillys schwächer werdendem Zustand.

Trotzdem war Lilly viel alleine auf ihrem Zimmer. Zu viel. Manchmal hatte sie das Gefühl, seltsam zu werden. Sie führte Selbstgespräche und verbrachte an einigen Tagen mehr Zeit im Internet als mit ihrem geliebten Cello. Cello spielen war ihre große Leidenschaft, und das durfte sie immerhin noch eine halbe Stunde pro Tag. Ansonsten blieb ihr nicht wirklich viel von der realen Welt da draußen, außer dem wöchentlichen Besuch in ihrem Lieblingscafé oder in der Stadtbücherei. Das waren sie schon, ihre wöchentlichen Highlights. Auch Shoppen gehörte nicht mehr dazu, weil es zu anstrengend war, stundenlang durch die Läden zu laufen. Lilly wusste nur zu gut, dass es auch für Natascha kein Vergnügen war, ihre Shopping-Begleitung zu sein. Zwar war ihre Freundin unschlagbar darin, die passenden Teile für Lilly herauszusuchen und sie in der Kabine mit gefühlt hundert angesagten Outfits zu überhäufen. Doch dauerte es meist nicht lange, bis Lilly schwindelig wurde oder ihre Beine anschwollen wie Marshmallows. Wie glücklich war sie gewesen, als sie bei der Suche nach einem Ballkleid schon im ersten Geschäft fündig geworden waren, einschließlich gefährlich hoher Peeptoes.

Der nächste besondere Anlass, ihr Outfit noch einmal zu tragen, wäre wohl der Abiball ihrer Schwester in drei Jahren. Doch es war ganz und gar ungewiss, ob Lilly diesen Tag noch erleben würde.

Len

Verdammter Mist!», schrie Len und sprang wie ein tollwütiges Eichhörnchen durch die Werkstatt.

Sein Chef Manni sah erschrocken auf und kam sofort herangeeilt: «Was ist los? Noch alles dran?»

Doch seine Worte wurden von Lens Gejammer über seinen schmerzenden Daumennagel übertönt.

«Hast du mir einen Schrecken eingejagt!»

Als er sich vergewissert hatte, dass sein Schützling keinen ernsthaften Schaden genommen hatte, klopfte Manni ihm freundschaftlich auf die Schulter und widmete sich wieder seinen Balken in der Kantenschleifmaschine.

Len fluchte leise weiter. Das war schon das zweite Mal an diesem Tag, dass er mit dem Hammer danebengehauen hatte! Höchste Zeit für eine Zigarettenpause, dachte er und gab seinem Meister ein Zeichen, dass er sich für ein paar Minuten verdünnisieren würde.

Er schob sich durch den schmalen Gang zwischen der langen Werkbank und einem Stapel Sperrholzbrettern zur kleinen Veranda. Sie lag wie eine kleine Oase der Ruhe eingebettet zwischen der Maschinenhalle und dem Holzlager, an dessen Wand riesige Efeupflanzen rankten. Davor stand eine massive Bank, die Len gleich zu Beginn seiner Ausbildung gezimmert hatte, und ein Tisch aus umgedrehten, leeren Bierkästen mit einer Holzplatte obendrauf.

Gerade als er sich gesetzt, eine Lucky Strike angezündet und den ersten Zug tief inhaliert hatte, hörte Len, wie die Kreissäge ausgeschaltet wurde. Er musste grinsen. Denn das bedeutete, sein Chef würde ihm folgen und sicher wieder bei ihm schnorren.

Ehe Manni fragen konnte, hielt Len ihm eine Zigarette hin und gab ihm Feuer.

«Solange du hier arbeitest, werde ich es nie schaffen, von dem Dreckszeug loszukommen», beschwerte sich Manni und schubste Len unsanft zur Seite. Doch seine sympathischen, hellblau leuchtenden Augen verrieten, dass er eigentlich keine Lust hatte, tatsächlich mit dem Rauchen aufzuhören. Und dass er Lens Gegenwart sehr zu schätzen wusste.

Er hatte ein faltiges, sonnengegerbtes Gesicht, sah aber extrem lässig aus mit seinem schlichten Jeans-T-Shirt-Wuschelfrisur-Stil und seiner Kutte, die er an kälteren Tagen auch in der Werkstatt trug.

Mit einem tiefen Seufzer ließ Manni sich neben seinen Lehrling sinken.

«*Du* bist doch das schlechte Vorbild für mich», witzelte Len. «Ich meine, ein tätowierter Chef, der ‹Louder than hell› auf seinem Arm stehen hat, weil er Heavy-Metal-süchtig ist … Also, wenn das mein Alter wüsste.»

«Du kannst ihm doch eh nichts recht machen, oder?»

Statt zu antworten, schloss Len die Augen, um die kräftigen Strahlen der Junisonne auszukosten, die sich nach tagelanger Pause endlich wieder blickenließ.

Er mochte Manni sehr, was sicher damit zu tun hatte, dass seine Eltern ihn gleich zu Beginn in eine Schublade gesteckt hatten, aus der es kein Entkommen mehr gab. Jedenfalls hatten sie ihm seit der ersten und letzten Begegnung keine Chance gegeben, ihn näher kennenzulernen. Und das bloß, weil er harte Musik liebte und die alljährliche Pilgerfahrt nach Wacken zum Höhepunkt des Jahres erklärte. Auch dieses Jahr würde er sicher wieder auf das Metal-Festival in Norddeutschland fahren. Manni hatte sogar eine Art Zeitleiste in die Bank geritzt, um sich täglich daran zu erfreuen, dass das Großereignis immer näher rückte.

«Erzähl», sagte Manni, um das allmorgendliche Update über das leidige Dauerthema Elternzoff zu eröffnen, «hat dein Vater sich wieder eingekriegt?»

Len seufzte, als er an den letzten Streit denken musste. Wie so oft in den vergangenen Monaten hatten sein Vater und er sich so lange angeschnauzt, bis Len es nicht mehr ertragen konnte. Fluchtartig hatte er sein Elternhaus verlassen und sich in der Tischlerei verschanzt.

Mannis Reich war Lens Schutzburg. Hier fühlte er sich wohl, hier wurde er nicht ständig kritisiert, hier wurde er gefordert *und* gefördert. Außerdem war es wirklich ein Segen, dass die Werkstatt auf der anderen Seite des Rheins lag. Als Len vor knapp zwei Jahren seine Lehre zum Tischler begonnen hatte, dauerte es nicht lange, bis ihm das Pendeln mit Bus und Bahn von Kerpen zu Mannis Schreinerei im östlichsten Zipfel von Köln zu nervig und zu teuer geworden war.

Als im vergangenen Winter die Situation zu Hause eskalierte, bot Manni ihm an, den hinteren Teil seiner Werkstatt als Refugium zu nutzen. Kostenlos. Dort lag eine kleine Abstellkammer mit Küchenzeile sowie ein winziges Bad. Len baute die Räumlichkeiten nach und nach um, holte seine wichtigsten Sachen rüber und richtete sich, so gut es ging, ein. Auf einen Fernseh-

oder WLAN-Anschluss musste er seitdem zwar verzichten, dafür hatte er aber seine eigenen vier Wände. Er nannte es sein Luxusloft. Ein Platz, an dem er sich in seiner freien Zeit ungestört aufhalten und mit seiner Gitarre beschäftigen konnte.

Die Streitigkeiten mit seinem Vater fielen seitdem nicht weniger heftig aus, aber immerhin weniger häufig. Wann immer es Len schlechtging, machte er es sich auf seinem selbstgezimmerten Futon gemütlich und komponierte weiter an seinen Songs herum. Stundenlang zupfte er an den Saiten herum und variierte Akkorde, bis sie es verdienten, auf Notenpapier festgehalten zu werden. Und wenn es eine richtig gute Melodie war, versuchte sich Len sogar an einem passenden Text. Meist fielen die Zeilen viel zu gefühlsduselig und traurig aus, um sie laut zu singen. Aber die Musik machte etwas mit ihm. Sie heilte seine Wunden ein Stück weit.

«Du willst also nicht drüber sprechen?» Manni riss ihn aus seinen Gedanken.

Len winkte resigniert ab. «Ach, es ist doch immer die gleiche Ansage. Ich soll mein Leben nicht vergeuden und mehr draus machen ... bla, bla, bla.» Gedankenverloren strich er über das schwarze Schweißband an seinem linken Handgelenk.

Manni nickte verständnisvoll und nahm einen kräftigen Zug. «Was soll denn so schlecht daran sein, wie du dein Leben lebst?»

Len zuckte mit den Schultern. Zum Leben zu wenig, zum Sterben zu viel, kam ihm in den Sinn. So oder so ähnlich fühlte es sich jedenfalls an.

«Mein alter Herr», fügte Manni hinzu, «wäre froh gewesen, wenn ich meinen Weg so straight gegangen wäre wie du.»

Es sollte aufmunternd gemeint sein, da war sich Len sicher.

Trotzdem kam es ihm nicht richtig vor. Er hatte schon so viel falsch gemacht in seinem jungen Leben.

«Ich weiß nicht, was daran *straight* sein soll, die Schule abzubrechen und mit zwanzig immer noch keinen Plan vom Leben zu haben», sagte er.

Manni erhob sich, drückte den glimmenden Zigarettenstängel in einem improvisierten Aschenbecher aus und klopfte Len auf die Schulter.

«Ich wäre stolz auf dich, wenn du mein Sohn wärst. Ehrlich! Was geschehen ist, ist geschehen.»

Damit verschwand sein Chef nach drinnen. Len blickte ihm noch einen kurzen Moment hinterher, dann ließ er müde seinen Kopf sinken. Kurze Zeit später war wieder das Kreischen der Kreissäge bis auf die Veranda zu hören.

Nur noch eine Woche, dachte Len, dann würde der schlimmste aller Jahrestage zum zweiten Mal über ihn hereinbrechen. Je näher der Tag kam, desto unwohler fühlte er sich in seiner Haut. Und er hatte absolut keinen Schimmer, wie er ihn überstehen sollte.

Lilly

Hammer, der absolute Wahnsinn!», kreischte Lilly. Sie nahm den Helm ab und schüttelte ihr langes, glattes Haar, das während der Freiluftfahrt wild umhergeflattert war.

«Willst du auch mal?», fragte Natascha und grinste breit.

Für einen kurzen Moment war Lilly versucht, das verlockende Angebot ihrer Freundin anzunehmen, die geliehene Vespa auch mal zu fahren. Der Parkplatz war menschenleer und breit genug, um auch ohne Führerschein eine Proberunde zu drehen. Doch allein die Vorstellung, das Ding selbst zu steuern, wühlte sie auf. Die Fahrt raus zum See war aufregend genug gewesen, und ihr Adrenalinspiegel ließ sie ohnehin schon schwindeln.

«Ach, lass mal», sagte Lilly etwas wackelig auf den Beinen und winkte ab. Sie streifte den Notrufknopf ab, stopfte ihn in die Tasche und erklärte: «Lass uns lieber ans Wasser gehen. Ich hab einen Mordshunger.»

Das war zwar geflunkert, aber Lilly wollte nichts riskieren. Natascha war nämlich sehr gut darin, andere in ihrer Euphorie mitzureißen. In Wahrheit hatte Lilly keinen besonders großen Appetit. Überhaupt musste sie sich meist zu regelmäßigen Mahlzeiten zwingen, wofür ihr alltäglicher Medikamentencocktail verantwortlich war. Sie hasste all die unzähligen Tabletten, vor allem die großen ACE-Hemmer. Aber sie wusste, dass sie sie am Leben hielten. Und sie wollte Natascha nicht enttäuschen.

Schließlich hatte sich die Freundin bei der Vorbereitung des Ausflugs große Mühe gegeben.

«Ich habe extra vegane Muffins gebacken!», sagte Natascha stolz und klopfte vielversprechend auf ihren übergroßen Liebeskind-Shopper, der den gleichen altrosa Farbton hatte wie das Moped, das sie von Bastis Mutter für den Ausflug ausgeborgt hatte. Sogar eine Fleecedecke hatte Natascha vorsorglich in der Klappe unter dem Sitz verstaut, sodass sie es sich bei ihrem Picknick am See richtig gemütlich machen konnten. Jedenfalls wenn das Wetter mitspielte. Gewitter lag in der Luft. Und vom gestrigen Regen würde das Gras auch noch etwas nass sein. Aber das war Lilly egal. Hauptsache, sie kam mal raus.

Es hatte einiges an Überredungskunst gekostet, bis ihre Eltern diesem Ausflug zugestimmt hatten. Manchmal fühlte Lilly sich regelrecht zu Hause eingesperrt. Auch wenn sie wusste, dass die Eltern sich nur Sorgen machten. Sorgen, dass Lillys Kreislauf zu sehr beansprucht würde und ihr Herzmuskel sie endgültig im Stich ließ, so wie es die Ärzte manches Mal prognostiziert hatten während ihrer nun bereits 15 Jahre andauernden Krankheitsgeschichte. Wegen einer im Kleinkindalter verschleppten Infektion war die Angst ständiger Begleiter der Familie.

Nur gut, dass Natascha nicht so ängstlich war. Sie hatte Lilly mit der Idee zu diesem Ausflug überrascht und sich von der unerträglich schwülen Luft in den vergangenen Tagen nicht von ihrem Vorhaben abhalten lassen.

Sie wollten ihr bestandenes Abitur feiern. Und noch auf etwas anstoßen, das Natascha am Telefon nicht verraten wollte.

«Gib's zu, du hast dich doch in Basti verknallt», rief Lilly ihrer Freundin hinterher, als diese sich bereits mit Decke und Tasche Richtung Wasser aufmachte.

Irgendeinen Grund musste es ja geben, warum Natascha so unternehmungslustig war und darauf gedrängt hatte, sich mit ihr zu treffen. Lilly wusste, dass ihre Freundin sich in letzter Zeit mehrfach mit Basti getroffen hatte, obwohl Natascha angeblich nichts von ihm wollte. Auf dem Abiball-Foto hatte das allerdings bereits ganz anders gewirkt.

«Quatsch», entgegnete Natascha, «ich hab mir bloß vorgenommen, uns einen richtig schönen Nachmittag zu machen.»

Lilly schmunzelte unbemerkt in sich hinein. Sie war sich sicher, dass Basti mehr für Natascha war als bloß der gute Kumpel, für den sie ihn ausgab.

«Und was war das nun mit dem Foto?»

Natascha blieb abrupt stehen und drehte sich zu ihr um. Lilly war gespannt, welche Ausrede sie sich diesmal einfallen lassen würde. Denn bislang hatte ihre Freundin nur mit einem augenrollenden Smiley geantwortet, als Lilly sie via WhatsApp mit dem Schnappschuss vom Abiball und drei Fragezeichen konfrontiert hatte.

«Erstens will er gar nichts von mir, und zweitens habe ich gar keine Zeit für einen Freund.» Nataschas Protest wirkte so energisch, dass Lilly nun doch bereit war, ihr zu glauben. Wundern tat sie sich trotzdem.

«Wieso denn keine Zeit? Du kellnerst gerade mal zwei Abende die Woche.»

«Ich …» Natascha hielt kurz inne und runzelte die Stirn.

«Ich … ich kann eigentlich gar nichts mit ihm anfangen. Ich meine … Also, ich muss …», stammelte sie. «Es ist so: Ich muss –»

Lilly fiel ihr amüsiert ins Wort: «Du musst ihn erst besser

kennenlernen, ich weiß! Das behauptest du immer, wenn du einen Typen interessant findest. Aber meinst du nicht, dass zehn Jahre dann doch reichen, um abzuchecken, ob er auch gut genug für dich ist?»

Nach außen hin wirkte Natascha viel selbstbewusster und flippiger, als sie eigentlich war. Aber in Bezug auf Männergeschichten war Lillys Freundin sogar noch langweiliger als sie selbst. Immerhin hatte Lilly sich in der zehnten Klasse mal in einen Austauschschüler aus Irland verliebt und Natascha damit monatelang in den Ohren gelegen. Der Kerl hätte ihre Gefühle allerdings nicht einmal ahnen können, so schüchtern war Lilly damals gewesen. Aber Natascha schwärmte nur für Männer aus einer Parallelwelt: Ryan Gosling oder Manuel Neuer zum Beispiel. Also Typen, denen sie ohnehin nie begegnen würde. Den jeweils aktuellen Schwarm nannte sie immer ihren «Einschlafmann», weil er sie ins Reich der Träume begleitete. In der realen Welt dagegen war Natascha noch nie verliebt gewesen.

Etwas verlegen verzog Natascha ihre Mundwinkel. «Du hast ja recht», seufzte sie und setzte sich wieder in Bewegung. «Aber ... Ach, ich muss dir nachher noch was erzählen. Komm!»

Als sie das Ufer nach etwa 500 Metern erreicht hatten, atmete Lilly schwer. Und als der Blick endlich frei wurde zum Bootssteg auf der gegenüberliegenden Seite des Sees, vermutete sie kaum noch Sauerstoff in ihren Adern.

Natascha blieb stehen. «Wir könnten auch 'ne Runde Tretboot fahren, wenn du willst.»

Lilly holte so unauffällig wie möglich tief Luft und seufzte. Sie würde so gerne, aber es ging einfach nicht.

«Oh, sorry! Das war dämlich von mir», sagte Natascha leise. Sie hakte Lilly unter und zog sie weiter. Nach ein paar Metern hellte sich ihr Gesicht wieder auf. «Ich kann doch alleine treten», schlug sie vor.

«Ich weiß nicht», antwortete Lilly mit einem Blick auf die dunklen Wolken, die langsam, aber stetig näher rückten. «Das Wetter wird wahrscheinlich nicht lange genug halten.»

Sie war unsicher. Eigentlich hatte sie große Lust auf Bootfahren. Schließlich waren richtig heiße Tage in Norddeutschland eher die Ausnahme als die Regel. Und auf dem Wasser war die schwüle Hitze sicher besser auszuhalten. Andererseits wollte sie Natascha nicht noch mehr zumuten. Manchmal kam es ihr so vor, als sei sie nicht bloß ihre beste und längste Freundin, sondern auch ihre Seelsorgerin, Krankenpflegerin und Animateurin. Es musste auf Dauer deprimierend sein, sich mit ihr abzugeben. Aber irgendwie hatte Natascha ein Talent dafür, ganz normal mit ihr umzugehen. Ein Verhalten, das sonst eigentlich niemandem so richtig glückte. Die meisten gaben sich mit ihr viel Mühe, aber genau das war das Problem. Lilly konnte es nicht ausstehen, wenn man sie behandelte wie ein rohes Ei. Auch wenn es wohl kaum eine Stunde in ihrem eintönigen Alltag gab, in der sie nicht an ihr verdammtes, krankes Herz dachte, so wollte sie wenigstens nicht durch betroffene Blicke oder mitleidige Floskeln zusätzlich mit der Nase drauf gestoßen werden.

«Okay, dann lass uns am besten schnell einen schönen Platz suchen», schlug Natascha vor und schaute sich um. «Wie wäre es dort?»

Sie deutete auf ein grünes Fleckchen unter einer ausladenden Trauerweide. Lilly nickte. Gemeinsam breiteten sie die Decke aus, streiften ihre Ballerinas ab und setzten sich. Sogar an Eistee und Erdbeeren hatte Natascha gedacht. Mit Sekt würden sie nicht anstoßen. Natascha musste fahren, und Lilly war Alkohol verboten.

«So, und hier sind die vegansten aller veganen Muffins», sagte Natascha und holte aus ihrem Shopper eine Tupperdose mit köstlich aussehenden Küchlein. «Mit Öl statt Butter und Ei und Fair-Trade-Zitrone. Zufrieden?»

Lilly musste lachen und griff zu. «Du bist die Beste!», sagte sie und biss genüsslich in einen der Muffins. «Ich weiß ja selbst, dass es manchmal nervig ist, sich vegan zu ernähren, aber –»

«Du willst diesen Planeten als ein guter Mensch verlassen», führte Natascha den Satz zu Ende. «Ich weiß.»

Eine Weile aßen sie schweigend weiter und starrten aufs Wasser. Hier im Schatten ließ es sich gut aushalten. Es war so friedlich und idyllisch, dass Lilly ganz wehmütig wurde. Auch wenn sie im Alltag versuchte, ihre Herzmuskelschwäche so weit wie möglich von sich wegzuschieben, waren Momente wie diese Fluch und Segen zugleich. Wann immer das Leben einfach nur leicht schien, so wie an diesem ruhigen See, der mit Hunderten Seerosen verziert und von unzähligen quirligen Insekten bevölkert war, wurde Lilly schwer ums Herz. Je schöner, desto schwerer. Und diese Welt war manchmal unerträglich schön.

An düsteren Tagen aber, wenn sie sich besonders schwach fühlte und sich selbst und ihren Körper nicht ausstehen konnte, wenn jeder Atemzug schmerzte und die Beklemmungen kaum auszuhalten waren, erschien ihr die Aussicht auf das Ende durchaus verlockend. Auch wenn dieses seltsame Gefühl meist nur ein paar Minuten währte. Wohingegen sich dieses «Einfach-alles-Scheiße»-Gefühl, wie sie es ihrem Therapeuten gegenüber mal zusammengefasst hatte, sich auf mehrere quälende Stunden oder sogar Tage ausbreiten konnte.

«Was hältst du davon, deine Eltern zu überreden, dass wir diesen Sommer mal an die Ostsee fahren?», nuschelte Natascha mit vollem Zitronen-Muffin-Mund und riss Lilly damit aus ihren trüben Gedanken.

«Da können wir sie genauso gut fragen, ob ich einen Joint rauchen oder mich schwängern lassen darf», entgegnete Lilly und steckte sich eine der süßen, saftigen Erdbeeren in den Mund.

«Du bist fast 18! Und außerdem: Was sollen sie dagegen haben?» Natascha richtete sich auf. «Wir können ja auch mit der Bahn fahren. Hin und zurück am selben Tag. Bloß ein bisschen am Strand chillen und spazieren gehen.»

Lilly seufzte. Nicht einmal an der Abifahrt nach Sylt hatte sie teilnehmen dürfen! Sie kannte sämtliche Argumente ihrer Eltern in- und auswendig: Es sei unverantwortlich, in ihrem desolaten Zustand zu reisen. Außerdem dürfe sie keine Zeit verlieren, «wenn es so weit ist». Wenn sich tatsächlich ein Spenderherz für sie finden ließe. Stumpf wiederholten die Eltern die Argumente der Ärzte und erstickten damit jede weitere Diskussion im Keim. Aber das war unfair! Denn Lilly wollte ja leben. Sie wollte so leben wie alle Leute in ihrem Alter. Sie wollte Fahrrad fahren, ausgehen und auf Abifahrt gehen.

Das Schlimmste aber war: Lilly hielt es kaum aus, wie sehr ihre Eltern sich an die Hoffnung klammerten, sie könne eines Tages tatsächlich durch eine Organspende gerettet werden.

In ihrer Wut über dieses Verhalten warf sie ihnen vor, sich hinter der Hoffnung auf ein Spenderherz zu verstecken. Sie nannte es zynisch ihr «Totschlagargument» und knallte meist alle Türen auf dem Weg hoch zu ihrem Zimmer. Und wenn sie dann heulend auf ihrem Bett lag, dauerte es oft keine Minute, bis ihre Mutter anklopfte, sich leise ins Zimmer schlich und zu ihr legte. Ohne ein Wort zu sagen, lagen sie einfach nur da, hielten sich in den Armen und weinten.

Lilly schloss die Augen. Es war eine wunderbare Vorstellung, mit Natascha wegzufahren. So wie vor drei Jahren, als es ihr noch besser ging und sie mit der Musik-AG zu einem Konzert nach Dresden gereist waren. Zusammen mit einer anderen Klassenkameradin hatten Natascha und sie noch ein paar Tage dranhängen dürfen. Doch seit der Oberstufe war es mit Lillys Gesundheit stetig den Bach runtergegangen. Die Eltern wurden immer ängstlicher. Zuerst war der obligatorische Familienurlaub in den Sommerferien nach Italien gestrichen worden. Auch wegen der Hitze, die Lillys Kreislauf zusehends strapazierte. Es folgten weitere Einschränkungen. Einschränkungen, die die ganze Familie bestraften. Anfangs versuchte Lilly noch, die in zunehmender Regelmäßigkeit wiederkehrenden Symptome wie Schwindel, Luftnot und Abgeschlagenheit zu verheimlichen. Aber es fiel ihr immer schwerer, ihrer Mutter etwas vorzumachen. Die Krankheitszeichen setzten meist urplötzlich ein. Lilly wurde dann schwarz vor Augen, und sie musste sich einen sicheren Platz suchen, um einen Augenblick zu verschnaufen. Wie eine alte Frau, die vom Treppensteigen erschöpft war. Auch wenn Lilly wahrscheinlich nie erfahren würde, wie es war, eine alte Frau zu sein.

«Also, was meinst du?», fragte Natascha. «Sollen wir deiner Mutter ein paar Muffins übrig lassen und sie nachher fragen?»

Lilly sah ihre Freundin skeptisch an. «Natascha, das ist eine überaus zauberhafte Idee», erwiderte Lilly in dem näselnden Tonfall ihrer Mutter. «Wenn es erst mal so weit ist, könnt ihr all das nachholen, worauf ihr bislang verzichtet habt.»

Natascha lachte und verstand wohl, dass es keinen Sinn hatte, weiter zu insistieren. Sie schenkte Lilly einen Eistee in einen der mitgebrachten Becher ein und begann ebenfalls die freundliche, aber bestimmte Art von Angela Heinemann zu imitieren: «Lilly Schatz, es gibt doch so vieles, was ihr hier bei uns unternehmen könnt. Wie wäre es, wenn ihr euch in den Wintergarten setzt und ein Puzzle macht?!»

Lilly prustete laut los. Natascha hatte ihre Mutter viel besser drauf als sie selbst. Kein Wunder, ging Natascha doch schon seit dem Kindergarten bei ihnen zu Hause ein und aus. Natascha mochte Lillys Eltern, und umgekehrt. Überhaupt waren Lillys Freunde immer gern zu ihr gekommen und hatten oft bewundernd gesagt, sie habe ja so tolle Eltern und ein so tolles Haus. Doch mit den Jahren wurden die Besuche weniger. Auch Laura brachte kaum noch jemanden mit, weil es sicher keinen Spaß machte, seine freie Zeit an einem Ort zu verbringen, an dem die Krankheit der großen Schwester alles dominierte. Und wo all die unausgesprochenen Sätze für beklemmende Stimmung sorgten.

Sobald Natascha allerdings beim gemeinsamen Abendessen mit am Tisch saß, was durchaus mehrmals die Woche vorkommen konnte, war die Atmosphäre viel entspannter. Lillys Mutter versuchte stets durch vermeintlich beiläufige Fragen herauszubekommen, was ihre Töchter so trieben, wenn sie mal nicht unter ihrer Kontrolle standen. Und Natascha ärgerte sie dann ein bisschen, indem sie üble Knutschereien und Mutproben andeutete, auf die Angela jedes Mal total ansprang. Das wiederum amüsierte alle anderen am Tisch einschließlich des Vaters derart, dass die Sorgen für einen Moment vergessen waren.

Lilly streckte ihr von Sommersprossen übersätes Gesicht in

Richtung Sonne. Die warmen Strahlen blitzten durch die Zweige der Trauerweide hervor. Und schon nach kurzer Zeit bemerkte Lilly, wie sehr die Sonne knallte. Ganz sicher würde sie bei ihrem sehr hellen Hauttyp einen Sonnenbrand bekommen, wenn sie sich nicht im Schatten aufhielt. Wenn sie schlecht drauf gewesen wäre, hätte sie jetzt vermutlich spöttisch gedacht, dass ihr das eigentlich vollkommen egal sein konnte. Schließlich musste sie sich im Gegensatz zu allen anderen nicht vor Falten im Alter oder gar Hautkrebs fürchten.

Aber sie wollte den Nachmittag genießen. Jedenfalls solange es noch ging.

«Was wolltest du eigentlich noch erzählen?», fragte Lilly, ohne ihre Augen zu öffnen. Sie wollte gar nicht wissen, ob die dunklen Wolken näher kamen oder nicht.

Weil keine Antwort kam, blinzelte Lilly kurz in Nataschas Richtung und sah, dass die Freundin ebenfalls ihre hübsche Nase in die Sonne hielt.

«Hallo, jemand zu Hause?», fragte sie und schob sich geschickt eine weitere Erdbeere in den Mund.

«Was?» Natascha machte es sich mit einem zufriedenen Seufzer auf der Decke bequem, indem sie sich auf den Rücken legte und ihre Arme hinter dem Kopf verschränkte.

«Na, du meintest doch eben, du willst mir noch irgendwas erzählen. Hat es vielleicht doch mit einem gewissen Herrn B. zu tun?», bohrte Lilly weiter nach und ließ sich ebenfalls wieder auf die Decke sinken. Es war einfach herrlich, so entspannt in das grüne Blätterdach emporzuschauen.

Doch Natascha schien sich nicht wirklich entspannen zu können. Unruhig rutschte sie hin und her und richtete sich schließlich mit einem Ruck wieder auf.

«Sag mir lieber, was ich mit meiner Sonnenbrille gemacht habe!» Ungeduldig kramte sie in ihrer Tasche herum. Und Lilly wusste auch, warum sie so panisch wurde. Es war eine Dolce & Gabbana, die Natascha zwar gebraucht ersteigert hatte, für die sie aber dennoch lange hatte kellnern müssen.

Lilly schob ihre Hand als Schattenspender vor die Stirn, damit sie Nataschas Gesicht besser erkennen konnte, und grinste in sich hinein.

«Was?», entfuhr es Natascha. «Hilf mir lieber, zu suchen! Hoffentlich habe ich sie nicht irgendwo auf dem Weg verloren.»

Lilly ließ sie noch ein paar Augenblicke schmoren, dann konnte sie sich ihr Lachen nicht mehr verkneifen.

«Auf deinem Kopf, du Witzpille!», erlöste sie ihre Freundin schließlich.

Natascha fasste sich ungläubig an die Stirn und bekam einen Lachkrampf. Dabei hätte sie ihre Brille gar nicht mehr gebraucht. Die Sonne wurde inzwischen verdrängt. Immer schneller türmte sich der tiefgraue Wolkenberg auf. Da ertönte in der Ferne bereits ein Donnern.

«Wollen wir noch abwarten, ob es wirklich losgeht?», fragte Natascha und blickte argwöhnisch in Richtung des düsteren Himmels.

«Kann es sein, dass du dich vor einer Antwort drückst?», fragte Lilly spöttisch.

«Nein, Quatsch. Ich ... Ich meine ja nur. Wenn es gleich anfängt zu regnen, können wir wohl kaum zum Roller sprinten.»

Noch ehe Lilly überlegen konnte, wie die Worte gemeint waren, spürte sie auch schon die ersten Regentropfen auf ihrer Haut.

«So ein Mist!», rief Natascha und begann hektisch die Sachen zusammenzupacken.

Mittlerweile prasselten bereits dicke Regentropfen durch das Blätterdach. Eilig rafften sie sämtliche Sachen zusammen und machten sich auf den Rückweg.

Als Lilly später auf dem elterlichen Sofa saß und sich bei der Lektüre diverser Frauenmagazine erholte, war sie trotz vorzeitig abgebrochenem Ausflug sehr glücklich über den gelungenen Nachmittag. Natascha hatte sie sicher durch den Regen nach Hause gefahren. Beide waren bis auf die Unterwäsche nass geworden, aber es war ein warmer Sommerregen, nach dem sich die Haut wunderbar weich und gesund anfühlte. Natascha hatte es vorgezogen, sofort weiter nach Hause zu fahren, um sich umzuziehen, aber versprochen, gleich morgen noch einmal vorbeizukommen. Dann würde Lilly sie ausquetschen und endlich erfahren, was ihrer Freundin auf der Seele brannte.

Jetzt standen erst mal Lauras Matheprobleme auf der Familien-Agenda. Lilly konnte beobachten, wie die Sorgenfalten ihrer Mutter immer tiefer wurden, je länger Laura darüber lamentierte, wie fies es sei, in den Sommerferien Nachhilfe nehmen zu müssen.

«Herr Schröder hat Mundgeruch», protestierte sie. «Und Schuppen!»

«Du solltest dich weniger auf Sympathien oder Antipathien konzentrieren und vielmehr auf deine Versetzung ins nächste Schuljahr!», mahnte ihr Vater.

Lilly lag bereits auf der Zunge, dass Laura sowieso niemals wie gewünscht in die Fußstapfen des Vaters treten würde. Sie hatte gar kein Interesse daran, sein Architekturbüro zu übernehmen. Doch sie wollte weder ihrer Schwester in den Rücken fallen noch sich ihre gute Laune verderben lassen.

«Wie wäre es, wenn wir jetzt erst mal zu Abend essen?» Ihre Mutter hatte hektische Flecken am Hals, was kein gutes Zeichen war. Unwirsch begann sie, den Tisch zu decken.

«Ich helfe dir», bot Lilly an.

«Bleib du ruhig liegen, deine Schwester kann mir helfen.»

Laura schnaubte, ging aber ohne Widerworte in die Küche, um Teller und Besteck zu holen. Wahrscheinlich war sie froh, der Diskussion über ihre schlechten Noten zu entkommen.

«Erzähl lieber, wie es war heute», fügte ihre Mutter noch hinzu und sah Lilly eindringlich an. Ganz so, als würde sie an Lillys leicht geröteten Wangen ablesen wollen, ob sie nicht doch über die Stränge geschlagen hatten.

«Bis zum Regen war es ein richtig cooler Tag. Das wollen wir jetzt öfter machen», erklärte Lilly begeistert.

Ihre Mutter stutzte. «Ach ja?» Unsicher sah sie ihren Mann an, der allerdings noch immer intensiv damit beschäftigt war, Lauras Matheaufgaben durchzusehen, und deren vermeintliche Lösungen mit gehobenen Augenbrauen und einem leichten Kopfschütteln quittierte.

«Wollte Natascha heute nicht mitessen?», bohrte ihre Mutter weiter nach.

Irgendwie hatte Lilly das Gefühl, etwas stimmte nicht.

«Mum, was soll das? Frag doch endlich, was du eigentlich wissen willst!», zischte Laura nun in ihre Richtung.

«Laura!», ermahnte sie ihr Vater. Hatte er etwa nur so getan, als würde er sich in Lauras Matheheft vertiefen? Was war hier los?

«Ich wette, sie hat's nicht geschafft, es dir beizubiegen»,

sagte Laura und begann, die Teller auf dem Tisch zu verteilen. Offensichtlich hatte sie alles mit angehört.

Lilly verstand nicht und blickte irritiert in die Runde.

«Natascha hat einen Studienplatz in Freiburg», erklärte Laura, und ihre Stimme wirkte auf Lilly beinahe überheblich.

«Was …?» Lilly wurde augenblicklich übel. Es fühlte sich an wie ein Schlag in die Magengrube. «Ist das wahr? Natascha geht weg aus Lüneburg? Und ihr wusstet das eher als ich?», hörte Lilly sich fragen.

Dann fühlte sie, wie ihre Mutter ihr die Hand zum Trost auf die Schulter legte.

«Es tut mir so leid für dich», flüsterte sie.

Wut, Enttäuschung und Angst – alles schien sich zu vermischen und in null Komma nichts in ihrem Körper auszubreiten. Tränen stiegen in Lilly auf, bis sie die Gesichter ihrer Familie nur noch verschwommen wahrnahm. Wortlos sprang sie auf, pfefferte mit aller Wucht die Zeitschriften vom Sofa, sodass sie lautstark aufs Eichenparkett knallten und sich im ganzen Raum verteilten. Dann lief sie, so schnell es ging, auf ihr Zimmer. Ihr Herz stach in der Brust. Ihr verdammtes krankes Scheiß-Herz.

Ehe Lilly sich aufs Bett schmiss, drehte sie den Schlüssel im Türschloss um. Sie wollte allein sein.

Ein Zustand, an den sie sich besser, so schnell es ging, gewöhnte.

Len

Nur diesen einen Tag, ermahnte sich Len innerlich. Nur diesen einen musste er sich verdammt noch mal zusammenreißen. Er wollte seiner Mutter nicht zusätzlichen Kummer bereiten, weil er sich mit seinem Vater stritt. Nicht an diesem Tag!

Also hatte Len zähneknirschend eingewilligt, zum Mittagessen nach Hause zu kommen. Wenn er ehrlich zu sich war, musste er sich allerdings eingestehen, dass er an Sonntagen wie diesen ohnehin nicht gerne allein in der Werkstatt war. Die große Halle konnte manches Mal recht einsam sein, so abgelegen, wie sie am Waldrand lag, am Ende eines öden Gewerbegebietes ohne jegliche Infrastruktur. Unter der Woche arbeiteten Manni und er gewöhnlich zu zweit dort. Die Wochenenden verbrachte Manni aber lieber bei seiner Freundin Nele in der Kölner Innenstadt, wenn ihm nicht wie kürzlich irgendein dringender Kundenwunsch einen Strich durch die Rechnung machte. Dann packte Len selbstverständlich mit an, weil er wusste, wie abhängig die Werkstatt von jedem einzelnen Auftrag war. Viele Kunden gab es nicht, die sich Mannis individuelle Küchen, Tische oder Schränke leisten konnten. Auch das war ein Grund, warum Len sich ausgerechnet für diesen Ausbildungsplatz und nicht für eine der sich ihm gebotenen Alternativen entschieden hatte: Er mochte die Spezialisierung auf Möbel, auf wertige Einzelstücke, die mit viel Liebe zum Detail angefertigt wurden.

Außerdem war ihm Manni und sein Ein-Mann-Betrieb bereits beim Vorstellungsgespräch so sympathisch gewesen, dass Len einfach auf sein Bauchgefühl gehört und trotz aller Warnungen seines Vaters wegen der unsicheren Auftragslage den Ausbildungsvertrag sofort unterschrieben hatte.

Inzwischen konnte er gar nicht genug arbeiten, um all das gutzumachen, was sein Chef für ihn tat. Sogar dessen Lieferwagen, einen roten Pick-up, durfte Len sich ausleihen, wann immer er ihn brauchte. Also sorgte Len dafür, dass er gute Arbeit leistete, pünktlich und zuverlässig war. Und er sorgte dafür, dass immer genügend Snacks, Bierchen und Zigaretten greifbar waren, wenn sie eine Pause machten. Manchmal kümmerte Len sich sogar um ein gemeinsames Mittagessen.

Heute aber würde er sich von seiner Mum bekochen lassen müssen. Seit Tagen schon hatte Len keinen Appetit mehr, und an diesem ganz besonderen Tag erst recht nicht. Er würde sich arg zusammenreißen müssen, um seine Mutter Elli nicht zu enttäuschen.

«Schön, dass du da bist», sagte sie kaum hörbar, als sie ihn zur Begrüßung ein paar Sekunden länger als üblich in die Arme schloss.

Sie drückte ihn so fest, als hätten sie sich seit Jahren nicht gesehen. In gewisser Weise stimmte das sogar: Seit einer gefühlten Ewigkeit hatten sie einander nicht wirklich in die Augen geschaut, auf den Tag genau zwei Jahre. Len hätte alles dafür gegeben, dass es anders war. Aber er konnte die Zeit nicht zurückdrehen.

Seufzend trottete er seiner Mutter in die offene Küche hinterher und ließ sich auf seinem Stammplatz an der Stirnseite des Esstisches nieder, der im Durchgang zum Wohnzimmer stand.

Das Reihenhaus war klein, aber die Miete günstig. Und es lag in einer – wie beide Eltern immer betonten – *guten* Nachbarschaft. Und darauf waren Elli und Jörg Behrend stolz.

Schweigend beobachtete Len, wie seine Mutter sich an den Töpfen zu schaffen machte.

Sie schien noch dünner geworden zu sein und kam Len irgendwie alt vor, trotz ihres recht jungen Alters von 46 Jahren. Die tiefdunklen Ränder unterhalb ihrer grünen Augen schminkte sie für gewöhnlich heller. Und doch konnte man deutlich erkennen, dass sie in letzter Zeit viel geweint und wenig geschlafen hatte. Aber sie versuchte ihren Zustand – wie immer – zu überspielen.

«Erzähl mal, woran arbeitest du gerade?», fragte sie und begann, Kartoffeln mit einem Stampfer zu malträtieren.

Len war überrascht. Seine Mutter hatte ihn noch nie so konkret auf seine Arbeit angesprochen.

«Och», erklärte er lustlos. «Mal dies, mal das. Im Moment richten wir für so einen unausstehlichen Geldsack ein Wochenendhäuschen in der Eifel ein», erklärte Len und schenkte sich ein Glas Apfelschorle ein, die seine Mutter bereitgestellt hatte.

«Geldsack?»

Sie drehte sich kurz zu ihm um, hob mahnend ihre Augenbrauen und wischte sich dann eine ihrer angegrauten Strähnen aus der Stirn.

«Nur weil wir nicht vermögend sind, musst du ja nicht auf andere schimpfen, die mehr haben», ergänzte sie mit einem sanften Lächeln und stellte den Topf auf den Tisch.

Len atmete tief ein und hielt für einen Moment die Luft an. Kurz überlegte er, ob er widersprechen sollte. Denn der Geldsack war wirklich einer. Außerdem hatte er bei Manni bereits mehrfach Sachen reklamiert, die vorher genauso vereinbart gewesen waren. Er konnte es sich eben leisten, einen maßgefertigten Einbauschrank mit Tropenholztüren wieder herausklopppen und sich einen neuen zimmern zu lassen, bloß weil ihm die Maserung nach dem Bürsten plötzlich nicht mehr gefiel.

Aber da Geld allzu oft Grund für Auseinandersetzungen mit seinen Eltern gewesen war, beließ Len es dabei. Er widersprach nicht, sondern deckte den Tisch, indem er das schon bereitgestellte Besteck und die Teller auf die ewig gleichen, hässlichen Sets legte.

«Was gibt es denn?», fragte Len seine Mutter bemüht unbedarft.

«Hackbraten mit Kartoffelbrei», erklärte sie und fügte deutlich leiser hinzu: «Du weißt doch, sein Lieblingsgericht.» Ihre Lippen zitterten plötzlich.

Len schnürte sich der Magen zu. Er nickte stumm.

«Und wo ist Dad?», fragte er, um die entstandene Stille zu durchbrechen.

«Er war beim Stammtisch und kommt jeden Moment.» Seine Mutter blickte auf die schier endlos tickende Küchenuhr über der dunklen Tür und setzte sich auf ihren Platz, Len gegenüber.

Für einen kurzen Moment schien sie ihre Gedanken zu sortieren und etwas sagen zu wollen. Len suchte ihren Blick, doch da sprang sie schon erneut auf, um dunkelgrüne Servietten aus dem Sideboard im Wohnzimmer zu holen.

Len hasste die Möbel seiner Eltern. Obwohl sie lange für die neue Wohnzimmereinrichtung gespart hatten, sahen die Stücke wegen ihres pseudoholzartigen Dekors billig und geschmacklos aus.

«Da ist doch gar kein Leben drin!», hatte Len angemahnt, als er geholfen hatte, die Schrankwand zusammenzubauen. Aber alles, was sein Vater damals darauf erwidert hatte, war, dass Len lieber sein Abitur nachholen und studieren solle, damit er sich später mehr leisten konnte als ein schmales, angemietetes Mittelreihenhaus mit winzigem Garten und Ausblick auf die hässlichen Garagen des Nachbarblocks. Hier war Len aufgewachsen. Er kannte alle Leute ringsherum, und er war froh, diesem Ghetto entkommen zu sein. All die bohrenden Blicke und unausgesprochenen Vorwürfe der Nachbarn hatte er nicht mehr ertragen können.

«Ich dachte, wir können nachher zusammen gehen», hörte er seine Mutter sagen.

Zunächst verstand Len nicht. Aber an den feuchten Augen seiner Mutter konnte er erkennen, worum es ging.

«Ich war gestern schon da», schwindelte er, weil ihm so schnell nichts Besseres einfiel. Es gab keinen Ort auf der Welt, den er mehr hasste als den Friedhof.

«Und du willst nicht noch mal hin? Vielleicht kommt dein Vater dann ja auch mal mit.» Dieses Mal sah seine Mutter ihm direkt in die Augen.

«Mum ...», entgegnete er sanft, «du weißt doch, dass ich kein Grabmensch bin.»

Elli nickte stumm. Sie versuchte, ihre Traurigkeit zu überspielen, indem sie eilig eine weitere Flasche Wasser für die Schorle aus dem Kühlschrank holte.

Es brach Len das Herz. Doch ehe er etwas Tröstendes sagen konnte, kam sein Vater zur Haustür herein. Man konnte hören, wie er gegen die Schuhbank stieß, die im Flur stand. Fluchend betrat er die Küche.

«Tach zusammen!»

Obwohl er seine Frau nur mit einem flüchtigen Kuss und ihn bloß mit einem kurzen Handschlag begrüßte, konnte Len die Bierfahne seines Vaters riechen. Sie war ihm so vertraut wie verhasst.

Auch wenn Len sich am liebsten unsichtbar gemacht hätte, bemühte er sich, freundlich zu gucken und sich in der Küche nützlich zu machen.

Als sie wenig später am Tisch saßen und Elli den Hackbraten mit Soße, Kartoffelbrei und Rosenkohl auf die Teller verteilte, begannen sie scheinbar einvernehmlich zu essen. Niemand sagte einen Ton. Nur die Uhr tickte und tickte und erinnerte Len unwillkürlich an eine Zeitbombe. Er bekam kaum einen Bissen runter.

Nach einer gefühlten Ewigkeit deutete der Vater auf seinen nur halb geleerten Teller. «Schmeckt es dir etwa nicht?»

Sein Ton klang nicht mal besonders angestrengt. Aber Len nahm es, wie es gemeint war – als Vorwurf –, und zuckte nichtssagend mit den Schultern.

«Lass ihn doch.» Beschwichtigend legte Elli die Hand auf den Arm ihres Mannes.

«Ist doch wahr!», wetterte Lens Vater weiter. «Etwas dankbarer könntest du schon sein, wenn deine Mutter stundenlang am Herd steht. Erst recht an diesem Tag. Es ist nicht leicht für sie.» Beinahe trotzig schob er sich ein weiteres Stück Fleisch in den Mund. Seine hasserfüllten Augen starrten Len an, als würden sie sagen wollen: Was willst du eigentlich noch hier?

Len spürte, wie ihm vor Zorn das Blut in den Kopf schoss. Am liebsten wäre er aufgesprungen und seinem alten Herrn an die Gurgel gegangen.

«Jörg, ich bitte dich», ermahnte ihn die Mutter erneut. Dann sagte sie eine Spur zu fröhlich an Len gewandt: «Aber Eis, das geht immer, oder?»

Len wollte schon abwehrend die Hände heben. Doch es war zu spät. Seine Mutter war bereits aufgesprungen und an den Eisschrank gegangen.

«Ich hab extra eine Packung Stracciatella gekauft. Das mochte er so gern …», sagte sie kaum hörbar.

Sowohl Len als auch sein Vater sahen ihr besorgt hinterher. In Momenten wie diesen konnte Len gar nicht beurteilen, was schlimmer war. Seine eigene Trauer oder aber das gebrochene Herz seiner Mutter. Sie so zu erleben war schlimmer als jeder direkte Vorwurf. Im Grunde war Len froh, dass sein Vater so unausstehlich geworden war und ganz unverhohlen den Konflikt mit ihm suchte. Mit offenen Anfeindungen konnte er besser umgehen als mit all den unausgesprochenen Schuldzuweisungen, die ihm die Luft zum Atmen nahmen.

«Hast du noch etwas Bestimmtes vor?», unterbrach Elli die bedrückende Stille, als sie zurück an den Tisch trat.

Len zuckte mit den Schultern. Was sollte er sagen? Dass er sich am liebsten vor den nächsten Zug schmeißen würde?

«Ich hab noch in der Werkstatt zu tun», log er schließlich. Er war froh, dass seine Mutter sich darauf konzentrierte, kleine Schälchen aus geschliffenem Kristallglas und die dazu passenden Löffel zu verteilen. Als sie ihn danach mit einem bemühten Lächeln ermunterte, sich zu bedienen, nahm Len all seine Kraft zusammen und kam der beinahe flehenden Bitte nach.

Es war unerträglich. Er hätte nicht herkommen dürfen. Alleine mit seinen Eltern am Tisch zu sitzen und durch jeden Blick, jede Geste, jedes Wort an die Tragödie erinnert zu werden, die ihn vor zwei Jahren aus der Bahn geworfen hatte, weckte in ihm wieder diese diffuse Todessehnsucht. Nur ein Schuss würde reichen, und das Elend wäre ein für alle Mal vorbei. Unruhig nestelte Len an dem schwarzen Schweißband, das er niemals ablegte. Er trug es stets am linken Handgelenk wie ein stummes, aber unübersehbares Zeichen des Protests. Seines Protests gegen das Leben. Ein Leben, wie es seine Eltern lebten – ausgebrannt, leer und leidend. Mit jeder Faser seines Körpers wünschte er, nicht länger dazuzugehören.

Von seinen Eltern unbemerkt, ritzte Len mit dem Löffel ein kleines Kreuz in die Oberfläche des Eises, bevor er sich pflichtschuldig etwas davon in sein Schälchen füllte und quälend langsam zu essen begann.

Lilly

Lilly las die Nachricht von Natascha gleich drei Mal hintereinander:

Hi, Süße, wollen wir uns nicht nachher im Stübchen treffen?

Kiss, N.

Unwirsch legte sie ihr Handy zur Seite. Sie hatte weder Lust auf einen Kaffee noch überhaupt darauf zu antworten. Ihre Laune war auf dem Tiefpunkt angelangt. Also blätterte sie weiter in ihrer Notensammlung, um nach einem Musikstück zu suchen, das ihrer Stimmung entsprach. Bei Brahms wurde sie fündig: die schwermütige Sonate Nummer 1, e-Moll, Opus 38.

Früher, bevor Laura zu einem pubertierenden Teenager in Gothic-Klamotten mutiert war, hatten sie solche Stücke, die eigentlich für zwei Instrumente komponiert wurden, zusammen gespielt. Beide hatten schon früh dem Wunsch der Mutter entsprochen und Klavierunterricht genommen. Doch Laura hatte weitaus mehr Spaß daran als Lilly. Erst eine Lehrerin in der Musikschule hatte Lilly darauf gebracht, es mit einem Streichinstrument zu versuchen. Das war die Geburtsstunde von Lillys großer Liebe zum Violoncello gewesen.

Zu ihrem siebten Geburtstag, drei Jahre nachdem ihre Herzmuskelschwäche diagnostiziert worden war, bekam sie das erste Instrument geschenkt, ein Lerncello, das in der Korpuslänge und den Saitenverhältnissen auf ihre Größe abgestimmt war. Sie liebte es. Und das Üben fiel ihr nicht schwer. Während sich die meisten ihrer Klassenkameraden in Sportvereinen und Clubheimen tummelten und alles Mögliche ausprobierten, ging sie drei Mal die Woche zum Cellounterricht. Mit jedem neuen Lebensjahr spielte Lilly besser und besser, was allerdings ganz sicher nicht daran lag, dass sie ein Wunderkind war, sondern vor allem der Tatsache geschuldet war, mehr als genug Zeit zum Üben zu haben. Und wenn sie zu Hause mal einen Tag nicht spielen konnte, weil sie sich zu schwach fühlte oder weil mal wieder ein Untersuchungsmarathon im Hamburger Uniklinikum in Eppendorf anstand, widmete sie sich spätestens vor dem Zubettgehen ihrem geliebten Cello. Und sei es auch nur, um augenzwinkernd «Gute Nacht» zu sagen. Für Lilly war dieses zeitlos erscheinende Instrument nicht nur einfach wunderschön anzusehen mit seiner perfekten, beinahe sinnlichen Form und dem glänzenden Holz. Nein, es verkörperte für sie ebenso wie das kürzlich erworbene blaue Kleid eine Art Überlebenssymbol: Das Violoncello stand stets in aufrechter Haltung in der Ecke ihres Zimmers. Und es gab ihr mehr Kraft, fest an die Zukunft zu glauben, als all die ungelebten Träume.

Vor allem weil der eine große Traum sich nie erfüllen würde. Denn es wäre das Größte für Lilly, ihr einzig wahres Hobby zum Beruf zu machen und in einem richtigen Sinfonieorchester zu spielen. Doch es war ihr allein schon verwehrt, überhaupt nur ein Studium zu beginnen. Ihr fehlte schlicht die Kraft. Wenigstens blieb ihr die Bewunderung für all jene, die es bis an die Weltspitze geschafft hatten. Jedes neue Jahr wurde in ihrer Familie deshalb mit dem Neujahrskonzert der Wiener Philharmoniker eingeleitet, das Lilly vor allem mit ihrem Vater vor dem Fernseher zelebrierte. Dabei hatte Lilly eigentlich nicht viel übrig für den Donauwalzer und die Strauss-Dynastie. Vielmehr hatten es ihr der wunderschön mit Tausenden Blumen dekorierte Festsaal des Wiener Musikvereins und die Cellisten angetan, die so voller Anmut und Hingabe pure Lebensfreude beim Spielen ausstrahlten. Auch die Leichtigkeit der Tänzer des Wiener Staatsballetts, die das festliche Live-Konzert würdig umrahmten, ließ Lilly jedes Mal hoffnungsvoll in ein neues Jahr starten. Der obligatorische Familienbrunch alleine konnte da nicht mithalten.

Lilly liebte es so sehr, in diese Märchenwelt einzutauchen, dass ihre Mutter sie stets kritisch beäugte. Beim wiederholten Eintreten ins Wohnzimmer gestikulierte sie jedes Mal wild herum und ermahnte Lilly, zwei Meter zurückzuweichen, um sich nicht ihre Nase am Großbildschirm platt zu drücken und ihre Augen zu ruinieren. Auch die ohrenbetäubende Lautstärke, in der Lilly und ihr Vater dieses Großereignis verfolgten, entsprach nicht ganz dem Wunsch der Mutter. Aber allein das war für den Vater der Spaß seiner Anlage wert. Wenigstens ein Mal im Jahr konnte er die Klangqualität seines High-End-Heimkino-Soundsystems voll auskosten, so als wären sie selbst mitten drin im Geschehen.

Als Lilly etwa die Hälfte des Brahms-Stücks gespielt hatte, brach sie ab. Es fehlte die Aufmunterung durch eine Klavierbegleitung und auch die Kraft in den Armen, die beunruhigend dünn geworden waren. Überhaupt wurden die Abstände zwischen den Phasen, in denen sich Lilly besonders kurzatmig und schlapp fühlte, immer kürzer.

Tränen stiegen in ihr auf. Nie, niemals würde sie auch nur in die Nähe von Wien kommen, geschweige denn auf die Bühne des dortigen Konservatoriums, um bei der Aufnahmeprüfung für ein Bachelorstudium vorzuspielen. Als sie sich im vergangenen Winter heimlich übers Internet beworben hatte,

hatte sie noch magische Gebete mitgeschickt. Zusammen mit dem geforderten Motivationsschreiben und ihrem Lebenslauf wollte sie das Universum damit anflehen, ihren Traum durch ein Wunder doch noch irgendwie wahr werden zu lassen. Aber inzwischen waren die Prüfungen für das nächste beginnende Semester längst abgeschlossen, und sie hatte nicht einmal eine Absage erhalten.

Wütend pfefferte Lilly den Bogen aufs Bett und sackte auf ihrem Stuhl in sich zusammen. Sie umklammerte ihr Cello wie einen Rettungsring auf einsamer, rauer See.

Es war Sonntagnachmittag. Lillys Eltern waren zu Oma Anni in die Heide gefahren, nicht ohne sich vorher mehrfach zu vergewissern, dass Lilly auch allein klarkam. Denn auch ihre Schwester war wie so oft unterwegs. Und Lilly blieb so gut wie nie allein zu Hause. Eigentlich hätte sie diese ungewohnte Freiheit von der ersten bis zur letzten Sekunde ausgenutzt, um heimlich zu spielen. Nur diese halbe Stunde erlaubten die Eltern noch. Mehr nicht. Aber an diesem Tag war alles anders. Lilly konnte nicht einmal sagen, was genau das Problem war. Sie fühlte eine unbändige Wut. Aber gar nicht auf ihre Familie oder Natascha. Es war mal wieder dieser «Einfach-alles-Scheiße»-Schmerz, nur viel schlimmer als sonst. Heute vermischte er sich auch noch mit unfassbar schlechter Laune.

Ihr Therapeut Dr. Rudolf, den sie nur noch sporadisch aufsuchte, hätte ihre Wut sicher wieder als unterdrückte Trauer verunglimpft. Nur gut, dass ihre Mutter endlich eingesehen hatte, dass Reden zwar kurzfristig half, aber langfristig eben nicht heilen konnte. Aber Lilly fand heute einfach alles furchtbar scheiße. Das Leben, ihr Herz, ihre ganze verfluchte Situation. Sie war wirklich wütend, und zwar so richtig!

Kurzerhand stellte sie das Cello zurück in die Ecke und griff erneut nach ihrem Handy. Noch immer wusste sie nicht, wie sie Natascha begegnen sollte. Die Einladung zum Kaffee war vielleicht eine gute Idee und ganz sicher nur lieb gemeint. Aber es ging nicht. Lilly konnte sie nicht annehmen. Nicht, weil sie sauer auf ihre Freundin war, sondern weil sie wusste, dass etwas Monströses auf dem Programm stand. Nämlich ihr einfach die Wahrheit zu sagen. Eine unbequeme Wahrheit zwar, Natascha würde weggehen und sie alleine lassen. Aber das allein war es nicht. Nein, Lilly hatte es so satt, dass alle Welt ihr das Gefühl gab, man könne nicht normal mit ihr reden. Nun auch noch ihre beste Freundin! Hatte sie Natascha jemals einen Anlass geliefert, daran zu zweifeln, Lilly könne die Wahrheit nicht vertragen? Ja, sie war krank. Verdammt! Aber was war so beängstigend, so abstoßend daran? Sie war doch genauso verletzbar wie alle anderen auch und brauchte keine Sonderbehandlung!

Wenn Laura früher irgendeinen Mist verzapft hatte, bekam sie einen Riesenärger oder sogar Hausarrest von den Eltern. Wenn Lilly aber das Gleiche anstellte, war ihre Strafe höchstens eine nett verpackte Zurechtweisung. Jede Vier auf dem Zeugnis bedeutete für Laura Nachhilfe. Wenn Lilly einmal eine schlechte Klausur geschrieben hatte, war immer die Krankheit daran schuld. All ihre Fehler wurden milde belächelt und als Symptome abgetan. Ihre Schwächen liebevoll aufgefangen. Nicht einmal die Scherben eines fallen gelassenen Gurkenglases durfte sie alleine aufsammeln. War ihr Gesundheitszustand mittlerweile so erbärmlich, dass sogar Natascha nicht mehr den Mut hatte, ihr offen und ehrlich gegenüberzutreten?

Lilly scrollte sich durch den WhatsApp-Chat der vergangenen Woche. Zunächst hatte sie auf Nataschas Nachrichten gar nicht reagiert. Erst als diese wohl den Grund dafür ahnte und sich kleinlaut entschuldigte, hatte Lilly ihr nur einsilbig geantwortet. Jede dieser Entschuldigungsnachrichten hatte alles nur noch schlimmer gemacht.

Es tut mir so leid. Wusste einfach nicht, wie ich's beichten soll. ... Verzeihst du mir noch mal?? ... Kann dich ja verstehen, wäre auch sauer. Aber ich bin selbst traurig, dass wir uns bald weniger sehen ...

Am liebsten wäre es Lilly gewesen, sie hätten sich bloß irgendwo in der Stadt getroffen und Natascha hätte ihr unbefangen von ihrer Vorfreude auf ein neues Leben als Psychologiestudentin in Freiburg berichtet. Ohne schlechtes Gewissen und ohne so zu tun, als sei dies eine Hiobsbotschaft.

Immerhin hatten die beiden Freundinnen ja schon mal über Nataschas Wunsch, Psychologie zu studieren, gesprochen. Mit ihrem nur mittelmäßigen Notendurchschnitt hatte sich Natascha auf eine längere Wartezeit einstellen müssen. Doch nun war sie offensichtlich ohne Umwege durch die Nachrückliste zu einem der begehrten Studienplätze gekommen. Auch wenn Lilly ihr das Leben in Freiheit im besten Sinne neidete, freute sie sich wirklich für ihre Freundin! Und das hatte sie in ihrer ersten Antwort, wenn auch etwas wortkarg, zum Ausdruck bringen wollen. Aber offenbar glaubte Natascha ihr nicht. Im Gegenteil: Mit ihren entschuldigenden Erklärungsversuchen stellte Natascha sie nur noch mehr in die Opferecke, die Lilly so verhasst war.

Da half nur noch Ablenkung! Wenn schon nicht durch Musik, dann vielleicht durch einen Shopping-Besuch auf ihrer Lieblingswebsite.

Wie wäre es, dachte Lilly, wenn sie sich einen neuen Badeanzug bestellte? Immerhin hatten die beiden Freundinnen schon vor Wochen einen Kurztrip an die Ostsee geplant. Dort würden sie noch einmal viel Zeit miteinander verbringen können, bevor sie durch Nataschas Studium monatelang getrennt wären.

Einen Moment betrachtete Lilly den himbeerfarbenen Trolley, der an der Fußseite ihres Bettes stand und darauf wartete, gefüllt zu werden. Nach dem Ausflug zum See mit Natascha hatte sie ihn sich von Laura geliehen, weil er die richtige Größe für einen Kurztrip hatte.

Noch war es leider zu früh, um zu packen. Also schnappte Lilly sich ihr funkelnagelneues MacBook Air und schaltete es ein. Das war einer der «Vorzüge», wenn man sehr krank war und wohlhabende Eltern hatte: Sie taten alles, um ihre Schuldgefühle zu kompensieren. Sie verwöhnten Lilly nach Strich und Faden, weil sie wohl den Eindruck hatten, ihrer älteren Tochter nicht das geben zu können, was sie glücklich machte.

«Damit kannst du dich ordentlich an den Schreibtisch setzen und deinen Rücken schonen», hatte ihre Mutter erklärt, als sie Lilly das flache Paket anlässlich des frisch bestandenen Spitzen-Abiturs überreichte.

Als ob ein gesunder Rücken irgendeinen Einfluss auf Lillys Lebenserwartung haben würde! Lilly wusste genau, dass es ihrer Mutter in Sachen Rücken eigentlich nur darum ging, dass ihre Tochter nicht zu flach lag. Einer der Ärzte im Krankenhaus hatte nämlich mal beiläufig gesagt, Patienten mit ihrem Leiden würden im Liegen noch mehr Luftnot bekommen. Womöglich hatte sie Angst, Lilly könne ersticken, wenn sie sich allzu waagerecht mit ihrem Laptop aufs Bett lümmelte, statt vernünftig auf einem Stuhl am Schreibtisch zu sitzen. Am liebsten hockte sie aber ohnehin in ihrem alten Plüsch-Sitzsack, den Laptop auf ihrem Schoß wie ein kleines Tor zur großen Welt. Eine Art

Parallelwelt, in der Lilly sich wenigstens stundenweise frei und normal fühlen konnte.

Natascha hatte sich beim Anblick des MacBook Air nicht mehr eingekriegt. Auch beneidete sie Lilly darum, jeden Monat ein nicht unerhebliches Budget beim Online-Shopping ausgeben zu dürfen. Natürlich war Lilly durchaus dankbar dafür. Aber das Glück des schnellen Konsums war schließlich nur von kurzer Dauer, so viel wusste Lilly mit ihren fast 18 Jahren bereits.

Und auch jetzt wollte richtige Shoppinglust nicht so recht aufkommen, obwohl Lilly sich geschickt von einem Onlineshop zum nächsten klickte. Entweder gefielen ihr die Farben oder die Muster nicht. Oder aber die Badeanzüge hatten einen solch unbrauchbaren Schnitt, dass sie nicht in Frage kamen. Lillys Problemzone waren nicht die Hüften oder der Bauch. Tatsächlich neigte Lilly aufgrund ihres chronischen Appetitmangels eher zu Unter- als zu Übergewicht, auch wenn ihr schlapper Körper gerne mal Wasser in den Beinen lagerte. Seit sie denken konnte, versuchte ihre Mutter sie mit allen Tricks zu mästen, wohingegen Laura schon immer ein wenig pummeliger gewesen war. Nein, Lillys Problem mit tief ausgeschnittenen Badeanzügen oder Bikinis war die große, hässliche Narbe, die sich unterhalb ihres linken Schlüsselbeins befand. Mehrfach war sie dort bereits operiert worden, um Schrittmacher mit Defibrillatorfunktion zur Synchronisierung der Herzkammern zu testen.

Lilly seufzte. Missmutig klickte sie sich weiter durch die Favoritenliste. Ihren Facebook-Account hatte sie vor etwa eineinhalb Jahren gelöscht, nach den dramatischen Ereignissen im Dezember. Ausgerechnet kurz vor Weihnachten hatte Lilly heftige Herzrhythmusstörungen bekommen. Geistesgegenwärtig hatte sie damals selbst den Rettungswagen gerufen, kurz bevor sie im Treppenhaus zusammengesackt war. Zeitgleich mit dem Notarzt war Lillys Vater nach Hause gekommen. Er hatte sie auf dem Weg in die Notaufnahme begleitet und ihre Hand gehalten. Damals hatte es so ausgesehen, als würde sie jeden Moment einschlafen und nie wieder aufwachen. Auf der Fahrt zum Krankenhaus wäre sie beinahe gestorben.

Seltsamerweise konnte Lilly sich noch genau an jedes Detail dieser Fahrt erinnern. Sie ahnte damals, dass es zu Ende gehen würde, und verspürte eine riesige Angst. Alles schien in Zeitlupe abzulaufen. Wie unter einer Glocke. Die Ärzte sagten später, dieses dumpfe Gefühl sei dem Schock geschuldet gewesen. Jedenfalls hatten ihr Vater und sie bereits unter Tränen beteuert, wie lieb sie einander hatten. Und während ihr Vater unermüdlich auf sie einredete, sie dürfe nicht aufgeben, hatte Lilly erwidern wollen, dass sie das auch gar nicht vorhabe. Aber sie hatte eben keine Ahnung, wie das ging: zu kämpfen. Und dann schwanden ihr plötzlich die Sinne. Erst einen Tag später war sie im Krankenhausbett erwacht und augenblicklich von ihrer aufgebrachten Mutter ins Hier und Jetzt zurückbefördert worden. Wie ein zorniger Rohrspatz plusterte sie sich auf und wetterte gegen einen der Ärzte im UKE. Der hatte nämlich versuchsweise ein neues Medikament angepriesen, das Lilly offenbar nicht vertragen hatte und das zu den gefährlichen Nebenwirkungen geführt hatte.

Diese Erfahrung hatte allen einen gehörigen Schreck eingejagt. Seitdem war Lilly in ihrem Elternhaus in einer Art goldenem Käfig gefangen. Auch musste sie von da an immer diesen dämlichen Notrufknopf an einem Band um den Hals bei sich tragen. Lilly war damals mehr als deutlich vor Augen geführt worden, wie schnell das Ende da sein konnte. Wie schnell alles vorbei sein konnte, wenn es schlecht lief. Es war das erste Mal gewesen, dass sie sich Gedanken über ihre eigene Beerdigung gemacht hatte.

Aber Lilly hing am Leben. Sehr sogar! Nur das ewige Warten auf ein Spenderherz machte sie mittlerweile mürber als alle Symptome ihrer Krankheit und alle Nebenwirkungen ihrer Medikamente zusammen. Ohnehin war es fraglich, ob eine Organspende und die alles entscheidende OP wirklich eine zweite Chance für sie bedeuteten.

So viel Glück wie in der elften Klasse würde sie bestimmt nicht noch mal haben.

Auch die vielen unerträglichen, sensationssteigernden Betroffenheits-Posts auf ihrer Facebook-Seite hatten ihr damals zu denken gegeben. Also hatte sie sich a) dazu entschlossen, ihren Account vorsorglich zu löschen, und b) ihre Eltern endlich darüber zu informieren, nicht in einem beklemmenden Sarg unter der Erde zwischen irgendwelchen Rentnern liegen zu wollen und von Würmern zerfressen zu werden. Eine wesentlich weniger gruselige Vorstellung für Lilly war es, verbrannt und unter einer schönen Buche in einem Friedwald bestattet zu werden.

Lilly konnte sich noch gut an die entsetzten Gesichter und glasigen Augen ihrer Eltern und ihrer Oma erinnern, als sie an Silvester direkt nach dem Raclette das Thema angesprochen hatte. Überraschenderweise hatte sich dann ein langes und irgendwann sogar heiteres Gespräch daraus entwickelt, weil die Familie wohl einsah, wie erleichternd es für Lilly war, die Sache auf den Punkt zu bringen. Oma Anni wollte ebenfalls Tacheles reden, was nicht nur der fortgeschrittenen Stunde und dem Rotwein geschuldet war. Sie nahm nie ein Blatt vor den Mund und hatte immer irgendeine esoterische Erklärung oder einen unkonventionellen Rat parat, wenn etwas nicht rundlief.

«Wenn ich mal nicht mehr bin, will ich auf dem Michaelis-Friedhof unterkommen. Dort kenne ich die meisten Leute», hatte sie damals mit Nachdruck gesagt und für Gelächter gesorgt.

Überhaupt war Lilly ihrer Oma vom Wesen her viel ähnlicher als der eigenen Mutter. Beide hatten weniger Temperament. Und beide vertrugen keinen Alkohol und durften nur an besonderen Tagen wie Weihnachten und Silvester welchen trinken. Anni war auch die einzige Person, mit der Lilly schon mal offen über ihre Selbstmordgedanken gesprochen hatte. Vielleicht, weil es nur Gedankenspiele waren und keine echten Absichten dahinterstanden.

Ansonsten ging Lilly beim Thema Tod nämlich lieber auf Sicherheitsabstand. Im Gegensatz zu Natascha mied sie Krimis oder Ballerspiele am PC. Gingen sie zusammen ins Kino, waren romantische Komödien ihre gemeinsame Schnittmenge. Aber Bücher konnten sie nicht tauschen, denn während Lilly sich lieber in heile Welten flüchtete, konnte es für die Freundin gar nicht genug Mord und Totschlag geben. Sie könnte Natascha zum Abschied ein Buch schenken, dachte Lilly und fand sofort Gefallen an diesem Gedanken. Vielleicht würde sich ihre Freundin in der ersten Zeit in Freiburg sehr allein fühlen und dankbar für jede Ablenkung sein. Erst kürzlich hatte sie doch einen neu entdeckten Thrillerautor erwähnt ... Lilly fand den Namen auch sofort im Internet, nicht jedoch hilfreiche Rezensionen, um sich leichter für einen der bereits erschienenen Titel entscheiden zu können. Also googelte sie den neuesten Roman mit dem Titel «Last exit». Eine Bewertung fand sich zwar nicht, aber der Klappentext klang vielversprechend. Das Buch würde Natascha sicher begeistern, weswegen Lilly ihre Bestellung umgehend abschickte.

Als sie die geöffnete Seite wieder schließen wollte, wurde sie auf einen Link zu einem Portal ebenfalls namens *last exit* aufmerksam. Lilly klickte sich durch und landete in einem Forum für Lebensmüde, wie es auf der Startseite hieß. Gleich links oben fand sich in riesigen Zahlen die Nummer zu einer kostenfreien 24-Stunden-Hotline für Notfälle und suizidgefährdete Menschen. Darunter Rubriken, die das Leben in all seinen düsteren Facetten zusammenfassten.

Lilly war irritiert. Kamen hier Menschen zusammen, um sich gemeinsam umzubringen? Eine Art Sekte?

Was es im Internet alles gab!, dachte sie.

Ein paar weitere Klicks ergaben, dass dies eine Seite für junge Menschen zu sein schien, die ähnlich wie sie vom Schicksal gebeutelt waren. Die in frühem Alter mit dem Tod umgehen mussten.

Lilly überlegte, ob wohl etwas dran war an der Aussage, dass es einem in einer Krise besser geht, wenn man die Nöte anderer erkennt. Dass einem die eigenen Nöte in Relation zu anderen Schicksalen etwas weniger schlimm erscheinen.

Skeptisch klickte Lilly sich durch die verschiedenen Foren: *Familie & Eltern*, *Liebe & Freundschaft*, *Alkohol & Drogen*, *Schule & Ausbildung*, *Geld & Wohnen* oder *Sexualität & Körper*.

Schnell musste sie feststellen, dass es sich nicht um einen Austausch mit Experten handelte oder thematisch sortiert war nach einzelnen Krankheiten. Vieles drehte sich auf den ersten Blick auch gar nicht um hochdramatische Themen, sondern bloß um den ersten Sex, um Verhütung oder Akne. Also ging Lilly zurück zur Startseite und scrollte sich durch die Beiträge einzelner Mitglieder. Auf der dritten Seite angekommen, hielt sie inne und musste unwillkürlich schmunzeln. Denn ein

Thread war mit einer Überschrift betitelt, die eigentlich von ihr hätte kommen können: «einfach alles scheiße».

Wenn das nicht vielversprechend klang! Weil auch eine Gitarre statt eines Profilbilds zu sehen war, wurde Lilly neugieriger. Was sich wohl für eine Geschichte dahinter verbarg? Doch Lillys Interesse wurde schnell abgebremst. Sie konnte nicht lesen, was der Verfasser mit dem Benutzernamen *alleszerstörer94* gepostet hatte. Denn der Zugriff war registrierten Usern vorbehalten.

Lilly klappte den Laptop zu, erhob sich schwerfällig und griff nach ihrem Handy. Kurz überlegte sie, ob sie sich doch noch mit Natascha auf einen Kaffee treffen sollte. Doch ihr war immer noch nach einigeln und alleine im Internet surfen zumute. Vielleicht sah die Welt morgen schon wieder anders aus. Heute würde sie sich weiter hängenlassen.

Nur damit Natascha nicht dachte, Lilly würde jetzt endgültig zur Psychopathin, schrieb sie ihr eine kurze Nachricht:

Bin total platt, aber morgen vielleicht. Kuss, L.

Schon nach wenigen Momenten kam eine Antwort.

Super! Zum Spätstück?

Lilly runzelte die Stirn und wollte gerade drei Fragezeichen rausschicken, als eine weitere Nachricht von Natascha kam:

Spätes Frühstück = Spätstück! Warte ab 11 Uhr im Stübchen auf dich. Love, N.

Mit einem schmalen Lächeln ließ Lilly sich erschöpft aufs Bett sinken. Natascha kannte sie wirklich gut. Umso mehr schmerzte der Gedanke, dass sie ihre beste Freundin bald verlieren würde.

Traurig starrte Lilly an die Decke und dachte darüber nach, mit welchem Pseudonym sie sich im Forum für Lebensmüde anmelden konnte.

Len

Kaum war Len nach einer langen Laufrunde in sein «Loft» in den hinteren Teil der Werkstatt zurückgekehrt, übermannte ihn wieder die einsame Stille. Er war seit Wochen nicht mehr joggen gewesen und hatte sich auch nur dazu aufraffen können, weil er hoffte, sich auf diese Weise mit Endorphinen vollpumpen zu können. Er hatte den Kopf frei kriegen wollen. Aber es hatte nicht geholfen.

An diesem Abend hätte er einiges dafür gegeben, einen Fernseher zu besitzen. Zwar machte er sich nicht viel aus den üblichen Mainstream-Programmen. Aber wenn er doch nur ein bisschen durch die Kanäle hätte zappen können, so wie früher in seinem Jugendzimmer, um sich abzulenken und ja nicht nachdenken zu müssen. Wenigstens blieb ihm der Computer in Mannis Büro.

Len nahm sich ein Bier aus dem Kühlschrank und schaltete den PC an, um übers Internet Songlisten durchzuhören. Als er nebenbei seine Mails checkte, wunderte er sich über eine Nachricht von *last exit*. Dieses «Forum für Gestörte», wie er es nannte und in dem er sich in einer ziemlich üblen Phase angemeldet hatte, schickte ihm eine automatisch erstellte Benachrichtigung. In seinem Thread war ein neuer Beitrag erschienen.

Len stutzte. Es war schon länger her, dass er das letzte Mal auf der Seite gewesen war. Und bisher hatte er, wenn überhaupt, nur schräge Kommentare von schrägen Vögeln bekommen. Missmutig loggte er sich ein und scrollte zu seinem letzten Beitrag runter. Nach all den Wochen konnte er sich gar nicht mehr erinnern, was er zuletzt geschrieben hatte. Unter der Überschrift «einfach-alles-scheiße» wurde er fündig. Jetzt erinnerte er sich auch an seinen Beitrag. Na, klar! Es war einer seiner Songtexte gewesen, für die er ungewollt das ein oder andere Lob von ein paar Mitstreitern eingeheimst hatte. Tatsächlich war es ihm schon immer leichter gefallen, seine Gefühle in Verse statt in große Reden zu verpacken.

Len überflog die Zeilen und merkte, dass er sie nach wie vor auswendig kannte. Ausgerechnet heute wurde er nach längerer Zeit wieder an den Text erinnert, dessen Refrain sich wie eine Art Mantra in seinem Kopf festsetzte.

es gab dieses leben
unterm strich unfassbares glück
ich würde für das zurück
einfach alles geben ... alles geben

Als er darunter den Namen der Absenderin entdeckte, von der der jüngste Beitrag gekommen war, rollte er mit den Augen. *Heilemacherin97* – was sollte denn der Quatsch? Nur widerwillig las er ihre Nachricht:

Was für schöne, berührende Worte, lieber Alleszerstörer!
Hast du noch mehr solche Gedichte geschrieben? Jedenfalls scheinst du eine große Gabe zu haben. Wirf sie ja nicht weg!!
LG

Was gehen die meine Zeilen an?, fragte sich Len und nahm ein paar große Schluck seines Kölsch. Er wischte sich mit der Hand über sein müdes Gesicht und klickte auf *Antworten*, allerdings ohne zu wissen, was er schreiben sollte.

Dem Namen nach war die Trulla sicher eine Eso-Tante und trug nur Selbstgestricktes und lilafarbene Batiktücher, um schon von weitem anzukündigen, dass sie die ach so schöne Welt vor dem Untergang retten würde. Argwöhnisch klickte er auf ihr Profil, um nach einem Foto zu fahnden. Doch da war keines. Verwundert musste Len feststellen, dass *Heilemacherin97* lediglich diesen einen Post hinterlassen hatte und überhaupt erst seit ein paar Stunden registriertes Mitglied war.

Kurz überlegte er, ob sich dahinter womöglich jemand verbarg, der ihn kannte und der von dem denkwürdigen Datum heute wusste. Doch ihm fiel niemand ein, dem so etwas zuzutrauen wäre. Weder seine Mutter wäre kräftemäßig in der Lage, sich auf solch deprimierenden Seiten zu bewegen, noch kam einer seiner Freunde dafür in Frage. Zu den meisten hatte Len den Kontakt nach und nach einschlafen lassen. Nicht einmal mit seinen einst besten Kumpels Simon und Flo hatte er noch etwas zu tun. Und das, obwohl sie alle drei früher bei den Pfadfindern gewesen waren und zusammen ihre Band gegründet hatten.

Nach der Schule hatte er sich mit Flo, seinem früher engsten Kumpel, noch ein paar Mails geschickt, nachdem dieser für ein Jahr in die USA gegangen war. Doch bald war der Austausch eingeschlafen, sodass Len nicht einmal mehr wusste, ob Flo schon ins Rheinland zurückgekehrt oder noch in der Weltgeschichte unterwegs war.

So oder so: Die *Little Heroes* waren längst Geschichte, so wie alles andere auch.

Ein einziges kurzes Ereignis hatte sein Leben und das seines kleinen Bruders Patrick zerstört.

Noch immer ertappte Len sich manches Mal dabei, dass er darüber nachgrübelte, wie er sich am effektivsten ins Jenseits befördern könnte. Doch er wusste: Allein wegen seiner Mutter würde er das niemals bringen. Bei dem erneuten Verlust eines Kindes würde sie sicher selbst vor Schmerz zugrunde gehen. Deshalb hatte er sich auch vor fast zwei Jahren bei *last exit* angemeldet. Es war ein gewisser Trost zu sehen, dass es noch andere gab, die eigentlich längst mit dem Leben abgeschlossen hatten. Es gab Schicksale, die ähnlich hart waren wie seins. Aber es war müßig, sich zu vergleichen. Jeder hatte mit seinen ganz eigenen Dämonen zu kämpfen. Ob durch Krankheit, Verzweiflung oder Schuld. Zu den wenigsten hatte Len eine Verbindung aufbauen und mehr über deren persönliches Drama erfahren wollen. Einer hatte seine große Liebe durch Tabletten verloren – und das, obwohl sie Stunden zuvor mehrfach versucht hatte, ihn zu erreichen. Vergeblich.

Es gab wohl kaum etwas Schlimmeres als Schuldgefühle, kombiniert mit Trauer, dachte Len. Sofort spürte er diese unbändige Wut in sich aufsteigen.

All diese Gedanken hätte Len der selbsternannten Weltretterin gerne um die Ohren gehauen. Doch was sollte das bringen? Außerdem ärgerte es ihn, dass sie seinen Song als Gedicht auffasste. Er war Musiker und kein Möchtegern-Schriftsteller! Also schrieb er ziemlich mies gelaunt zurück:

danke für die blumen. werde sie irgendwann mit ins grab nehmen

Kurz überlegte Len, ob er einen Smiley dahintersetzen sollte, um die Fremde nicht unnötig zu erschrecken. Aber er hatte gar keine Lust, sich weiter Gedanken darüber zu machen, und loggte sich wieder aus.

Mit dem Bier in der Hand ging er zurück in sein Zimmer, griff nach seiner Lakewood und tat das einzig Brauchbare an diesem Tag: Er versuchte sich weiter an einer Melodie für den Refrain dieses Songtextes. Normalerweise entstand bei ihm erst die Musik, dann kam der Text. Hier war es andersherum. War dies vielleicht doch ein Gedicht?

Sosehr Len sich auch bemüht hatte, es war ihm bislang nicht richtig geglückt, seine Gefühle in ein passendes Lied zu packen.

Lilly

Lilly war total erschöpft, als sie im *Stübchen* ankam. Obwohl Natascha noch angeboten hatte, sie mit der Vespa abzuholen, hatte Lilly darauf bestanden, mit dem Fahrrad in die Stadt zu fahren. Mehrfach hatte sie absteigen und eine Pause machen müssen. Doch von Zeit zu Zeit musste Lilly sich einfach selbst beweisen, dass es körperlich noch ging. Dass sie unterm Strich durchaus sportlich war, auch wenn ihr Herz sie unermüdlich daran erinnerte, dass dies eine reine Wunschvorstellung war.

Lilly war extra früh aufgebrochen, um noch ein bisschen Zeit allein im Café zu haben. Sie hatte ihr iPad dabei, um in Ruhe an einer Antwort für den *Alleszerstörer* zu feilen. Irgendwie wurde sie das Gefühl nicht los, dass seine zynische Reaktion so eine Art Hilferuf war. Aber wenn sie jetzt etwas falsch machte, so fürchtete Lilly, würde er womöglich in der Versenkung verschwinden.

«Du siehst aber grauenvoll aus», begrüßte sie der Inhaber des Cafés, als er zu ihr an den Tisch kam.

«Danke, Nils, das baut mich auf!», erwiderte Lilly lachend.

Etwas beschämt schaute sie an sich hinunter. Das an die hundert Mal gewaschene, mausgraue Longsleeve-Shirt sowie die dreckigen, ausgelatschten Chucks gaben Nils wahrscheinlich recht. Ihre Haare hatte Lilly auch nicht gewaschen und heute nur zu einem lockeren Dutt zusammengebunden. Auch ihre abgewetzten Fingernägel sahen aus wie Sau. Der Mauve-Ton ihres Nagellacks war an den meisten Stellen abgeplatzt und musste dringend erneuert werden.

Doch Nils wäre kein guter Café-Besitzer, wenn er seine Kundschaft nicht so gut kennen würde. Außerdem wusste er genau, bei wem er sich so einen frechen Ton erlauben konnte.

«Wie immer?», fragte er.

Lilly nickte. Da es an diesem Vormittag noch ziemlich ungemütlich draußen war, hatte sie sich an ihren und Nataschas Stammplatz im Inneren des Cafés gesetzt.

Sie mochte die lockere Atmosphäre im *Stübchen* und die unaufgeregte Einrichtung. Und sie mochte Nils und seine direkte Art, auch wenn er mit seinem angegrauten Zöpflein im Nacken und dem Bierbauch nicht so ganz ihrem Ideal eines Mannes entsprach. Allerdings hatte Lilly auch gar keine Vorliebe für einen speziellen Typ. Jedenfalls waren ihre «Einschlafmänner» im Gegensatz zu Nataschas meist gesichtslos. Vielleicht lag das aber auch daran, dass sich Lillys Erfahrung in Sachen Sex auf einen ersten, sehr feuchten Wangenkuss in der Grundschule, ein paar Knutschereien in der Mittelstufe und eine einzige Fummelei auf einer Oberstufen-Party beschränkte. Nur alt oder ungepflegt, das durfte ihr Phantasieschwarm nicht sein!

Obwohl sie sich seit Jahren kannten, wusste Lilly gar nicht, wie alt Nils eigentlich war. Ob er die vierzig schon überschritten hatte? Oder sah er nur einfach verbraucht aus?

«Heute ganz allein?», fragte Nils, als er die Kaffeeschale mit dem üppigen Schaum und dem obligatorischen Veggi-Keks vor ihr abstellte.

Lilly seufzte. Am liebsten hätte sie gesagt: «Gewöhn dich besser dran. Schon bald bin ich nur noch allein hier.» Aber sie hatte keine Lust, Nils mit Nataschas Neuigkeiten zu konfrontieren, und erklärte stattdessen: «Natascha kommt gleich nach. Danke für den Kaffee.»

Auch das mochte sie an Nils und seinem *Stübchen*: Er stellte keine Frage zu viel und wirkte niemals aufdringlich. Vielmehr brachte er ihr einfach die gewünschte Schale Milchkaffee, wobei Lilly sich stets darauf verlassen konnte, dass dieser mit Sojamilch und ohne Koffein serviert wurde. Nils wusste, dass ihr Herz sonst Faxen machen würde. Aber er machte einfach kein Aufheben darum. Auch jetzt nicht.

Genüsslich nahm sie einen Schluck Milchkaffee und schloss einen Moment zufrieden die Augen.

Überhaupt hatte sich Lillys Laune etwas gebessert, seit sie am Morgen mit ihren Eltern gesprochen hatte. Es war überraschend einfach gewesen, sie doch noch zu überzeugen, eine Abschiedstour mit Natascha machen zu dürfen. Zwei Tage Ostsee hatte sie immerhin rausholen können. Und das sicher auch, weil ihre Eltern es fast genauso bedauerten wie Lilly, dass Natascha bald von der Lüneburger Bildfläche verschwinden würde.

Gedankenverloren löffelte Lilly den Schaum von der Kaffeekrone und loggte sich übers WLAN bei *last exit* ein. Wieder suchte sie nach dem Profil von *alleszerstörer94* und las seine Beiträge. Die poetischen Zeilen zeugten von einer solch tiefen Trauer, aber auch tiefer Liebe, wie Lilly sie nicht kannte.

Am meisten berührte sie das Gedicht «alles geben»:

alles geben

es gab diesen tag
diese einzige stunde

in der in einer sekunde
alles brach

es gab dieses leben
unterm strich unfassbares glück
ich würde für das zurück
einfach alles geben ... alles geben

es gab den himmel in blau
aber seit der einzigen sekunde
klafft diese gigantische wunde
und ist dunkel, wenn ich schau

es gab dieses leben
unterm strich unfassbares glück
ich würde für das zurück
einfach alles geben ... alles geben

es gab dein gesicht und dein lachen
drohe beides zu vergessen
ich bin besessen
erinnerungen haltbar zu machen

es gab dieses leben
unterm strich unfassbares glück
ich würde für das zurück
einfach alles geben ... alles geben

Es musste einfach wahnsinnig intensiv sein, von einem Freund derart geliebt zu werden. Mega! Bestimmt waren *Alleszerstörer* und seine Freundin unzertrennlich gewesen, bis sie ... tja, was eigentlich? Bis sie von einem herabfallenden Ufo erschlagen worden war?

Lilly schüttelte den Kopf und schämte sich ein bisschen für ihre alberne Phantasie. Das hatte der arme *Alleszerstörer94* wirklich nicht verdient. Sie las das Gedicht noch einmal und glaubte herauszulesen, dass es sich um einen Unfalltod der Verflossenen handeln musste.

Welcher Tod kam für so junge Leute sonst in Sekunden? Außer vielleicht durch einen Herzinfarkt ... Unwillkürlich griff Lilly nach dem Notknopf um ihren Hals. Wie jung die Geliebte wohl gewesen sein mochte, wenn ihr Freund 1994 geboren worden war. Jedenfalls vermutete Lilly, dass es sich bei der Zahl im Benutzernamen um das Geburtsjahr von *Alleszerstörer* handelte.

Was konnte man einem Menschen in so großer Trauer bloß schreiben? Die halbe Nacht hatte Lilly wach gelegen und darüber nachgedacht. Die Worte dieses Fremden waren ihr einfach nicht aus dem Kopf gegangen. Doch trotz aller Grübeleien hatte Lilly immer noch keine Ahnung, mit welchen Worten sie ihn aufmuntern konnte. Deshalb klickte sie sich erst mal zu ihren privaten E-Mails durch. Dort war allerdings nichts Spannendes eingegangen. Ein Newsletter von Esprit fand sich in ihrem Postfach, der Lilly daran erinnerte, dass sie am Vortag mit einem Bikini geliebäugelt hatte. Obwohl sie diesen niedlichen, maritim anmutenden Zweiteiler wegen seiner dünnen Träger niemals bestellen würde, klickte sie ihn trotzdem noch mal an, um ihn eingehender zu betrachten. Nein, definitiv würde das Teil zu viel von ihrer Narbe preisgeben. Kurzerhand wechselte Lilly zu den Badeanzügen. Doch den einzigen, der das gleiche Muster mit weißen Punkten und Streifen auf dunkelblauem Stoff hatte, gab es nicht mehr in Größe 36.

Also kehrte Lilly zurück zu dem Fenster mit *last exit*, wo der blinkende Cursor sie ungeduldig dazu aufforderte, endlich zurückzuschreiben.

Sie nahm noch einen großen Schluck Kaffee und legte dann einfach los, ohne groß nachzudenken:

Lieber Alleszerstörer,
das ist wirklich so ziemlich das schönste Gedicht, das ich jemals gelesen habe. Schon mich als Unbeteiligte berührt es sehr. Wie muss es dir da erst gehen?
Ich weiß nicht, wen du verloren hast. Zwischen all deinen mich tief bewegenden Zeilen kann ich nur erahnen, wie sehr du diese Person geliebt haben musst. Ein solcher Tod ergibt einfach keinen Sinn. Erst recht nicht der Tod eines jungen Menschen. Und ganz sicher liegt kein Sinn darin, einen Teil von dir gleich mitsterben zu lassen.
Glaub mir, ich weiß, wovon ich spreche: Wenn diese Person dich mindestens genauso geliebt hat wie du sie, wäre es ihr sicher das größte Anliegen, dass du ihretwegen nicht in Trauer versinkst. Wenn ihr wirklich etwas an dir gelegen hat, dann würde sie ganz bestimmt wollen, dass du trotzdem dein Glück findest. Oder jetzt erst recht. Dass du wieder lernst, wie sehr sich das Leben zu leben lohnt!
LG

Kurz überlegte Lilly, mit «herzlich» oder «herzlichen Grüßen» zu schließen, fand das dann aber doch etwas deplatziert. Entweder *Alleszerstörer* hatte Lust, ihr mehr von sich und seinem

Schicksal zu berichten, oder eben nicht. Auf keinen Fall wollte Lilly den Eindruck erwecken, sie würde ihn emotional ausquetschen oder gar anmachen wollen.

Sie klickte auf *Senden*.

Beim sinnfreien Umrühren ihres Kaffees überlegte Lilly, wie *Alleszerstörer* wohl aussah. Vielleicht machte er seinem Namen alle Ehre, hatte Übergewicht und einen so dicken Bauch, dass er besser nicht in einen Porzellanladen ging. Oder aber er hatte bloß ein Faible für Computerspiele, bei denen er tagtäglich manisch besessen in eine Rolle schlüpfte und alles und jeden in Schutt und Asche legte. So oder so kein Grund, ihn zum aktuellen Einschlafmann zu küren, dachte Lilly und musste lächeln.

Wer weiß, womöglich würden sie ja ein paar Jungs auf ihrem Ostsee-Trip kennenlernen, phantasierte sie gut gelaunt weiter. Vielleicht sollte sie doch einmal all ihren Mut zusammennehmen und den Bikini ...

Lilly hatte gerade auf «Bestellung absenden» geklickt, als Natascha ihr von hinten auf die Schulter klopfte.

«Na? Was hast du Schönes geshoppt?», fragte sie neugierig, beugte sich zu Lilly und hielt ihre langen Haare zurück.

Sie umarmten sich zur Begrüßung und hielten einander einen Moment länger fest als sonst.

«Du wirst es nicht glauben: den ersten Bikini meines Lebens», antwortete Lilly nicht ohne Stolz. «Und ich weiß auch schon, wann ich ihn anziehe!»

Natascha setzte sich auf den Platz ihr gegenüber und strahlte Lilly wissbegierig an. Das Eis schien glücklicherweise gebrochen.

«Ich packe ihn ein, wenn wir an die Ostsee fahren», verkündete Lilly feierlich und wartete gespannt auf Nataschas Reaktion.

Doch der Freundin entgleisten die Gesichtszüge. Alle Wiedersehensfreude schien dahin.

«Äh –»

«Was ist los? Willst du nicht mehr fahren?», hakte Lilly vorsichtig nach.

Natascha zuckte verlegen mit den Schultern.

«Na, sag schon.» Lilly ahnte, was nun kommen würde. «Du schaffst das gar nicht mehr vor Freiburg, stimmt's?»

Obwohl sie ziemlich enttäuscht war, bemühte Lilly sich, in ihrer Stimme keinen Vorwurf mitschwingen zu lassen.

Betreten sah Natascha zu Boden. Bevor sie antworten konnte, trat Nils an den Tisch, um zu fragen, was Natascha bestellen wollte. Nachdem diese einen Roibusch-Tee geordert hatte und Nils wieder hinter dem Tresen verschwunden war, sagte sie kleinlaut: «Ich muss noch diese Woche nach Freiburg. Ich habe schon ein paar Besichtigungstermine in WGs. Und danach habe ich ... Urlaub gebucht.»

Als sie das sagte, wurde ihr Kopf mächtig rot. Erneut senkte sie den Blick, sodass Lilly sie erst anstupsen musste, damit sie endlich weitersprach.

«Was für Urlaub?»

«Eine Woche Costa Brava ...», antwortete Natascha und knabberte schuldbewusst auf ihrer Unterlippe.

Nils kam mit dem Teeglas und einem beigefügten Aufgussbeutel zurück und fragte: «Und, alles fit, Ladys? Lacht doch mal, ihr seht heut beide so mies gelaunt aus.»

Doch ehe eine von ihnen etwas erwidern konnte, eilte Nils bereits zurück zum Durchgang und lief in die Küche.

«Ich finde, er hat recht», hörte sich Lilly sagen. In ihrem Kopf purzelten die Gedanken nur so durcheinander. Und doch kamen ihr immer wieder die Worte von *alleszerstörer* in den Sinn: *ich bin besessen, erinnerungen haltbar zu machen. es gab dieses leben, unterm strich unfassbares glück, ich würde für das zurück einfach alles geben … alles geben.*

Nein, sie wollte Natascha nicht verlieren. Und sie würde alles geben, die Freundschaft zu erhalten.

Also schob Lilly die dunklen Wolken beiseite und erklärte: «Wieso machst du so ein Gesicht? Es läuft doch super: Du hast einen Studienplatz und dann auch noch in einer geilen Stadt, du machst Urlaub mit –» Sie stockte. «Mit Basti?»

Erst jetzt schien die Information so richtig zu ihr durchzudringen.

«Du machst mit dem Kumpel deines Bruders Urlaub? Seid ihr also doch ein Paar? Ich meine, ist das nicht ein absolutes *No-go?*» Sie klang zynischer als beabsichtigt.

«Ich … Moment mal!» Natascha nahm einen Schluck von ihrem Tee und verbrannte sich die Zunge daran. Sie machte ein schmerzverzerrtes Gesicht, während Lilly ungeduldig wartete, ob sie jetzt endlich aufgeklärt werden würde.

«Also, wir haben beide gesagt, dass eine Beziehung ja nicht viel Sinn macht, wenn ich jetzt weggehe.»

«Und dann fahrt ihr trotzdem zusammen in den Urlaub?», bohrte Lilly irritiert nach. Allmählich wurde ihr das hier wirklich zu dumm.

Natascha wehrte mit den Händen ab und erklärte: «Es war Bastis Idee. Er findet das irgendwie romantisch. Er meint, wir sollten es einfach auf uns zukommen lassen.»

«Aha. Und wie findest du das?»

Lilly musste ihrer Freundin offenbar sämtliche Details aus der Nase ziehen.

Natascha zuckte mit den Schultern. «Tja, schon gut irgendwie.»

«Aber wieso freust du dich dann nicht? Es ist doch toll, dass ihr euch verknallt habt. Und wenn ihr wirklich zusammengehört, ist eine Fernbeziehung doch auch kein Weltuntergang», versuchte Lilly ihre Freundin aufzumuntern.

Vertauschte Rollen, dachte sie. Aber es kam noch dicker.

«Das ... ist es nicht», murmelte Natascha und rollte den Teebeutel so lange mit dem Bändchen um den Löffel, bis er nicht mehr tropfte und sie ihn auf dem Rand der Untertasse ablegen konnte.

«Was dann?»

Natascha rang mit den Worten, das war offensichtlich. Lilly schien es, als müsste Natascha ihr eine sehr schlimme Nachricht überbringen.

«Nun sag schon!» Sie wurde langsam kribbelig. «Was ist denn los mit dir?»

«Also, Basti und ich ... Wir sind schon länger zusammen», erklärte Natascha schließlich mit gesenktem Kopf. Leise fügte sie noch hinzu: «Ich habe es nur nie so richtig geschafft, dir das zu sagen.»

Rumms, das saß! Lillys Magen fühlte sich an, als hätte sie soeben einen Volleyschuss in den Bauch bekommen.

«Ich ... ich weiß auch nicht», sprach Natascha stockend weiter, während sich ihre Augen mit Tränen füllten. «Aber ich hatte irgendwie ein schlechtes Gewissen.»

«Aber warum denn?», fragte Lilly entgeistert.

«Na ja, ich hab einen Freund, einen Studienplatz, bald sogar eine eigene Bude – und du? Wie soll ich mich darüber freuen, wenn ich weiß, dass du das alles nicht haben kannst? Ich meine ... ich lasse dich doch hier im Stich!»

Lilly verschlug es die Sprache. Sie wusste gar nicht, worüber sie sich am meisten ärgern sollte. Dass Natascha ihr die Sache mit Basti verheimlicht hatte oder dass sie von ihrer besten Freundin bemitleidet wurde? Dass es einfach verdammt noch mal niemand schaffte, sie normal zu behandeln? Oder die Tatsache, dass Natascha wahrscheinlich sogar recht hatte, denn Lilly würde das alles nie erleben.

Ihr wurde heiß und kalt. «Aber ... das ist doch totaler Quatsch», versuchte sie ihrer Freundin zu widersprechen. Es klang halbherzig. Und ihre Lippen zitterten bei jedem Wort. Denn tief in ihr drin spürte Lilly einen Schmerz, der ihr beinahe die Luft zum Atmen nahm.

Len

Ich hab uns ’nen Döner mitgebracht», rief Manni in die Werkstatt hinein, als er nach einer gefühlten Ewigkeit von dem Termin mit dem Geldsack in der Eifel zurückgekehrt war.

Len ließ von seiner Werkbank ab, sah auf und erwiderte dankbar: «Woher weißt du, dass ich heute noch nichts gegessen hab?»

Es war Montagmittag, und tatsächlich hatte Len seit dem Essen bei seinen Eltern nur Flüssiges zu sich genommen.

Ungefragt holte er zwei gut gekühlte Kölsch aus der ansonsten nur spärlich bestückten Pantryküche und nahm sie mit nach draußen auf die Veranda, wo Manni bereits Platz genommen hatte.

Er reichte Len ein mit Alufolie umwickeltes Päckchen und nickte ihm aufmunternd zu, ehe er in seinen Döner hineinbiss.

«Was würde ich nur ohne meinen super Chef machen?», sagte Len mit einem augenzwinkernden Lächeln und wickelte ungeduldig sein Essen aus.

«Du würdest verhungern», sagte Manni, nachdem er einen Bissen hinuntergeschluckt hatte. «Körperlich und emotional.» Er stieß Len freundschaftlich in die Seite und fragte vorsichtig: «Gab’s am Wochenende wieder Stress?»

Len holte tief Luft und nickte zaghaft. Er war sich nicht sicher, ob es wirklich nötig war, das Wochenende in all seinen Facetten auseinanderzunehmen. Solche Gespräche konnten schnell in einem Desaster enden. Aber Len wusste Mannis Interesse zu schätzen, sein Chef meinte es wirklich gut mit ihm.

«Solche Tage sind immer fies», sagte Manni verständnisvoll. «Aber irgendwann, in ein paar Jahren, da denkst du an deinen Bruder und lächelst. Dann meinst du nicht mehr, deine Eingeweide steckten in einem Schraubstock fest.»

Len war verunsichert. Er konnte sich nicht erinnern, jemals mit Manni über jenen tragischen Tag vor zwei Jahren gesprochen zu haben. Es hatte Andeutungen gegeben, mehr nicht. Alles andere hätte Lens Mauern zum Einstürzen gebracht, seinen ohnehin labilen Zustand gefährdet.

«Woher weißt du ...?», stammelte er irritiert.

Manni sah ihn eine Weile schweigend an. Dann erklärte er: «Deine Mum hat mich gebeten, ein Auge auf dich zu haben», sagte er mit einem kleinen Lächeln und öffnete die beiden Bierflaschen gekonnt mit seinem Zippo-Feuerzeug. «Ich fand sie sehr nett am Telefon.»

«Sie hat dich angerufen?» Len blieb vor Schreck ein Stück des gerösteten Fladenbrots im Hals stecken, sodass er husten und erst einmal mit einem kräftigen Schluck Kölsch nachspülen musste.

«Sie macht sich halt Sorgen um dich», sprach Manni weiter. Seine Stimme hatte einen seltsam beruhigenden Tonfall, als ginge es bei dem Gespräch bloß um eine fiebrige Erkältung oder so. Aber es ging um weit mehr als das. Es ging darum, dass Len sich verdammt noch mal schuldig fühlte am Unfalltod seines kleinen Bruders. Eine Woche vor seinem 16. Geburtstag war Paddy gestorben und damit auch jeglicher Funken Zusammenhalt und Lebensfreude im Hause der Familie Behrend. Seit jenem Tag waren sie keine Familie mehr. Und wenn sie an Paddys Todestag zusammenkamen wie am vergangenen Wochenende, war es die Hölle auf Erden.

«Sie soll lieber zusehen, dass sie selbst klarkommt», erwiderte Len leise, als er sich etwas gefasst hatte. Es war ihm unangenehm, dass seine Mutter und Manni hinter seinem Rücken über ihn sprachen.

«Meinst du nicht, dass es deiner Mum besser gehen würde, wenn es *dir* gutginge?»

Manni legte seinen halb aufgegessenen Döner auf den improvisierten Tisch aus Bierkästen und drehte sich zu Len, um ihm direkt und durchaus streng in die Augen blicken zu können. So direkt und streng, dass Len es nicht wagte, sich abzuwenden. Er spürte, wie sich sein Hals zuschnürte, und er fürchtete schon, gleich mit seinen düstersten Dämonen konfrontiert zu werden und in Tränen auszubrechen. Aber das ging ihm dann doch zu weit. Manni war immer noch sein Chef und kein Psychoklempner!

«Ach», wiegelte er ab, «meine Eltern interessieren sich einen Dreck für mich. Es ist ihnen egal, wie es mir geht.» Er hörte sich selbst plötzlich wettern und war ganz irritiert. Es war einfach so aus ihm herausgebrochen, ohne es zu wollen. Und im selben Moment tat es ihm auch schon leid, seiner Mutter gegenüber so ungerecht zu sein. Sie war die liebevollste Person, die er kannte, was diese ganze verfluchte Horrorgeschichte nicht besser machte. Die Erinnerung an Paddys leblosen Körper war wie ein Albtraum. Ein Albtraum, der jeden Morgen in dem Moment, in dem Len erwachte, erst so richtig begann. Jeden Tag ging es nach einer unruhigen Nacht von vorn los, der Albtraum fand kein erlösendes Ende. Im Gegenteil, das Leben war die reinste Qual geworden.

«Wieso redet ihr nicht miteinander?», bohrte Manni nach und legte seine kräftige Hand auf Lens Knie.

Die Geste war ihm erstaunlicherweise überhaupt nicht unangenehm. Len zuckte mit den Schultern.

«Meistens ist ja auch mein bescheuerter Alter zu Hause.»

Len legte den Döner beiseite. An Essen war nicht mehr zu denken.

«Und wie wäre es, wenn du mit deiner Mutter mal was unternimmst? Nur ihr beide. Ihr braucht wieder positive, gemeinsame Erlebnisse. Und irgendwann wird dein Dad schon nachziehen.»

Len konnte nichts erwidern. Es schien tatsächlich eine Ewigkeit her, dass sie gemeinsam etwas angestellt hatten. Früher, als sie noch eine Familie waren, zelebrierten sie einmal in der Woche ein gemeinsames Abendessen bei Pizza Hut. Dann hieß es «All you can eat», und das nahmen Len und Paddy wörtlich. Ab und an waren sie auch alle zusammen ins Kino gegangen. Die Eltern hatten sogar Konzerte der *Little Heroes* besucht, der Schulband, bei der Paddy die Bassgitarre spielte. Zusammen mit Flo und Simon und Len als Leadsänger waren sie mehrfach aufgetreten. Sogar einige richtige Alben hatten sie zusammen in einem provisorisch eingerichteten Studio aufgenommen und an Mitschüler für ein paar Euro verkauft.

Doch seit dem Unfall gab es nur noch ein Davor und ein Danach, wobei das Davor viel harmonischer und lebenslustiger schien als es womöglich gewesen war. Und das Danach war so schlecht und unerträglich, wie es eben nur sein konnte. Lens Tage im Danach waren wirklich der Horror, und er hatte nicht das Gefühl, dass es in den zwei Jahren je auch nur ein kleines Stückchen bergauf gegangen wäre.

«Was hast du denn gestern gemacht?», fragte Manni und lehnte sich zurück, um weiterzuessen.

Len fühlte sich ertappt. Obwohl es eigentlich keinen Grund gab, mit der Wahrheit hinterm Berg zu halten, wusste er nicht, was er Sinnvolles darauf antworten sollte. Etwas beschämt verzog er seine Mundwinkel. «Nichts.»

«Es ist wichtig, zu trauern. Man muss einen Ort haben, an dem man trauern kann. Egal ob es der Friedhof ist, eine Kirche oder eine Stelle im Wald, an dem man seine Gefühle rauslassen kann», sagte Manni leise und wirkte plötzlich abwesend.

«Hast du damit Erfahrung?», traute sich Len nach einer Pause zu fragen.

Anfangs stockend, dann immer sicherer berichtete Manni vom Tod seiner Mutter, die er verloren hatte, als er etwa im selben Alter war wie Len. Anders als Paddys plötzlicher Tod hatte sich der von Mannis Mutter über einen längeren Zeitraum angekündigt. Sie litt unter ALS und war letztlich einen schleichenden Tod gestorben.

«Sie war der Mittelpunkt unserer Familie», führte Manni weiter aus, «eine Seele von Mensch. Auch wenn es nach 'ner blöden Floskel klingt: Als sie starb, wurde mir der Boden unter den Füßen weggerissen.»

Len wusste genau, was er meinte. Aufmerksam hörte er Manni zu.

«Aber nach einer gewissen Zeit tut es nicht mehr so sehr weh. Es wird immer traurig sein, ohne einen geliebten Menschen weitermachen zu müssen. Aber es kommt der Tag, da fühlst du, es ist gut, wie es ist, weil du es eh nicht ändern kannst.» Er sah

Len eindringlich an. «Du musst deinen Frieden damit machen. Und dabei hilft dir am besten ein Ort, an dem du die Nähe deines Bruders spüren kannst.»

«Aber ich kann einfach nicht auf den Friedhof gehen», entgegnete Len. «Da ist alles so bedrückend und gruselig. Ich krieg die Bilder von der Beerdigung nicht aus dem Kopf ... All die Menschen, die es nicht fertiggebracht haben, mir in die Augen zu sehen, geschweige denn normal mit mir zu reden!»

Len hatte sich richtig in Rage geredet. Erschöpft lehnte er sich an die efeubewachsene Wand. Es war seltsam, aber er musste gar nicht wie befürchtet losheulen.

Beide schwiegen eine Weile. Es war ein langes, tröstliches Schweigen.

Erst als er später mit Mannis albernen Micky-Maus-Kopfhörern auf den Ohren wieder an der monströs lauten Formatkreissäge arbeitete und in seinem Inneren nach einem Ort suchte, den er mit Paddy verband, machte sich die tiefe Traurigkeit, die sich angestaut hatte, doch Luft. Plötzlich flennte er einfach drauflos, weil er all die Bilder glücklicher Zeiten vor Augen hatte. Und dann kam ihm der entscheidende Gedanke: Es gab tatsächlich einen Platz, der ihn mit Paddy verband und der ihm heilig war.

Vielleicht würde er sich trauen, einmal wieder dorthin zu gehen, dachte Len, als er sich nach Feierabend vollkommen geschafft auf sein Bett fallen ließ. Er war total fertig. Dabei waren es gar nicht der körperliche Einsatz an den Maschinen und die Überstunden gewesen, die so anstrengend waren. Vielmehr hatte das Gespräch mit Manni so viel in ihm aufgewühlt, dass Len sich fühlte, als sei er vom Bus überfahren worden. Und doch musste er zugeben, es hatte gutgetan, mit jemandem zu reden.

Mit jemandem, der ihn verstand. Niemals hätte Len geahnt, wie gut sein Chef nachvollziehen konnte, was in ihm vorging. Trotzdem, grübelte Len weiter, irgendwie machte Trauer egoistisch.

Früher hatte er immer ein offenes Ohr für seine Freunde mit all ihren großen und kleinen Problemen gehabt. Aber seit besagtem Tag drehte sich alles nur noch um ihn selbst. Er konnte sich gar nicht vorstellen, dass es andere gab, die ebenfalls litten. Dass er nicht der Einzige auf der Welt war, der sich mit so einem Schicksal herumschlagen musste. Abgesehen von den armen Kreaturen bei *last exit* natürlich. Aber irgendwie hatte es niemanden gegeben, für den er sich wirklich interessiert hätte.

Unweigerlich fiel Len die Weltverbesserin ein. Sie schien immerhin seine Zeilen verstanden zu haben – Gedicht oder Songtext hin oder her. Kurzerhand griff er nach seinem Smartphone, um nachzusehen, ob sie sich noch mal gemeldet hatte. Fast tat ihm sein blöder Kommentar leid. Aber sie war offensichtlich nicht leicht zu verschrecken, denn tatsächlich fand Len eine neue Benachrichtigung in seinem E-Mail-Account. Also loggte er sich bei dem Portal ein, um nachzusehen, was Madame wohl erwidert hatte. Argwöhnisch klickte Len sich durch bis zu seinem Thread und musste plötzlich schmunzeln, als ihm das Profilbild ins Auge fiel, das *Heilemacherin97* inzwischen hochgeladen hatte. Es zeigte ein Cello, ebenso schlicht und ergreifend, wie seines eine Gitarre zeigte. Dann las er die Nachricht und alles begann von vorn. Sein Hals wurde eng, seine Augen glasig. Hatte Manni wirklich recht? Gab es irgendeinen verdammten Ausweg aus dem dunklen Gedanken-Karussell? Dorthin, wo Gefühle nicht mehr so derart schmerzten?

Am liebsten würde Len sich die Decke über den Kopf ziehen, auf der Stelle einschlafen und nie wieder aufwachen. Doch nicht einmal mehr in der Nacht war ihm Frieden vergönnt. Beim Einschlafen hatte er neuerdings Angst vor den Bildern, die an die Oberfläche drängten. Und die alles dafür taten, den Unfall mit all seinen unfassbar grausamen Details unvergessen zu machen. Aber er hatte auch Angst vor dem Aufwachen, vor genau jenem Moment, in dem sein Geist wie ein dröhnender Dämon die unabänderliche Tatsache herausposaunte: Len würde nie wieder ein normales Leben führen oder gar glücklich werden können.

Lilly

Was ist los, Goldstückchen?», fragte Lillys Vater und streichelte ihr so gewollt unsanft über den Kopf, dass sich ihre Haare aus dem Zopf lösten.

«Papa! Lass das!», beschwerte sich Lilly, ohne von ihrem drittklassigen Teenie-Vampir-Schinken aufzusehen. Dabei konnte sie der unfassbar schlechten Story gar nicht folgen, sondern war mit ihren Gedanken dauernd woanders. «Außerdem sollst du mich nicht so nennen.»

«Es ist aber die Wahrheit, du bist mein Goldstück.» Er setzte sich auf die Lehne des großen und sehr stylishen Fernsehsessels, in den sich Lilly mit einer Decke eingemummelt hatte, weil ihr im Zimmer die Decke auf den Kopf gefallen war, und hielt ihr einen Lakritzbonbon unter die Nase.

«Immer wenn du in meinem Sessel liest, ist irgendwas. Also schieß los!», unternahm ihr Dad einen zweiten Versuch.

Lilly sah auf. Sie liebte Lakritz, durfte aber eigentlich keinen essen, weil ihre Mutter sich einbildete, er sei nicht gut für den Blutdruck. Wann immer Lillys Vater also mit Lakritz aus einem Geheimversteck ankam, musste Lilly schmunzeln.

«Danke.» Sie nahm den Bonbon, wickelte ihn aus, steckte ihn in den Mund und wollte sich wieder ihrem Buch widmen.

«Du bist traurig, weil Natascha geht, richtig?», bohrte der Vater nach und griff nach ihrer Hand.

Lilly zuckte mit den Schultern und ließ es geschehen. Ja,

sie war traurig. Natürlich. Aber schlimmer als das war dieses Gefühl der Leere, das sich jeden Tag gewaltiger in ihr auszubreiten schien.

«Wenn du willst, fahre ich euch gleich morgen früh an die Ostsee und hole euch auch wieder ab», verkündete er feierlich und sah seine Tochter erwartungsfroh an.

«Ach, wir wollen gar nicht mehr fahren», entgegnete Lilly und winkte ab. Sie hatte eigentlich gar keine Lust, die Gründe dafür zu schildern, wusste aber, dass ihr Dad nicht lockerlassen würde. Auch ihre Mutter würde früher oder später nachfragen. Laura hatte bereits fragend geschaut, als das Paket mit dem Bikini gekommen war. Aber Lilly hatte den Zweiteiler gar nicht richtig ausgepackt, sondern die verschweißte Tüte einfach in Lauras kleinen Koffer geschmissen, der noch immer erwartungsvoll vor ihrem Bett stand und doch nie zum Einsatz kommen würde.

Lilly stand es ohnehin noch bevor, die Dinge aufzuklären. Also berichtete sie so schnörkellos wie möglich von Nataschas Plänen.

«Wirklich, es ist kein größeres Problem für mich», ergänzte sie bemüht sachlich. «Das geht schon in Ordnung.»

«Und warum hängen deine Ohren dann bis zum Boden?»

Lillys Vater lächelte so herzerwärmend, dass sie gar nicht anders konnte, als sich an ihn zu lehnen und sich streicheln zu lassen. Sie liebte ihn sehr, ebenso wie sie natürlich auch ihre Schwester und ihre Mutter liebte. Aber er war der Einzige, mit dem man ab und an ein bisschen Spaß im Alltag haben konnte. So als wäre alles in bester Ordnung.

«Die hängen gar nicht. Jedenfalls nicht mehr als sonst.» Lilly schluckte. Das war gelogen. In Wahrheit war es ihr schon lange nicht mehr so mies gegangen wie in diesen Tagen.

Georg Heinemann hob skeptisch die Augenbrauen und sah seine Tochter über den Rand seiner sportlichen Brille streng an. Wie ein Oberlehrer. Dabei war Lillys Vater Architekt, und zwar ein durchaus erfolgreicher. Überhaupt fand sie ihren Dad ziemlich cool. Er war ein entspannter, hochgewachsener Typ, modern gekleidet, und es war nicht peinlich, sich mit ihm irgendwo blickenzulassen.

Aber ihre üppige Freizeit nur noch mit den Eltern zu verbringen, das wollte Lilly natürlich auch nicht. Vor allem jetzt, da die Schulzeit zu Ende ging und sich viele Freundschaften auflösten, wurde es einfach zu viel. Zu viel, um es durch Lesen oder Shoppen kurzzeitig verdrängen zu können.

«Meinst du nicht, ihr bleibt enge Freundinnen, Natascha und du? Ihr seid doch ständig in Kontakt. Außerdem wirst du neue Freunde finden, wenn du auch irgendwann deinen Weg gehst.» Bei dem letzten Satz verzog Lillys Vater verräterisch die Mundwinkel, wodurch er sich selbst seiner geschönten Wahrheit überführte.

So groß die Hoffnung auf eine Besserung von Lillys Zustand auch sein mochte, beide Eltern waren nicht besonders talentiert darin, ihre Angst vor der Realität zu überspielen. Lilly hingegen war ständig im Training, wenn es darum ging, scheinbar heiter über das Dunkle, das sie umgab, hinwegzugehen.

«Kann schon sein. Es gibt schließlich noch Skype und Telefon», sagte sie mit einem tapferen Lächeln. Sie wollte ihren Vater darüber hinwegtrösten, dass er es trotz aller Mühe nicht schaffte, sie aufzumuntern.

«Das ist mein Mädchen!», sagte er auch sogleich und tätschelte ihre Hand. «Ich werd dann mal den Pizzaservice anrufen, eure Mutter ist noch unterwegs.»

Lilly nickte. Sie war froh, dass ihre Mum jede Woche einen Saunaabend mit ihren Freundinnen machte. Eine Maßnahme, die ein Jahr zuvor eingeführt worden war, als Angela Heinemann selbst Herzrhythmusstörungen bekommen hatte. Die Auszeit und die Gespräche taten ihr gut. Immerhin opferte sie sich jeden Tag für Lilly und für die eigene Mutter auf.

«Habt ihr etwa schon bestellt?», brüllte Laura wie auf Knopfdruck aus dem Flur. Sie war gerade erst nach Hause gekommen, knallte die Haustür hinter sich zu und stürzte ins Wohnzimmer. «Ich nehme –»

Abrupt blieb sie stehen, als sie Lilly und ihren Vater einträchtig beieinander auf dem Sessel bemerkte.

«Störe ich?»

«Hallo, Kleine», sagte ihr Vater und stand auf. Er griff nach einem der insgesamt vier Haustelefone, das in einer Station neben all den sorgfältig mit Passepartouts und passenden Rahmen versehenen Familienfotos auf dem Kaminsims stand.

Als Lilly vom Sessel aus ihren Blick über die Galerie wandern ließ, musste sie feststellen, dass die Bilder schon seit Jahren nicht mehr erneuert worden waren. Sicher würde dort einmal ihr Porträt vom Fotografen stehen, das kurz vor Weihnachten für das Abi-Jahrbuch gemacht worden war und das ihre Eltern so toll fanden. Lilly selbst mochte die Aufnahme nicht besonders, weil es ihr an dem Tag ziemlich miserabel gegangen war. Sie dachte gerade darüber nach, ob es eigentlich wichtig für sie war, welches Bild nach ihrem Tod dort stehen und für quälende Erinnerungen sorgen würde, als sie von Lauras Stimme ins Hier und Jetzt zurückbefördert wurde.

«Also, ich nehme Salami und Schinken», flötete Laura mit süffisantem Grinsen in Lillys Richtung.

In ihrem schwarzen Hängerchen und den Springerstiefeln sah sie mal wieder ziemlich daneben aus.

Es schien ihrer reizenden Schwester eine Heidenfreude zu bereiten, wenn sich eine gute Gelegenheit bot, Lilly wegen ihrer veganen Lebensweise ärgern zu können. Dabei war Laura mindestens genauso tierlieb wie sie.

Am besten kam Lilly damit klar, wenn sie diese pubertären Provokationen, so gut es ging, ignorierte. Jedenfalls hatte sich mehrfach gezeigt, wie sinnlos es war, Laura ihre Beweggründe verständlich zu machen. Lilly ernährte sich vor allem deswegen so konsequent vegan, weil sie diese Welt ein winziges bisschen besser hinterlassen wollte, wenn sie eines Tages ging.

Wenn sie ganz ehrlich war, hoffte sie im Stillen auch darauf, sich dadurch beim Universum für ein Spenderherz zu qualifizieren. Das waren wirre Überlegungen, aber womöglich hatte Lilly kein Recht, weiterzuleben, wenn sie nicht bewies, es auch wirklich zu verdienen! Damit brauchte sie ihrer Familie allerdings nicht zu kommen. All diese verschrobenen Gedanken waren es, die ein Leben mit krankem Herz so einsam machten.

«Und du, Lilly?», fragte ihr Vater mit dem Hörer in der Hand, «Spinat ohne Käse?»

«Ich hab vorhin schon gegessen», schwindelte Lilly und verabschiedete sich, um sich auf ihr Zimmer zurückzuziehen. Kraftlos ließ sie sich in ihren Sitzsack fallen und schaute auf ihr Handy. Natascha hatte schon wieder eine Art Entschuldigungsnachricht geschickt. Lilly antwortete pflichtschuldig, dass es wirklich keinen Grund für ein schlechtes Gewissen gab. So wie sie es schon beim Treffen im *Stübchen* unmissverständlich klargemacht hatte. Vielleicht war es aber auch zu viel verlangt, dass sich irgendwer in ihre Gefühlslage hineinversetzen konnte. Sie wollte verdammt noch mal kein Mitleid. Alles, was sie wollte, waren Begegnungen auf Augenhöhe und das Gefühl, trotz allem ein normaler Mensch zu sein. Ein Mensch, mit dem man normal umgehen konnte, ohne geschönte Wahrheiten und falsche Rücksichtnahme. Aber wenn nun selbst Natascha ganz offensichtlich nicht mehr dazu in der Lage war ...

Lilly schloss die Augen und hatte plötzlich wieder diese Zeilen im Ohr:

es gab dieses leben
unterm strich unfassbares glück
ich würde für das zurück
einfach alles geben ... alles geben

Ob *Alleszerstörer* sich noch mal gemeldet hatte?

Lilly schnappte sich ihren Laptop, legte ihn sich auf den Schoß und hielt nochmals inne. Erst jetzt spürte sie, wie sehr sie sich wünschte, dass da jemand war, der ein echtes Interesse hatte, sich mit ihr auszutauschen. Jemand, der sie verstand, der ihre Krankheit akzeptierte und sie nicht in Watte packte. Jemand, der vielleicht ähnlich wie sie mit dem Schicksal haderte.

Oder klammerte sie sich nur an die vage Hoffnung, dass da ein Seelenverwandter am anderen Ende sitzen könnte?

Wie in Zeitlupe rief Lilly die Seite auf und loggte sich ein. Sie hoffte so sehr, dass er sie nicht ignorierte oder sie nicht mit einem weiteren kurzen Kommentar abspeiste. Für einen weiteren Rückschlag war sie heute nicht gewappnet.

Zunächst traute sie sich nicht, genau hinzusehen, und blinzelte bloß durch die Finger, die sie sich wie bei einem Horrorfilm vor die Augen hielt. Doch dann durchfuhr sie ein kurzes, aber großartiges Glücksgefühl. Denn tatsächlich wartete eine Antwort auf sie:

keine ahnung, was ich hier tue und warum ich überhaupt zurückschreibe. aber wenn du schon die falschen fragen stellst, gebe ich mal kurz richtige antworten: meine große liebe ist, oder treffender gesagt war, mein kleiner bruder. und das gedicht ist kein gedicht sondern ein songtext.
l.
ps: ist das ein violoncello?

Mit einem Lächeln las Lilly die Zeilen noch einmal. Obwohl sie alles andere als freundlich formuliert waren, freute sie sich tierisch. Vor allem über die Frage am Ende, die wohl ein klitzekleiner Hinweis darauf war, dass *Alleszerstörer* sehr wohl daran interessiert war, sich weiter mit ihr auszutauschen.

Doch was sollte sie antworten? Ein einfaches «Ja!». Oder «Ja, aber ...?».

Spannender war vielmehr, dass sie es hier offensichtlich mit einem Musiker zu tun hatte und gar nicht mit einem hoffnungslos verkopften Lyriker, dessen Lebensinhalt allein darin bestand, seiner Verflossenen hinterherzutrauern. In jedem Fall musste er ein großes Herz haben, wenn ihn der Tod seines Bruders zu so gefühlvollen Zeilen inspiriert hatte. Warum er wohl gestorben war? Ob er auch unheilbar krank gewesen war? Und was bedeutete «l.»? Sie hatten offenbar einen Namen mit dem gleichen Anfangsbuchstaben. Wenn all das nicht Grund genug war, sich jetzt richtig ins Zeug zu legen!

Aber Lilly fiel einfach nichts ein. Was sollte sie bloß schreiben?

So konnte das nicht funktionieren. Es würde eine ganz bestimmte Art der Inspiration brauchen.

Langsam erhob sich Lilly und schlich leise aus dem Zimmer. Sie ging in das Souterrain des Hauses, wo auf der Westseite das Architekturbüro ihres Vaters lag sowie die Räume seiner beiden Angestellten. Lilly fand den Weg auch ohne Licht. Denn sie wusste genau, wo ihr Vater die Tüte mit den Lakritzbonbons versteckt hatte. Als sie die unterste Schublade seines riesigen Schreibtisches öffnete, wurde sie sofort fündig. Kurzerhand nahm sie die ganze Tüte einfach mit auf ihr Zimmer, um es sich dort vor dem Bildschirm gemütlich zu machen. Der lange Weg durchs große Haus war es definitiv wert!

Unbemerkt kehrte sie in ihr Zimmer zurück, machte es sich auf dem Sitzsack gemütlich und klappte den Laptop auf. Als sie den «einfach-alles-scheiße»-Thread anklickte, stockte sie jedoch. Lilly wollte nicht, dass die anderen Mitglieder weiterhin mitlesen konnten, worüber sie sich mit «l.» austauschte. Also schloss sie den Link gleich wieder und klickte stattdessen auf den Button *Nachricht senden.* Sie schrieb direkt in das Kontaktformular, das sich sogleich öffnete und viel Raum bot. Für richtige Antworten und ungeschönte Wahrheiten.

Len

Als Len vollkommen außer Atem am Ziel seiner Laufstrecke angekommen war, krümmte er sich vor Schmerz. Die Seitenstiche hätte er keinen weiteren Meter ignorieren können, und er fragte sich, ob er es überhaupt zurück zum Auto schaffen würde. Manni hatte ihm seinen Pick-up geliehen, denn er fand es gut, dass Len wieder Sport machte, und wollte ihn darin unterstützen.

Immerhin hatte es Len bis zu der großen Eiche geschafft, die früher eine Art Zufluchtsort für ihn und Paddy gewesen war. Gemeinsam hatten sie dort mit Simon und Flo ein Baumhaus errichtet. Und wenn es einen Ort auf der Welt gab, wo er seinem Bruder nahe sein konnte, dann hier, dachte Len, als er erleichtert feststellte, dass die Seitenstiche allmählich abklangen.

Len stützte sich auf die Knie. Sein Herz pochte wie wild. Und er konnte nicht ausmachen, ob es daran lag, nicht mehr im Training zu sein, oder daran, dass ihn die aufkommenden Kindheitserinnerungen in der letzten Nacht so sehr aufgewühlt hatten. Vor dem geistigen Auge sah er seinen kleinen, strohblonden Bruder, wie er zum Baumhaus hochkletterte, mit einem Kescher bewaffnet herumschwirrende Insekten in der Mittagshitze malträtierte und wie sie gemeinsam mit ein paar Freunden beim Stockbrotessen am offenen Lagerfeuer saßen. Obwohl Paddy drei Jahre jünger gewesen war, hatten sie zahlreiche gemeinsame Freunde gehabt.

Ob noch etwas vom Baumhaus zu sehen war? Es war ein langer, heißer Sommer gewesen, als sie es damals mit Hilfe ihres Vaters gebaut hatten. Jedenfalls hatte Len es so in Erinnerung. Wahrscheinlich hatte es in jenen legendären Sommerferien, bevor er von der Grundschule auf die Gesamtschule gewechselt war, ebenso viele kühle Regentage gegeben wie diesen Sommer. Doch im Davor erschien nun mal alles doppelt so schön, leicht und heiter.

Wie stolz sie alle gewesen waren, als das Baumhaus fertig war. Mit alten Matratzen und Decken hatten sie es gemütlich eingerichtet und mit einem echten Richtfest eingeweiht! Die Mütter hatten körbeweise Leckereien aufgefahren und das Werk zusammen mit den anderen Vätern bestaunt. Seinem Dad wurde anerkennend auf die Schulter geklopft für sein handwerkliches Geschick. Seit über 25 Jahren arbeitete Jörg Behrend bereits als Maschinenschlosser in einem großen Autozuliefererunternehmen. Vielleicht hatte Len das Talent von ihm geerbt. Jedenfalls hatte das Baumhaus den Grundstein für seinen Wunsch gelegt, Tischler zu werden. Er fand es faszinierend, einen Entwurf im Kopf zu haben und zu bestaunen, wie daraus – durch eigene Kraft – Wirklichkeit wurde.

Len richtete sich auf und sah sich um. Hier irgendwo stand die riesige Eiche. Er musste sich erst ein wenig durchs Dickicht kämpfen, ehe er den uralten Baum erreichte. Sofort sah er nach oben. Und tatsächlich waren dort noch ein paar Überreste des Baumhauses auszumachen. Die Leiter war nirgends zu entdecken, doch Len zögerte keine Sekunde und schaffte es mit geübten Bewegungen, die etwa vier Meter bis nach oben zu klettern. Sämtliche Bretter waren inzwischen mit einer grünbraunen Schicht Moos und Dreck überzogen, an den meisten

Stellen schien das Holz morsch. Trotzdem wagte Len vorsichtig einen Schritt auf das löcherige Podest.

Er musste unweigerlich breit grinsen, als er von dort oben durch das Blätterwerk den vertrauten Blick in die Ferne richtete und bis zum Rheinufer sehen konnte. Wie sehr hatte er die Aussicht schon damals genossen? Und wie endlos lange schien das her zu sein?

Len dachte nach. Aber ihm mochte einfach nicht einfallen, wann er das letzte Mal hier gewesen war. Sicher war es zusammen mit Paddy gewesen. Denn trotz aller unter Brüdern üblichen Streitereien hatten sie das meiste gemeinsam unternommen.

Plötzlich knackte es, und das Holz unter Lens Füßen gab nach. Er schrie auf vor Schreck und konnte sich gerade noch mit einem Satz auf einen der beiden dicken Äste retten, die das Podest stützten. Aber er rutschte ab. Und zwar so schnell, dass er den Halt vollends verlor und mit einem Satz auf den Boden rumste.

«Verdammter Mist!», rief Len. Er war dummerweise auf sein linkes Knie gefallen, das ihm immer schon Schwierigkeiten machte. Seit er körperlich arbeitete, spürte er jeden einzelnen seiner Knochen noch mehr. Und nun tat ihm alles weh. Es schmerzte so arg, dass er gar nicht aufhören konnte zu fluchen.

Noch im Sitzen tastete er nach seinem Smartphone, das in der Hosentasche seiner Shorts gesteckt hatte. Es war verschwunden!

Blitzartig richtete Len sich auf, um nach dem Telefon zu suchen. Doch im selben Moment sackte er wieder in sich zusammen, weil ein höllischer Schmerz sein Bein durchfuhr. Er hatte keine Kraft aufzustehen.

Panisch sah er sich um und entdeckte sein Handy ein paar Meter vom Stamm der Eiche entfernt.

Vorsichtig robbte Len zu seinem Telefon, in der Hoffnung, dass es den Sturz überstanden hatte und das Display nicht in Mitleidenschaft gezogen worden war. Denn das würde teuer werden. Und bei seinem Lehrlingsgehalt war eine Reparatur oder gar ein neues Gerät einfach nicht drin. Früher hatte er bei finanziellen Engpässen auf Unterstützung durch seinen Vater hoffen können. Doch auch das war lange vorbei. Seit er die Schule abgebrochen hatte, steckte ihm nur seine Mutter ab und zu noch heimlich was zu.

«Schwein gehabt», zischte Len, als er sah, dass das Display nicht gesplittert war, obwohl der Boden hier mit etlichen kleinen und großen Steinen übersät war.

Mühsam schleppte Len sich zurück zur Eiche und lehnte sich mit schmerzverzerrtem Gesicht an den Baumstamm. Ihm wurde schwarz vor Augen.

Kurz überlegte er, einen Krankenwagen zu rufen, fand es im selben Moment aber ein bisschen albern. Nur konnte er nicht sagen, ob er überhaupt wieder zu Mannis Auto würde zurückhumpeln können.

Er betrachtete sein Knie eingehender. Es war etwas geschwollen.

Als er versuchte, das verletzte linke Bein etwas zu belasten, durchfuhr ihn ein gewaltiger Schmerz. Trotzdem humpelte er langsam in die Richtung, aus der er gekommen war. Nach ein paar Hüpfschritten auf dem rechten Bein gab Len widerwillig auf und ließ sich vorsichtig ins Gras sinken. Er hatte sich vermutlich eine Zerrung oder Prellung zugezogen.

Seine Augen scannten den unmittelbaren Radius nach einem

dicken Stock in Reichweite ab, den er als Krücke benutzen konnte. Doch da war nichts Brauchbares zu entdecken.

Len beschloss, für eine Weile sitzen zu bleiben und abzuwarten.

Auf dem Display konnte er sehen, dass eine SMS eingegangen war. Sie stammte von seinem Netzanbieter, der über neue Sondertarife berichtete, die keinen Menschen interessierten.

Immerhin hatte er Empfang, dachte Len und checkte sogleich die Wetter-App. Erleichtert stellte er fest, dass er wohl wenigstens vom Regen verschont bleiben würde, der eigentlich schon für den Mittag angekündigt gewesen war.

Danach checkte er seine E-Mails. Ganz oben in der Liste war eine von *last exit* oder genauer gesagt von *Heilemacherin97* zu sehen, die dieses Mal offenbar statt eines Posts eine persönliche Mail geschickt hatte.

Len pfiff durch die Backen, als er zügig hinunterscrollte und entdeckte, wie lang die Nachricht war. Dann begann er zu lesen:

Lieber l.,

ich weiß, es ist ein bisschen seltsam, von jemandem Post zu bekommen, den man gar nicht kennt. Und natürlich ist es genauso seltsam, jemandem zu schreiben, den man gar nicht kennt. Deine Zeilen – dein Songtext, sorry! – allerdings inspirieren mich aber irgendwie dazu, es trotzdem zu tun. Wo soll oder wie kann ich bloß anfangen?
Zunächst möchte ich natürlich sagen, wie leid es mir tut, dass du deinen Bruder verloren hast. Obwohl ich ziemlich oft mit dem Thema Sterben beschäftigt bin, kenne ich mich mit

Trauer eigentlich gar nicht aus. Glücklicherweise muss man wohl sagen. Doch es zieht sich in mir alles zusammen, wenn ich auch nur daran denke, wie es wäre, ohne meine Liebsten weiterleben zu müssen. Ich liebe meine Eltern, selbst meine nervige Schwester! Aber wenn der eigene kleine Bruder stirbt, bedeutet das in dem Fall, er ist viel, viel, viel zu früh gegangen.

Ich nehme an, wenn man dir irgendwas Tröstendes sagen will, muss das wie blanker Hohn klingen. Auf Mitleid kann ich jedenfalls immer gut verzichten. Also lass ich es am besten. Ohnehin scheinst du die besseren Worte für deine Trauer zu finden. Ich meine, wer so schöne Songtexte schreibt, der weiß, was Lieben und Leiden bedeutet ... Oder ist «alles geben» gar nicht von dir?

Herzlich,

L.

PS: Ja, ich spiele Violoncello. Und die Tatsache, dass du anders als 99 % der Leute nicht einfach von Cello sprichst, lässt mich hoffen, dass du dich mit Musik tatsächlich ein bisschen auskennst. Spielst du Bassgitarre?

Len musste schmunzeln, als er am Ende angekommen war. Wer hätte das gedacht. Diese überraschend erfrischenden Worte waren eindeutig sein Tageshighlight, auch wenn das Pochen in seinem Knie nicht weniger geworden war.

Er unternahm einen erneuten Versuch aufzustehen. Aber es ging nicht. Der Schmerz war zu groß.

Unwillkürlich legte Len sich rücklings ins weiche Gras. Dann würde er eben noch eine kleine Pause machen.

Mit halb zugekniffenen Augen las er noch einmal die Nachricht von L. Er musste grinsen, weil sie ihren Namen genauso abgekürzt hatte wie er seinen.

Wie sie wohl hieß?, überlegte Len und ging alle weiblichen Namen durch, die er mit diesem Buchstaben kannte. Viele waren es nicht. Überhaupt kannte er nur wenige Frauen. Er hatte mal eine Freundin mit dem Namen Anna gehabt. Anfangs waren sie beide ziemlich verknallt gewesen, und alles lief gut. Doch dann, als sie schon ein paar Monate zusammen gewesen waren, passierte es: Paddy verunglückte und starb.

Noch immer versetzte es Len einen Stich, wenn er daran dachte, dass Anna ihn damals einfach hatte fallenlassen. Nicht einmal zur Beerdigung war sie gekommen, weil sie angeblich plötzlich krank geworden war. Doch es war vollkommen klar, dass dies bloß eine Ausrede gewesen war. Es war ihre Unfähigkeit, sich ihm gegenüber normal zu verhalten. Dabei hatte er gar kein Mitleid oder dergleichen gebraucht, sondern einfach jemanden, der ihm zuhörte, ohne die Dinge zu bewerten. Wie oft hatte er sich sagen lassen müssen, er habe keine Schuld an dem Unfall, obwohl sein Gewissen ihn beinahe selbst umbrachte. Wie oft hatte er anderen zuhören müssen beim Verbreiten dieser unsäglichen Floskeln, dass das Leben weiterginge, obwohl alles in ihm tot war. Wie oft hatten Verwandte oder Freunde versucht, ihre Unsicherheit zu überspielen, und krampfhaft mit ihm über Belanglosigkeiten sprechen wollen, obwohl sein Hirn nur ein einziges Thema kannte.

Jedenfalls hatte er Anna kaum eine Träne nachgeweint. Denn sehr schnell hatte er erkannt, dass sie es nicht wert gewesen war. Aber jemanden zum Reden, das hätte er gebraucht!

Vielleicht war L. eine, die gut zuhören konnte. Sie bewies

jedenfalls die nötige Sensibilität. Vielleicht hatte sie selbst einen Schicksalsschlag erlitten und wusste, was es hieß, zu leiden. Oder was sollte es bedeuten, wenn sie schrieb, sie sei ziemlich oft mit dem Thema Sterben beschäftigt? Es musste schließlich einen Grund geben, warum sie sich auch bei *last exit* herumtrieb.

Plötzlich war Lens Interesse geweckt, und er begann, etwas umständlich über die Handytastatur im Bildschirm, seine Antwort an *Heilemacherin97* zu formulieren:

> liebe lena, oder liebe laura, odr doch liebe linda?! die meisten l-namen sind ganz nett, wie mir grade auffällt. sag mal, ob ich einen treffer gelandt habe? sorry, falls ich hier irgendwelcje fehler in die mail reinhaue, die sonne blendet, und ich bin akut ein bisscjen gehandicapt. kann nur in mein telfon tippen. also: danke für deine worte! weiß ja, dass es in so eonem fall nicht leicht is, die richtgien worte zu finden. jedenfalsl hab ich das gelerntr in dem ganzen drama, nicht so anspruchvoll sein mit dem umfeld. was machst du eigentlic auf der seite? warum beschöftigt dich das ende jetzt schon, wo du doch bstimmt nicht mal 20 bist. (oder?) ich für meinen teil denke ja es lebt sich besser, wenn man nur 0 % erwartet vom leben und dann aber manchmal ein paar prozent gratis bekommt, so wie dein mail heute. was mich sonst noch hochhält, sind meine texte und meine bassgitarre. ☺
> gruß len
> ps wieso gerade cello? sorry, violoncello?

Ohne die Nachricht noch einmal zu lesen, ging Len auf *Senden* und schloss zufrieden die Augen. Eine ganze Zeit lag er einfach nur da, alle viere von sich gestreckt.

Manni hatte recht: Tatsächlich war Paddy hier auf seltsam beruhigende Weise präsenter als anderswo. So aus der Zeit gefallen würde es sich vielleicht anfühlen, wenn man starb. Aber nur, wenn man sanft einschlief und nicht wie Paddy von einem Moment auf den anderen aus dem Leben gerissen wurde.

Len hielt die Luft an, so lange, bis es nicht mehr ging.

Wenn es doch so einfach wäre, dachte er, einzuschlafen und nie wieder aufzuwachen! Dann wäre das Leben bloß so eine Art übler Traum gewesen, und danach käme das große Nichts. Oder etwas Wundervolles. Aber daran glaubte Len nicht, erst recht nicht seit Paddys Tod. Kein Gott der Welt, den er für würdig befinden würde, angebetet oder angehimmelt zu werden, hätte ihm einen solch schweren Schlag verpasst. Seine Religions- und Deutschlehrerin mit dem passenden Namen Frau Engels hatte damals behauptet, Gott mute einem nur so viel zu, wie man auch tragen könne. Aber das stimmte nicht! Es hatte in all der Zeit nicht einen Tag gegeben, an dem er sich nicht am liebsten für immer verabschiedet hätte von dem bitterbösen Spiel mit dem aberwitzigen Namen Leben. Eine Verletzung am Knie war absolut nichts gegen den Schmerz in seiner Seele. Wie oft glaubte Len, es keinen weiteren Tag, keine Minute mehr länger auszuhalten!

Er seufzte und setzte sich ächzend auf. Irgendwie würde es schon gehen, versuchte er sich notgedrungen zu ermuntern. Und tatsächlich fiel in diesem Moment sein Blick auf ein Stück Holz, das in ein paar Metern Entfernung aus den Büschen herausragte. Vorsichtig robbte er in die Richtung und entdeckte, dass es sich um das Ende eines Paddels handelte. Und zwar eines, das er nur allzu gut kannte!

Sie hatten das Baumhaus damals beim Spielen zu allem

Möglichen umfunktioniert. Zu einer Raumstation, einer Kommandozentrale und einem Piratenschiff. Also war es nur folgerichtig gewesen, von zu Hause allerlei nützliche Accessoires heranzuschleppen. So wie ihre beiden Bootspaddel, von denen offenbar nur noch dieses eine übrig geblieben war.

Als Len seine Hand danach ausstreckte, musste er feststellen, dass es nicht so einfach loszumachen war. Dornenranken hatten sich über die Jahre wie ein dichtes Spinnennetz darüber ausgebreitet. Erst als er das Gestrüpp mit dem gesunden Bein vorsichtig zur Seite drückte, konnte er das Holzpaddel durch mehrfaches Hin- und Herruckeln herausziehen. Wie durch ein Wunder schien es unbeschädigt zu sein.

Mit Hilfe des Paddels richtete Len sich auf. Senkrecht gehalten endete es exakt auf Achselhöhe, sodass er es prima als Krücke benutzen konnte. Er würde es doch noch allein zurück zum Auto schaffen.

Lilly

Lilly saß im Wartezimmer der kardiologischen Abteilung des Hamburger Universitätsklinikums und hoffte das erste Mal in ihrer langen Krankheitsgeschichte, sie würde bloß nicht allzu schnell aufgerufen. Sie hatte ihr iPad dabei und konnte dank einer SIM-Karte ins Internet gehen. Bereits im Auto auf dem Weg ins Krankenhaus hatte sie auf ihrem Handy Lens Nachricht gelesen. Nun konnte sie es gar nicht mehr abwarten, eine Antwort zu schreiben.

Sie strahlte wie die Sonne über dem Hamburger Hafen, durch den die Autobahn sie geführt hatte. Zum Glück hatte sie ihre Mum noch während der Fahrt überzeugen können, dass diese schon mal ihre Besorgungen in der Stadt machte und nicht wie sonst mit Lilly im Krankenhaus wartete. Oft dauerte es Stunden, bis sie mit einem Doc, einer Schwester sprechen konnten oder ein Untersuchungsergebnis bekamen. Schon die lange Strecke von der Tiefgarage bis zum Herzzentrum war auf dem Gelände kein Vergnügen. Lilly kam sich immer vor wie in einer Krankenhausstadt mit unzähligen Gebäuden und Straßen, aus denen es eines Tages womöglich kein Entkommen mehr gab.

Angela hatte schließlich zähneknirschend zugestimmt, Lilly an der Einfahrt abzusetzen und ihre Einkäufe zu machen. Die Mutter würde sie erst abholen, wenn der alle drei Monate stattfindende Untersuchungsmarathon ausgestanden war und Lilly sich bei ihr meldete.

Natürlich waren sie auch an diesem Tag viel zu früh in Eppendorf angekommen, weil Lillys Mutter für die Strecke von Lüneburg nach Hamburg gerne eineinhalb Stunden einplante. Dabei wusste jeder Pendler, dass man es normalerweise auch in der Hälfte der Zeit schaffte.

«Aber die A1 ist oft dicht, seit dieses Schiff die Elbbrücken gerammt hat», hatte ihre Mum beim Frühstück erklärt. «Und beim Elbtunnel weiß man ja nie so genau …»

An Krankenhaustagen war Lillys Mutter immer besonders akkurat zurechtgemacht. Ihr kinnlanger, blondierter Pagenschnitt war ohnehin stets topgepflegt. Statt ihrer Brille trug sie zu diesen Gelegenheiten allerdings Kontaktlinsen. Und eine Bluse statt T-Shirt sowie ein farblich perfekt abgestimmtes Tuch statt ihrer üblichen Steppweste, mit der sie auch in den Garten ging, ganz gleich, wie warm es war.

Lillys Vater hatte hinter seiner Zeitung mit den Augen gerollt und Lilly verschwörerisch zugezwinkert. Dabei wusste Lilly, dass sich ihre Mum und ihr Dad an sich sehr gut verstanden. Irgendwie mochte sie die Ehe ihrer Eltern. Zwar tat sie wie alle Kinder einen Teufel, sich Dinge auszumalen, die man in einer Ehe nun mal so tat. Aber im Grunde waren Angela und Georg so etwas wie Vorbilder für Lilly. Falls sie jemals heiraten würde, hatte Lilly schon öfter gedacht, würde sie sich eine Familie wie ihre wünschen. Auch wenn Lauras Übellaunigkeit nicht zu überbieten war, was auch immer der Grund dafür sein mochte.

Eigentlich kannte Lilly ihre Schwester gar nicht mehr. Ohnehin flüchtete Laura, so oft es ging, aus dem Haus. Am liebsten wäre sie vermutlich längst ausgezogen, wenn man sie gelassen hätte. Aber spätestens wenn Laura sich eine Erkältung einfing, brauchte sie die Nähe der Eltern. Dann tat sie so, als sei sie sterbenskrank. Nicht in dem Sinne, dass sie jammernd auf dem Sofa lag. Nein, viel subtiler. Sie war dann extrem schweigsam, starrte stundenlang leidend an die Decke und seufzte tief, wenn die Mutter ihr die entsprechenden Medikamente aus der Apotheke mitbrachte. Tabletten schlucken konnte sie angeblich nicht. Und schon in einer Spritze sah sie eine tödliche Waffe.

Wäre dies so, hätte Lilly bereits tausendfach sterben müssen. Wie viele Nadeln ihr Körper wegen all der Blutentnahmen und Operationen schon hatte ertragen müssen! Gepikst zu werden war für sie inzwischen genauso harmlos wie Zähneputzen.

Ungeduldig wartete Lilly zwischen Anmeldung und der obligatorischen Blutentnahme darauf, sich endlich ihrem Tablet widmen zu können. Sie freute sich über Lens Nachricht und wollte unbedingt seinen Nachnamen herausfinden, um ihn googeln zu können.

Lilly setzte sich in die hinterste Ecke des recht sterilen Raumes mit dem abartigen Geruch und holte den Computer hervor. Ihre aktuelle Lieblingstasche, ein lässiger Shopper aus Leinen, nutzte sie als bequeme Ablage für ihr iPad. Dann tippte sie einfach drauflos:

Lieber Len,
ohne dir Honig um den wohl nicht vorhandenen Bart schmieren zu wollen, muss ich gleich mal loswerden, dass du meinen Lieblingsnamen für einen Jungen trägst. Schon als kleines Mädchen hatte ich mir geschworen, sollte ich jemals einen Sohn haben (was nicht wirklich wahrscheinlich ist), würde ich ihn Lennart oder Lennox nennen und Len rufen. Ich mag Namen, die mit L beginnen. Und nein, du hast keinen Volltreffer gelandet. Nur fast. Meine kleine Schwester heißt nämlich

Laura, ich aber heiße Lilly, benannt nach den Lieblingsblumen meiner Mutter: Lilien. Die meisten denken bei Lilly leider sofort an Prinzessin Lillyfee, was mir die Grundschulzeit nicht gerade leicht gemacht hat.
Du gehst auch wohl kaum noch zur Schule, wenn du schon über 20 bist. Was machst du also außer Gitarre spielen und Songtexte schreiben? Spielst du schon lange? Gibt es irgendeinen Clip im Netz?
Ich spiele, seit ich als Grundschülerin in der Musikschule war. Erst Klavier und danach eben Cello, einfach weil ich Streichinstrumente so viel sinnlicher finde. Ein Leben ohne mein Violoncello kann ich mir eigentlich gar nicht vorstellen. Es zu spielen macht mich glücklich. Aber leider macht es mich auch krank, also körperlich fertig, mein ich. Paradox, oder?
(Sorry, hier musste ich eine Pause einschieben. Mir wurde Blut abgezapft.)
Aber keine Panik, lieber alleszerstörer. Mir geht's grad eigentlich ganz okay, es hatte auch keinen bestimmten Grund, warum ich mich bei last exit angemeldet hab. Jedenfalls ist nichts Akutes angefallen. Aber ich bin voll bei dir, dass man vom Umfeld nicht zu viel erwarten darf. Ich rede mit meiner family oder meiner Freundin Natascha auch nicht so gern über mich und meine Krankheit. Finde es sowieso besser, wenn sich alle so normal wie möglich mir gegenüber verhalten. Also, falls es das ist, was du meinst – dieses miese Gefühl, etwas Besonderes zu sein, ohne es auch nur im Geringsten zu wollen. Eigentlich will ich einfach nur ein normales Mädchen sein, das seinen Weg geht – entlang all seiner Träume. Aber das Leben ist kein Wunschkonzert.

Herzliche Grüße
Lilly

PS: Wieso gerade Gitarre, sorry, Bassgitarre? ☺

Als Lilly alles Geschriebene noch einmal überflog und dann erst auf *Senden* ging, bemerkte sie, dass sie dabei die ganze Zeit die Luft angehalten hatte. Ihr wurde schwarz vor Augen. Also nahm sie einen tiefen Atemzug und lehnte sich zurück.

«Guten Tag.» Ein älteres Paar nahm auf den unbequemen Stühlen aus schwarzem Kunstleder Platz. Lilly konnte nicht mit Sicherheit sagen, wer von den beiden in die Runde gegrüßt hatte. Aber ihren miesepetrigen Gesichtern nach zu urteilen, hatte keiner von beiden den Mund aufgemacht. Andernfalls hätte Lilly bestimmt freundlich genickt, als sie von ihrem Bildschirm aufsah. Aber dies war auch kein Ort für ausgelassene Fröhlichkeit. Wer hier saß, hatte ein Problem.

Überhaupt fanden sich unter Kranken wenig freundliche Menschen, fand Lilly. Das Seltsame aber war, dass die Begleiter der Patienten meistens noch mieser drauf waren. Vielleicht weil sie noch mehr damit haderten, wie viel kostbare Zeit bei all der Warterei draufging. Während sich Dauer-Krankenhausgänger wie Lilly selbst irgendwie damit arrangierten und sich durch Sudokus oder Romane ablenkten. Die «Normalos» dagegen machten immer einen gestressten und genervten Eindruck und blickten alle paar Minuten demonstrativ auf die Uhr. So wie Lillys Mutter auch immer. Vielleicht lag es an der Sorge um die älteste Tochter, die sie an den Rand der Belastbarkeit brachte. Oder an fehlender Dankbarkeit dem Leben gegenüber. Vielleicht glaubte Angela Heinemann tief im Inneren auch gar nicht mehr daran, dass sich noch ein passendes Spenderherz finden würde. Lilly jedenfalls hatte sich bei allem, was ihr heilig war, geschworen, jeden Tag ein Dankesgebet zu sprechen, sollte sich diese Chance auftun. Wenn sie nur ein Spenderherz bekäme, könnte sie weiterleben und doch noch irgendwie erwachsen werden.

Lilly fragte sich oft, wie es sich wohl anfühlen würde, das Herz eines Fremden eingepflanzt zu bekommen. An Tag X, also «wenn es so weit ist», würde das Telefon klingeln und ihre Mutter würde mit hochrotem, fleckigem Kopf in Lillys Zimmer stürmen und hektisch ein paar Sachen einpacken. Dann würden sie im Affenzahn in die Klinik fahren. Und dann würde alles gut werden.

Das war natürlich eine verlockende Vorstellung. Wie oft hatte sich Lilly diesen Tag X schon ausgemalt! In ihrer Phantasie herrschten jedes Mal die perfekten Bedingungen: Das Wetter war bilderbuchmäßig und ihre Verfassung blendend. Doch die Tatsache, dass sie sich mit diesem Tag von ihrem eigenen Herzen für immer würde verabschieden müssen, löste in Lilly fast ebenso große Angst aus wie die Sorge vor der eigentlichen Operation. Allein der Gedanke daran brachte ihr Herz jedes Mal beinahe schlagartig zum Stehen!

Wie es wohl war, mit einem fremden Organ zu leben? Es würde sicher kein Tag vergehen, an dem sie nicht an den Spender würde denken müssen. Wohl immer mit einer Mischung aus Gruseln und Demut.

Lilly fragte sich, ob das Herz anders aussehen würde als ihr eigenes. Auch wenn sie eigentlich gar nicht genau wusste, wie ihr Herz überhaupt aussah, abgesehen von den Ultraschalluntersuchungen natürlich. Aber es würde ihr sicher fehlen. Es wäre doch ein – im wahrsten Sinne – sehr befremdliches

Schicksal, mit dem Herzen eines anderen Menschen weiterzuleben. Als Spender käme schließlich nur ein Mensch in Frage, dem das Schicksal ebenfalls sehr übel mitgespielt hatte. Jemand, der nicht mehr aus dem Koma erwacht war oder der bei einem Unfall so gut wie gestorben war. Dr. Rudolf hatte ihr erklärt, dass es Selbsthilfegruppen für solche Fälle gab, und natürlich die Seelsorge und psychologische Begleitung im Krankenhaus. Aber bislang erschien Lilly die Möglichkeit eines Spenderherzens derart theoretisch und abstrakt, dass sie die seelischen Begleiterscheinungen und möglichen Komplikationen einer Transplantation weit von sich schob.

Dennoch glaubte Lilly an Schicksal und das Universum und das Ganze. Das hatte sie ihrer Oma zu verdanken. Die sagte immer: Wenn es sein soll, dann wird es auch so sein. Vielleicht würde Lilly noch ein paar gute Jahre mit ihrem eigenen Herzen haben und danach vielleicht mit einem fremden weiterleben. Es galt nur, die Hoffnung nicht zu verlieren. Außerdem würde die Medizin in der Zeit ohnehin weitere Quantensprünge machen. Es kostete also gar nicht so viel Kraft, optimistisch zu bleiben. Jedenfalls an guten Tagen. An Tagen wie diesem.

Lilly behielt ihre gute Laune auch dann noch, als sie fast eine Stunde später endlich zu Professor Seelinger reingerufen wurde. Blutabnahme und Belastungs-EKG lagen da bereits hinter ihr. Wie immer hatte der Arzt ein tiefbesorgtes Gesicht gemacht, als er mit Lilly den Fragebogen über ihren Zustand der vergangenen Wochen durchgegangen war. Aber sie war einfach in guter Stimmung, als dass er sie mit seinem nüchternen Fachchinesisch hätte runterziehen können.

Wie oft hatte sie schon auf diesen seltsam deprimierenden Billigdruck von Marc Chagall an der Wand gegenüber starren müssen! Und öfter schon hatte sie dabei die gesamte Palette menschlicher Emotionen durchlitten, ehe sie die Ergebnisse ihrer Untersuchungen zu hören bekam. Mittlerweile hasste sie das Bild «Brautpaar mit Eiffelturm» mit dem abstrakten Hahn regelrecht.

Lilly hatte sich schon öfter gefragt, wer in dieser riesigen Krankenhausstadt wohl für die Inneneinrichtung zuständig war. Vielleicht gab es irgendein kosmisches Gesetz, das besagte, Kliniken, ganz gleich, wie modern sie auch sein mochten, durften um keinen Preis der Welt etwas Gemütliches oder Heimeliges ausstrahlen. Weil andernfalls die Patienten das Krankenhaus freiwillig nicht so schnell wieder verlassen würden.

Heute jedenfalls hatte sich Lilly beim Gespräch mit Professor Seelinger nicht mal an dem grimmigen Gesichtsausdruck des seltsamen Gockels gestört, an den sich das ebenso seltsame Hochzeitspaar anlehnte. Es hatte sie rein gar nicht irritiert, was womöglich daran liegen konnte, dass sie glaubte, in Len eine Art Verbündeten gewonnen zu haben.

Mit einem peinlich berührten Kopfschütteln musste Lilly feststellen, dass sie zurück im Wartezimmer bereits das dritte Mal auf ihrem iPhone checkte, ob Len schon geantwortet hatte. Dabei hatte sie ihre Mail doch erst vor einer halben Stunde losgeschickt. Vielleicht würde Len erst am Abend antworten, weil er bis dahin beschäftigt war, versuchte Lilly sich zu beruhigen.

Ihre Nervosität galt mittlerweile aber noch mehr dem Umstand, schon viel zu lange auf die erlösenden Worte der Schwester warten zu müssen, dass sie jetzt endlich gehen könne.

Sicher war einfach mal wieder zu viel los auf der Station. Oder aber sie hatten einfach vergessen, dass Lilly hier noch saß und wartete. Gleich würde sie zur Anmeldung gehen und nachfragen. Aber zuvor schrieb sie ihrer Mutter noch eine SMS, dass sie sich langsam auf den Weg zu ihr machen konnte. Lilly wollte endlich nach Hause.

«Frau Heinemann?»

Endlich hörte Lilly die vertraute Stimme der Schwester, deren Namen sie sich einfach nicht merken konnte, weil er irgendwie asiatisch klang.

«Professor Seelinger möchte Sie gern noch einmal sehen», sagte sie freundlich und deutete in Richtung des Sprechzimmers, das Lilly so verhasst war. Trotz oder gerade wegen des nichtssagenden Mobiliars und der immerfort zugezogenen Lamellen-Jalousien vor dem großen Fenster kam es ihr vor wie eine Todeszelle.

Seufzend stand sie auf und folgte der Schwester. Ein bisschen wunderte sie sich, dass die Tür zum Professor schon offen stand und er sie bereits erwartete. Das war noch nie der Fall gewesen. Für gewöhnlich musste Lilly dort auch immer auf einem ähnlich unbequemen Stuhl wie draußen Platz nehmen und weiter warten. Meist blieb ihre Mutter so lange stehen, bis der Chefarzt der Abteilung irgendwann plötzlich wie aus dem Nichts auftauchte, um nach ein paar knappen, unverständlichen Sätzen genauso schnell wieder zu verschwinden.

«Es ist etwas unglücklich, dass Sie Ihre Mutter heute nicht dabeihaben», sagte Professor Seelinger unumwunden, was Lilly noch weiter irritierte.

Sie spürte, wie sich ihr Puls trotz Betablocker beschleunigte und sich kalter Schweiß um ihren Mund herum bildete.

Irgendetwas stimmte nicht. Das spürte Lilly. Über Jahre hatte sie sich antrainiert, Gesichtszüge und Augen von Ärzten mit guten und schlechten Nachrichten abzuscannen. Meist ahnte sie im Vorfeld, wie die Botschaft zwischen den umständlichen Sätzen wohl lautete, die Lilly weder kapieren konnte noch wirklich kapieren wollte.

«Es tut mir sehr leid, Ihnen sagen zu müssen, dass die Leistung Ihres Herzens inzwischen dramatischer abnimmt als befürchtet», erklärte Professor Seelinger mit einem ungewohnt sanften Ton, der Lillys Panik nur noch schlimmer machte. «Wenn ich ganz offen und ehrlich sein darf, empfehle ich, noch in diesem Sommer ein Kunstherz einzusetzen.»

Obwohl Lilly jedes einzelne Wort ganz genau gehört hatte und sehr zaghaft nickte, war nichts davon wirklich bei ihr angekommen. Konnten sie denn nicht mehr auf ein Spenderherz warten, wollte Lilly fragen. Aber sie zuckte nur mit den Schultern, weil sie unfähig war, auch nur eine Silbe hervorzubringen.

Wieder wurde ihr schwarz vor Augen, weil sie unwillkürlich die Luft angehalten hatte. Unsicher blickte sie umher, weil sie irgendetwas fixieren wollte, das ihr Halt geben konnte. Aber da war nichts. Nichts! Nur das besorgte Gesicht ihres Arztes, der sie noch immer eindringlich ansah.

Nun war der Super-GAU offenbar eingetroffen. Widerwillig hatte sich Lilly bei dem Thema Kunstherz immer ausgeklinkt. Alles, was sie davon behalten hatte, war, wie klein der Eingriff im Verhältnis zu den Komplikationen sein konnte. Und auf wie viel mehr Medikamente und Nebenwirkungen sie sich würde einstellen müssen.

Am meisten Panik bereitete Lilly aber die Ansage, dass es schnell gehen musste und die hoffnungsvolle Zeit ein Ende hatte. Die brutale Realität hatte sie eingeholt. Dabei ahnte sie, der Kampf hatte gerade erst begonnen.

Len

Wusste gar nicht, dass du deinen Job *so* furchtbar findest!», beschwerte sich Manni und ließ sich mit einem Grinsen neben Len auf der Veranda nieder.

Kommentarlos reichte Len ihm eine Zigarette, die Manni dankbar nickend annahm und sich auch sogleich ansteckte. Es war beinahe Mittag und recht spät für die erste gemeinsame Raucherpause.

«Was meinst du?», fragte Len. Eigentlich verstanden er und sein Chef sich meist auch ohne große Worte. Aber diese Anspielung konnte er nicht einordnen.

«Du bist mir irgendwie zu gut gelaunt dafür, dass du krankgeschrieben bist.» Manni sah ihn mit zusammengekniffenen Augen an. «Und dafür, dass du immer behauptest, mit Holz zu arbeiten sei deine einzig große Liebe!»

Vielsagend grinste Len in sich hinein und spielte weiter mit dem Handy in seiner Hand.

«Tippen geht also noch?», fragte Manni und deutete mit dem Kopf auf Lens Handy. «Du vertreibst dir doch schon seit geraumer Zeit die Langeweile mit dem Ding.» Als Len nicht antwortete, stupste Len ihn freundschaftlich in die Seite. «Na ja, du hast dich ja auch nicht am Daumen, sondern am Knie verletzt.»

«Genau, Chef», antwortete Len mit gespielt hörigem Unterton. «Morgen kann ich wieder zupacken, versprochen!»

Skeptisch beugte Manni sich über das verletzte Knie, das unter einem dicken Verband verschwunden war. Dann musste Len sich einen durchaus ernst gemeinten Vortrag darüber anhören, wie dämlich es war, mit geprelltem Knie und improvisierter Krücke durch die Landschaft zu humpeln. Und zwar so lange, bis auch noch die Schultern in Mitleidenschaft gezogen worden waren, sodass am nächsten Tag gar nichts mehr ging und er zum Arzt gebracht werden musste.

«Ein Anruf genügt, egal was ist!», schloss Manni seine Standpauke. «Das hast du jetzt hoffentlich kapiert!»

Len nickte. Es stimmte. Um Hilfe zu bitten, war noch nie seine Stärke gewesen. Auch bei der unglücklichen Joggingrunde war er zu stolz und auch ein bisschen zu ehrgeizig gewesen, um jemanden anzurufen. Eigentlich wäre eh nur sein Chef oder seine Mutter in Frage gekommen. Stattdessen hatte Len sich irgendwie zum Auto geschleppt und war zurück in die Werkstatt gefahren. Die Nacht schlief er sehr unruhig. Am nächsten Morgen war er vor Schmerzen schweißgebadet aufgewacht. Als Manni in der Werkstatt auftauchte und Lens Zustand realisierte, bugsierte er ihn sofort in den Pick-up und fuhr ihn zum Arzt. Er verbot ihm das Arbeiten, noch bevor es der Doktor tun konnte.

Und nun saß Len schon vier Tage nutzlos rum. Dass er nicht zur Berufsschule musste, war toll, weil er mit den Leuten dort ohnehin nicht viel anfangen konnte. Aber in der Werkstatt hätte Len sich nur allzu gern nützlich gemacht, statt Löcher in die Luft zu starren oder aus Langeweile zu viele Zigaretten zu rauchen.

Ein kurzer Klingelton ertönte, und sofort schaute Len auf seinem Handy, wer ihm eine SMS geschickt hatte. Enttäuscht musste er feststellen, dass es nur eine frühere Nachbarin seiner

Eltern war, die Nachhilfestunden für ihren Sohn anfragte. Des Öfteren schon hatte Len dem kleinen Jonas in Mathe und Physik unter die Arme gegriffen. Aber jetzt war der Junge in der Oberstufe, und Len konnte ihm nicht mehr helfen, weil er selbst nicht über die elfte Klasse hinausgekommen war.

«Sag mal ...» Manni räusperte sich. «Hast du irgendeine Lady am Start, oder was ist los?»

Wieder machte Len ein irritiertes Gesicht, weil er Mannis Frage nicht verstand.

«Na, du scheinst heute irgendwie mit dem Ding da verwachsen zu sein.»

Nun fühlte Len sich ertappt. Tatsächlich hatte er schon mehrfach nachgesehen, ob Lilly sich endlich wieder gemeldet hatte. Aber seit zwei Tagen war Funkstille. Er hatte keine Ahnung, warum. Er hatte sogar schon zwei Mal höflich nachgefragt, ob er in seiner letzten Mail irgendwas Falsches geschrieben hatte. Etwas, das sie dazu veranlasste, genauso urplötzlich in den Weiten des weltweiten Netzes zu verschwinden, wie sie zuvor aufgetaucht war. Er wusste zwar, dass sie sich gar nicht per SMS bei ihm melden konnte, weil sie ja nicht einmal seine Handynummer hatte. Trotzdem schaute er immer mal wieder aufs Display und checkte mit jeder neuen Zigarette seinen E-Mail-Account. Und nur so, aus reiner Langeweile, hatte er versucht, mehr über sie herauszubekommen. Aber für eine Suche bei Google wusste er einfach nicht genug über sie. Bislang wusste er nur, dass seine Chatpartnerin Lilly hieß, fast 18 war, aus Lüneburg stammte und irgendein gesundheitliches Problem hatte. Dass sie aber eine prima Familie hatte und leidenschaftlich gern Cello, nein Violoncello, spielte.

Mehr würde er vielleicht auch nie erfahren.

Len hoffte, dass sein Knie bis zum Wochenende wieder belastbar wäre. Er wollte endlich wieder laufen gehen und das sich immerfort drehende Gedankenkarussell in seinem Kopf zum Stoppen bringen. Dieses Nichtstun trieb ihn noch in den Wahnsinn!

«Gibt es nicht irgendwas im Büro, was ich machen kann?», fragte Len, ohne von seinem Display aufzusehen.

Doch statt einer Antwort kam nur ein weiteres Räuspern.

Als Len aufsah, bemerkte er, dass Manni sich über ihn lustig machte.

«Du hältst mich wohl für blöd», sagte sein Chef amüsiert, «oder zu alt für so was?!»

«Quatsch, nein!», entgegnete Len energisch. Er kannte niemanden um die fünfzig, der so cool geblieben war wie sein Chef.

Da Manni noch immer auf eine Antwort zu warten schien und seine tätowierten Arme verschränkte, fühlte Len sich verpflichtet, die doch recht überschaubare Sachlage zu schildern: «Also ... Ich bin da in so einem ... Portal», fing er zögerlich an. «Und neulich hat mir halt ein Mädel geschrieben, weil sie meinen Songtext ganz okay fand. Jetzt haben wir ein paarmal gechattet. Das ist alles.»

«Das ist alles ...», wiederholte Manni in einem süffisanten Tonfall, der unmissverständlich klarmachte, dass er dieses kurze Statement für deutlich untertrieben hielt.

«Nein, ehrlich», wehrte sich Len, «ich mag sie irgendwie, aber nur als Mensch!»

«Nur als Mensch?!» Mannis angegraute Augenbrauen blieben oben.

«Ich ... Ich meine ...», stotterte Len, «... ich weiß nicht mal, wie sie aussieht. Sie schreibt einfach nette Mails. Aber sie hat offenbar selber einen Haufen Probleme.»

«Was für Probleme?» Manni nahm einen Zug an seiner Zigarette.

«Keine Ahnung.» Len zuckte mit den Schultern. «Ich weiß es doch selbst nicht genau. Aber irgendwas Übles. So viel ist sicher.»

Manni nickte nachdenklich. Nach einer Weile fragte er: «Und was genau sind *deine* Probleme?» Irgendwie schien er heute in Fragelaune zu sein.

«Weißt du doch!», versuchte Len sich aus der Affäre zu ziehen.

«Nein, weiß ich nicht. Außer deiner heldenhaften Verletzung natürlich.» Manni schmunzelte.

Len wusste nicht, was er sagen sollte. Wollte sein Chef ihm einen Spiegel vorhalten? Wollte er ihm zeigen, dass er in Wahrheit gar keinen Grund zu klagen hatte? Obwohl er das Gefühl hatte, sein Leben lag in Scherben?

«Weißt du, Len», unterbrach Manni die Stille, «irgendjemand Schlaues hat mal gesagt: Bist du unglücklich, ändere die Dinge, die du ändern kannst, und akzeptiere die Dinge, die du nicht ändern kannst.»

Missmutig zuckte Len mit den Achseln. Sein Kopf war leer. Er beobachtete, wie Manni seine zu Ende gerauchte Zigarette im Aschenbecher auf dem Bierkastentisch ausdrückte. Genau so fühlte er sich – wie ein abgebrannter, weggeworfener Zigarettenstummel!

«Aber ich weiß gar nicht, ob ich das überhaupt will», hörte Len sich plötzlich sagen. Seine Stimme war leise und doch bestimmt.

«Ob du *was* überhaupt willst?», fragte Manni und sah ihm prüfend in die Augen.

«Na, glücklich sein.»

Manni fuhr sich durch die Wuschelhaare. «Was für einen Wert hat dein Leben denn dann, wenn du nicht danach strebst?»

«Eben. Keinen!», wollte Len schon trotzig entgegnen. Stattdessen biss er sich auf die Lippe. Er wollte nicht, dass Manni sich mehr Gedanken machte als ohnehin schon. Und die Tatsache, dass seine Mutter den Chef bereits auf ihn angesetzt hatte, machte es Len nicht einfacher, über seine diffuse Todessehnsucht zu sprechen.

«Junge, du solltest dir Hilfe holen!», sagte Manni eindringlich. «Irgendjemanden, der sich damit auskennt. Ich denke, es ist total normal, was du durchmachst. Nur quälst du dich schon viel zu lange allein damit rum.»

Nun war Len es, der überrascht seine Augenbrauen hob. Erst recht, als Manni in seine Hosentasche griff und einen kleinen Notizzettel hervorholte.

«Hier», sagte er und drückte ihm das Papier in die Hand. «Ich hab mich mal umgehört. Das sind drei Anlaufstellen. Du humpelst jetzt in mein Büro und recherchierst mal, ob irgendwas davon in Frage kommt.»

«Hat meine Mutter dir den etwa zugesteckt?»

Manni schüttelte den Kopf und legte ihm eine Hand auf die Schulter.

Len fühlte sich wieder mal ertappt. Es stimmte ja, so konnte es nicht weitergehen. Andererseits war er davon überzeugt, dass Reden auch nicht wirklich half. Jedenfalls nicht mit einem neunmalschlauen Psychologen, der ihm sagte, er müsse Verantwortung für sich übernehmen und sich vergeben. Alles *bullshit*.

Daran hatte sich schon seine Deutschlehrerin die Zähne ausgebissen, obwohl sie es sicher gut mit ihm gemeint hatte.

«Kann ich nicht lieber ein bisschen Buchhaltung für dich machen? Rechnungen schreiben oder so?», versuchte Len wieder etwas Leichtigkeit in die Unterhaltung zu bringen. Allmählich wurde es ihm zu anstrengend.

«Am liebsten wäre es mir, du würdest mal so richtig Urlaub machen und dich amüsieren.» Manni schüttelte ihn leicht, dann zog er seine Hand zurück. «Wenn herauskommt, dass du quasi jeden freien Tag in der Werkstatt bist, verliere ich noch meinen Meister!»

Len seufzte. Schon öfter hatte Manni angemahnt, Len solle endlich seine Urlaubstage nehmen. Auszahlen lassen war nicht drin, dafür warf Mannis Werkstatt nicht genug ab. Aber das wollte Len auch gar nicht. Er war mehr als froh, hier untergekommen zu sein, und hätte gar nicht gewusst, was er an seinen freien Tagen anstellen sollte.

Umso quälender war für ihn das elende Rumsitzen mit verbundenem Knie. Seit er krankgeschrieben war, fühlte Len sich noch nutzloser. Denn die Arbeit mit Holz bereitete ihm vor allem deswegen so viel Freude, weil er darin versinken und alles andere tatsächlich für einen Moment vergessen konnte.

Manni stand auf. «Vorschlag zur Güte: Du darfst dich im Büro ein bisschen austoben, bis du wieder fit bist. Ausmisten, Belege sortieren, Mahnungen rausschicken ... Und dafür suchst du dir entweder jemanden, der dir wieder auf die Beine hilft, oder aber jemanden, der mit dir ans Meer fährt!»

«Ans Meer? Ich war noch nie am Meer!», musste Len zugeben. Aber er war froh, dass das Gespräch wieder in entspannteren Bahnen verlief.

«Du warst noch nie am Meer?!» Manni bekam einen Hustenanfall. Offenbar konnte er kaum glauben, was er da gehört hatte.

«Na ja, doch», sagte Len kleinlaut. «Auf Klassenfahrt, ein paar Tage an der holländischen Nordsee. Aber das Wetter war scheiße, und wir haben den ganzen Tag nur drinnen gehangen und Billard gespielt.»

«Ist nicht wahr ... Alter! Diese Jugend von heute. Ich fasse es nicht!» Kopfschüttelnd reckte sich Manni und ließ Len auf der Veranda allein.

Auch seine Knochen schmerzten, das wusste Len. Sein Chef hatte über dreißig Jahre als Tischler auf dem Buckel. Und wenn Len ehrlich zu sich war, machte ihn diese Aussicht nicht gerade froh. Das magere Geld und die lebenslange Knochenarbeit waren durchaus Kehrseiten seines Jobs.

Andererseits war ihm seine Gesundheit letztlich total egal. Wenn es nach ihm ginge, wäre mit dreißig ohnehin Schluss. Spätestens. Natürlich würde er das niemals jemandem verraten: Aber sobald er das Gefühl hatte, seine Mutter würde irgendwie damit klarkommen, wollte er sich doch noch ins Jenseits befördern. Was war er schon für ein Sohn, der seine Eltern ständig daran erinnerte, dass der andere fehlte? Wenn er es irgendwie schaffte, einen Ausweg zu finden, wenn er einen klaren Schnitt vollziehen könnte, einen stillen Abgang machen, dann wäre er am Ziel. Dann würde endlich nichts mehr weh tun in seiner Brust.

Ein verlockender Gedanke, der Len erstaunlich wenig Angst bereitete.

Lilly

Bitte, Liebes», flehte Lillys Mutter, «nur ein halbes Brötchen, dann lass ich dich auch in Ruhe.»

Lilly sah von ihrem Teller auf und hatte keine Kraft, zu widersprechen. Alles in ihr war erlahmt, seit Professor Seelinger sich für die gefürchtete OP ausgesprochen hatte. In aller Ausführlichkeit hatte er auch Lillys Mutter am Telefon bestätigt, was unabänderlich war.

«Essen wäre schon eine gute Idee, wenn du heute noch was mit Natascha anstellen willst», ergänzte ihr Vater liebevoll.

Es stimmte ja, die Tatsache, dass sie seit Tagen kaum gegessen hatte, bekam ihr nicht. Andererseits war jeder Bissen, den sie hinunterwürgen musste, die reinste Qual.

«Habt ihr es bald?», entfuhr es Laura entnervt. Sie sprang auf und wollte schon den obligatorischen Sonntagsbrunch verlassen.

«Wir sind noch nicht fertig, junges Fräulein!», wurde sie von ihrer Mutter ermahnt. «Setz dich bitte!»

«Warum? Das Theater geht jetzt schon eine halbe Stunde. Ich hab da echt keinen Bock mehr drauf!», beschwerte sich Laura lautstark.

Lilly konnte deutlich sehen, wie wütend ihre Schwester war. Lauras Augen funkelten vor Zorn. Ohne einen weiteren Kommentar rannte sie aus dem Esszimmer und hoch auf ihr Zimmer. Alle drei sahen ihr irritiert hinterher. Dann knallte oben die Tür.

«Herrgott, als hätten wir nicht schon genug Probleme!», klagte Lillys Mutter. Ihr Gesichtsausdruck allerdings verriet, dass sie den Satz lieber nicht hätte aussprechen wollen.

Eigentlich war Lilly froh, endlich nicht mehr im Mittelpunkt zu stehen. Trotzdem fühlte sie sich jetzt noch schlechter. Denn es stimmte: Lilly fiel allen zur Last, und wenn es ihr krankes Herz nicht gäbe, hätte ihre Familie ein unbeschwertes Leben. Aber seit diese OP ins Haus stand, lagen bei allen die Nerven blank.

«Was wollt ihr denn heute unternehmen, Natascha und du?», fragte Lillys Vater und tat damit das, was er immer tat. Vom Thema ablenken, so als wäre nichts geschehen. «Soll ich euch ins Schwimmbad fahren?»

«Georg!», wurde er auch sogleich von seiner Frau ermahnt, «Du weißt genau, dass das zu viel für sie ist!»

Jetzt platzte Lilly der Kragen. «*Sie* sitzt hier zufällig mit am Tisch! Und noch ist die OP ein paar Wochen hin», entgegnete sie aufbrausend. Sie stand nun ebenfalls auf und griff nach Lauras und ihrem Teller und dem Besteck, um es in die Küche zu bringen.

«Lass doch, Liebes!» Behutsam legte die Mutter ihre Hand auf Lillys Arm, und – zack! – fielen die beiden Teller des guten Villeroy-&-Boch-Geschirrs mit einem lauten Knall auf den Fliesenboden und zersprangen in etliche kleine Scherben.

Wie Lilly es hasste! Diese andauernde falsche Rücksichtnahme und Übervorsicht. Sie würde schon nicht gleich tot umfallen, wenn sie mithalf, den Tisch abzuräumen. Aber wenn es nach ihrer Mutter ginge, müsste sie bis zur OP das Bett hüten und dürfte nicht einmal mehr allein aufs Klo gehen.

«Ich mach das schon», erklärte Angela sogleich wie auf Kommando. Und ehe Lilly sich auch nur bücken konnte, um die

Scherben aufzusammeln, kam ihre Mutter bereits mit Handfeger und Schaufel aus dem angrenzenden Hauswirtschaftsraum zurück und schob sie sanft beiseite.

Lillys Blick kreuzte sich mit dem ihres Vaters. Und da war er schon wieder, dieser stumme Vorwurf.

«Ich hab Natascha abgesagt», sagte sie knapp.

«Wieso das denn?» Sofort pausierte der Überaktionismus ihrer Mutter wieder. «Ich dachte, ab morgen ist sie schon weg!»

Lilly zuckte mit den Schultern und seufzte. Genau auf diese Diskussion hatte sie jetzt am allerwenigsten Lust. Sie wollte sich nicht dafür rechtfertigen müssen, wie und wann sie sich von ihrer besten Freundin verabschieden würde. Auf keinen Fall aber wollte Lilly ihr den Start in das aufregende, neue Studentenleben versauen. Deshalb wusste Natascha noch nichts davon, was Lilly in nächster Zeit bevorstehen würde. Und dabei sollte es auch bleiben. Also, so hatte Lilly beschlossen, würde sie Natascha gegenüber einfach nur erklären, dass es ihr heute nicht gutginge. Und das war schließlich nicht einmal gelogen.

«Ich gehe nach oben», verabschiedete sich Lilly und spürte die Betroffenheitsblicke ihrer Eltern im Rücken.

Als sie auf der oberen Etage ankam, war Lilly kurz versucht, bei ihrer Schwester an die Tür zu klopfen. Doch aus Lauras Zimmer drang zum wiederholten Male der Song «Do your worst» von irgendeiner derbe-düsteren Gothic-Band, die Lilly nicht ausstehen konnte. Also ging sie weiter in ihr eigenes Zimmer und tat das, womit sie schon die vergangenen Tage Zeit totgeschlagen hatte: sich aufs Bett lümmeln und die Nase zwischen zwei Buchdeckel stecken, um in andere Schicksale abzutauchen.

Nach kürzester Zeit musste sie jedoch aufgeben, weil der unerträgliche Krach aus Lauras Zimmer es völlig unmöglich machte, sich auf die Romanheldin zu konzentrieren. Dabei war es gerade so spannend. Die Protagonistin meinte soeben ihren totgeglaubten Vater im Supermarkt gesehen zu haben und stellte nun Nachforschungen an. Aber Lilly war zu ... ja, was eigentlich? Zu lethargisch oder zu müde, um sich mit ihrer Schwester anzulegen. Und sie würde auch die Mutter nicht über das Haustelefon fragen, ob sie oben für Ruhe sorgen konnte.

Kurzerhand nahm Lilly ihren Laptop, stöpselte die Kopfhörer ein und versuchte, mit Hélène Grimauds genialen «Brahms Concertos» in den Ohren die Welt nach Hause zu holen.

Aber selbst bei dieser Musik fiel es ihr schwer, zu entspannen. Womöglich debattierten ihre Eltern gerade, was sie wohl falsch gemacht hatten. Wieso mussten ausgerechnet Angela und Georg Heinemann zwei Töchter haben, die sich entweder stritten oder bei herrlichstem Sommerferienwetter nichts Besseres zu tun hatten, als sich in ihren jeweiligen Zimmern zu verbarrikadieren.

Sie könnte ein bisschen online shoppen, dachte Lilly ohne wirkliches Interesse. Sie musste daran denken, dass es sich wahrscheinlich gar nicht mehr lohnte, weitere Klamotten anzuschaffen. Was, wenn bei der OP etwas schiefging? Oder ihr Körper das Kunstherz nicht annehmen würde? Dann würde Lilly die Sachen niemals tragen.

Vielleicht war es besser, überlegte sie weiter und wunderte sich, wie ruhig sie bei dem Gedanken war, schon mal ihre persönlichen Sachen durchzusehen. Laura würde sich wohl kaum freuen, wenn Lilly ihr etwas vererbte. Sie hatten zwar ungefähr die gleiche Körper- und Schuhgröße, aber wann Lauras schwarze Phase vorübergehen würde, wusste niemand. Und selbst dann würde ihre Schwester vermutlich nichts von ihr anziehen wollen, wenn Lilly nicht mehr war. Das wäre Lilly an Lauras Stelle wohl auch nicht ganz geheuer gewesen.

Trotzdem hatte sich Lilly auch schon Gedanken darüber gemacht, was mit ihren Sachen geschehen sollte, falls etwas schiefging. Auf keinen Fall sollte es für ihre Familie schmerzlicher sein als nötig. Ihre Bücher, inzwischen ein riesiges Wandregal voll, wollte Lilly an ein Krankenhaus spenden. Bis auf ein, zwei Lieblingsbücher natürlich, zum Beispiel dem, in dem es um Unsterblichkeit ging und darum, wie wenig wünschenswert ein ewiges Leben unterm Strich war.

Lilly stand auf und stellte sich mit dem Laptop vors Regal. Lohnte es sich überhaupt noch, einen Wälzer von über 600 Seiten anzufangen?, dachte sie und erschrak über ihren Zynismus.

Vielleicht lag es auch an Brahms. Die Musik hatte heute irgendwie nichts Beruhigendes. Lilly war zu aufgewühlt, um sich auf die «Concertos» einzulassen. Vielmehr war ihr nach ... etwas Modernem mit Gesang.

Unwillkürlich musste sie an Len denken und an den Link, den er bei seiner letzten Mail mitgeschickt hatte. Den hatte Lilly schon längst anklicken wollen. Ob das ein echtes Musikvideo war?

Sie setzte sich in den Sitzsack und loggte sich ein. Als Lilly die Nachricht aufrief, wunderte sie sich, dass ihr der Link nicht sofort ins Auge sprang. Er war verschwunden.

Unsicher scrollte sie ganz nach unten und begriff erst am Ende der Nachricht, dass dies bereits eine neue und zudem noch längere Mail war. Neugierig schaute sie auf das Datum und die Uhrzeit und stellte fest, dass zwischen ihrer letzten Mail und seiner Antwort gerade mal ein Tag vergangen war. Sofort begann Lilly zu lesen:

hey, ich bin es schon wieder, len. du sollst jetzt aber nicht denken, ich stalke dich oder so. ich kann nur grad nicht arbeiten, sondern muss die beine hochlegen. hab mir das knie geprellt. ich schreib dir also aus langweile. nur damit du's weißt!
ich vollhorst bin beim klettern vom baum gefallen. wie ein kind, dabei bin ich tatsächlich schon 20. (kein bart!) hab mir mein knie übelst verstaucht. dazu kommt noch ein kaputtes handgelenk, weil ich es heldenhaft allein zurück zum auto schaffen wollte. ja, ja: immer erst, wenn man nicht fit ist, merkt man, wie froh und dankbar man sein sollte, gesund zu sein. ich meine, was soll ich denn jetzt machen? hier dumm rumhocken, bis alles verheilt ist? das leben ist auch so schon total mies.
jedenfalls hat mein chef mich jetzt zu schreibtischarbeit verdonnert, was durchaus erträglich ist, weil ich dann zwischendurch wenigstens musik hören kann.
was machst du denn so? außer violoncello spielen und mails schreiben an unbekannte männer? kann dich nämlich nicht googeln.
lg
len
ps: schreib zurück und du bist mein tageshighlight!

Tageshighlight? Irgendwie störte sich Lilly an dieser Formulierung. Das klang so … banal, so als könne schon morgen jemand anderes das Tageshighlight werden und Lilly in Vergessenheit geraten. Sie schluckte. Die Wahrheit nämlich war, sie würde tatsächlich in Vergessenheit geraten! Ihr Körper hatte sie endgültig im Stich gelassen, ihre Eltern behandelten sie wie eine Zweijährige, die Schwester ging ihr mächtig auf den Geist, ein Fernstudium schien sinnloser denn je, und zu allem Überfluss würde Natascha sie morgen Richtung Süddeutschland verlassen.

Und Len hielt *sein* Leben für ... mies?

War er wirklich so unsensibel? Hatte sie sich so in ihm getäuscht?

Das Schlimmste aber war, dass Lilly sich in einer solchen Endzeitstimmung, in die sie sich gerade immer tiefer hineinsteigerte, selbst nicht leiden konnte. Oma Anni hatte vollkommen recht mit ihrem ständig wiederholten Spruch, dass das Leben nur dann Spaß macht, wenn man sich selbst liebt. So ganz genau hatte Lilly zwar nie verstanden, wie das eigentlich funktionieren soll, vor allem wenn man ein krankes Herz hat. An guten Tagen aber hatte sie da so eine Ahnung: Wenn sie ihr Abiball-Kleid trug, zum Beispiel. Oder nach der Lektüre eines gelungenen Buches. Oder aber, wenn sie Cello spielte. Dann schien die Welt in Ordnung und Lilly war mit sich zufrieden. Oder zumindest mit sich im Reinen.

Aber in Stunden wie diesen, wenn alles bloß schwarz und leer war, irgendwie auch gruselig und eben einfach nur scheiße, dann wusste Lilly nicht, welchen Sinn all das noch haben sollte.

Unweigerlich fiel ihr Blick auf das Cello, das sie seit Tagen nicht mehr angefasst hatte. So schwach und kaputt, wie sie sich derzeit fühlte, würde sie auch kaum den Bogen länger als ein paar Minuten hochhalten können. Es fehlte ihr aber nicht nur die nötige Körperspannung. Lilly hatte seltsamerweise auch absolut keine Lust zu spielen.

Mit Mühe richtete sie sich auf, nahm die Kopfhörer raus und legte den Laptop auf dem Schoß ab, um besser tippen zu können.

Lens Worte hatten sie getroffen. Und seine Angewohnheit, alles in Kleinbuchstaben zu schreiben, nervte sie. Und obwohl Lilly auf Kommunikation gleich welcher Art eigentlich gar keinen Bock hatte, fühlte sie sich irgendwie provoziert. Die Antwort sprudelte ungefiltert aus ihr heraus:

> Ehrlich gesagt, habe ich überhaupt kein Interesse, dein «Tageshighlight» zu sein. Vielleicht solltest du dir Bücher zulegen, dann wüsstest du, was Versalien sind, und hättest auch ein Tageshighlight. Ich bin es jedenfalls nicht, sorry!
> Du jammerst herum, als wäre es dein Ende. Aber ich hab da einen Hinweis für dich: Es gibt Schlimmeres als ein kaputtes Knie, das wieder heilen wird. Falls es dich interessiert: Ich werde meinen 18. Geburtstag im September vielleicht nicht erleben. Jedenfalls steht mir eine heftige Herz-OP bevor, von der niemand genau sagen kann, was danach kommt. Und ob danach überhaupt noch was kommt.
> Also steht mein Cello in der Ecke meines Zimmers, und im Moment fühlt es sich so an, als würde ich nie wieder darauf spielen.

Sie hatte wirklich eine Mistlaune. Und schon in der Sekunde, in der Lilly auf *Senden* ging, bereute sie bereits ihren schroffen Tonfall. Bislang schien Len durchaus in Ordnung zu sein, und vom großen Glück schien er schließlich auch nicht gesegnet zu sein.

Lilly seufzte und überlegte angestrengt, was sie hinterherschieben konnte. Dass es ihr leidtat? Nein, das tat es nicht. Schließlich konnte sie nichts dafür, dass sie krank war. Len allerdings auch nicht. Wie konnte sie nur ihr todkrankes Herz mit seinem verstauchten Knie vergleichen? Das war unfair von ihr.

Und Len hatte es nicht verdient, dass sie ihre schlechte Laune an ihm ausließ. Außerdem wusste er ja noch gar nicht wirklich Bescheid über ihre Krankheit.

Zerknirscht wollte Lilly gerade ein neues Fenster zum Schreiben einer Nachricht öffnen, da kam bereits eine Antwort von Len.

Lilly spürte, wie ihre Luftnot sich verschlimmerte. Mit zusammengekniffenem Mund klickte sie die Nachricht an und machte sich auf üble Beschimpfungen gefasst.

scheiße, scheiße und nochmals scheiße! du hast total recht: ich jammere hier rum, dabei hast du ein echtes scheiß problem.
meine mail muss total bescheuert für dich gewesen sein.
sorry! wollte dir nicht den tag verhageln. ich hoffe, ich hab dich nicht vergrault oder so.
was is bloß los mit deinem herz? ich wünschte, ich könnte was tun. die zeit anhalten zum beispiel? oder dir einen song schreiben? aber der würde wahrscheinlich traurig machen – und das hast du noch weniger verdient als mein gejammer

Lillys Augen füllten sich mit Tränen. Gleichzeitig musste sie ein wenig lächeln. Lens direkte Worte berührten sie, und sie las seine kurze Nachricht gleich ein zweites Mal.

Er hatte wirklich eine sehr ungewöhnliche Art. Und es war irgendwie erfrischend ehrlich, wie er reagierte. Sie hatte sich also doch nicht getäuscht: Am anderen Ende dieser virtuellen Verbindung saß wirklich jemand, der sie verstand. Aber sie musste sich beeilen. Denn Lilly wollte verhindern, dass Len abspringen würde. Also schrieb sie schnell ein paar Zeilen zurück:

Ach, Zeit anhalten wäre schon schön. Aber ein Song wär auch nicht sooooo schlecht. Denn gute Musik kann mich gar nicht runterziehen. Was macht denn dein Knie?

Sofort ging Lilly auf *Senden* und starrte gespannt auf den Bildschirm. Tatsächlich kam wenige Augenblicke später eine Antwort:

meinem knie geht es schon besser. danke der nachfrage. aber netter versuch, vom thema abzulenken. jetzt geht es um dich. also, schieß los, ich warte!!

Nun musste Lilly schmunzeln. Obwohl sie so ein unerklärliches Gefühl hatte, Len würde sie auch ohne große Worte verstehen, tippte sie einfach drauflos:

Mhm, soll ich dir etwa meine ganze langweilige Krankengeschichte erzählen? Ich fürchte, das wäre ziemlich deprimierend. Das einzig Spektakuläre an mir ist vermutlich mein krankes Herz, oder genauer gesagt, mein schwacher Herzmuskel. Wenn du es ganz genau wissen willst: Ich habe eine unheilbare Herzinsuffizienz. Bislang bin ich damit unterm Strich einigermaßen klargekommen. Ok, zugegeben, Rock 'n' Roll gab's bei mir schon länger nicht mehr. Aber das Krasseste ist gar nicht unbedingt der Alltag, der eben anders ist als der meiner Freunde, und auch nicht die ätzend vielen Tage bei Ärzten und in Krankenhäusern. Nein, wirklich krass sind die ständige Angst und die Ungewissheit, welchen Verlauf all das wohl nehmen wird. Bisher jedenfalls. Jetzt wissen wir es, die Diagnose ist schlecht: Ich brauche ein Kunstherz.

Man wird mir schon bald eins einpflanzen. Und diese Tatsache fühlt sich ungefähr eine Million Mal schlimmer an als alles, was bislang war.
Aber ich will dich auch nicht allein volljammern. Du darfst jetzt also gerne wieder über dein Knie schreiben. ;-)

Die Antwort kam prompt:

oh mann, wie soll ich denn jetzt bitte schön noch über mein blödes knie jammern? danke, aber kein interesse mehr. es geht außerdem auch schon besser. falls dich das beruhigt. also kannst du ruhig weiterschreiben. dein gejammer stört mich nicht. ich hab gern jammernde leute um mich. echt, steh ich voll drauf. ohnehin jammern immer alle, sobald ich auftauche. über einen verpassten bus oder einen fleck auf der hose. über so wirklich richtig große katastrophen eben. und jetzt kommst du und schießt den vogel ab. achtung, du könntest dich unfreiwillig doch noch als mein tageshighlight qualifizieren.
aber eigentlich scheinen wir beide mit dem gleichen thema beschäftigt zu sein, nämlich unserem kaputten herz. (oder ist das jetzt anmaßend?)
das einzige, was mich nur jetzt schon nervt, ist das umständliche hin- und hermailen. hast du einen account bei skype? du findest mich unter «little hero». hab allerdings keine webcam am rechner!

Lillys Blick war über die Zeilen gerast. Sie konnte nicht fassen, wie frech und humorvoll, aber auch wie erfrischend ironisch er reagierte. Schließlich blieb sie an den Worten *«das umständliche hin- und hermailen»* hängen. Ohne es zu wollen, machte sie der Gedanke irgendwie glücklich, Len könnte an einem intensiveren Austausch interessiert sein.

Ein Hinweis darauf, dass dies der Beginn einer wie auch immer gearteten Freundschaft sein könnte?

Nur die Sache mit dem Skype-Account bereitete ihr etwas Unbehagen. Klar, chatten wäre viel praktischer. Und natürlich hatte sie einen Skype-Account. Aber Lilly war ihr Skype-Name inzwischen ziemlich peinlich.

Sie sah an sich hinunter. Wenigstens würden sie kein Videotelefonat führen, dachte sie. In ihrem bunt gestreiften Overall, der seit Jahren ihr liebstes Kleidungsstück war, weil er dünn und trotzdem kuschelig weich war, konnte sie sich unmöglich zeigen. Andererseits hätte sie diesen Len durchaus gerne mal live und in Farbe gesehen. Es machte Spaß, mit ihm zu schreiben. Zu gerne wüsste sie, wer so berührende Songtexte schreiben konnte.

Also loggte Lilly sich bei Skype ein, suchte nach *little hero* und textete ihn ohne langes Zögern an.

Hallo, verlorener Held!?

Bereits in der nächsten Sekunde kam seine Reaktion. Sie war so, wie Lilly befürchtet hatte:

pocahontas???!!!! ist nicht dein ernst, oder?!!

Mist, dachte Lilly. Sie hätte sich längst einen neuen *nickname* ausdenken müssen. Dieser war bestimmt so alt wie ihr peinlicher Einteiler. Allerdings fand sie *little hero* auch nicht besonders originell.

Gerade als sie ihre Schlagfertigkeit unter Beweis stellen und einen ironischen Kommentar zurückschicken wollte, fiel ihr ein, dass dies der Name von Lens Band war. Und schon kam Len ihr mit einer ziemlich direkten Frage zuvor:

hast du denn auch schwarze haare bis zum arsch?

Diesmal zögerte Lilly nicht lange:

Nee, eher blond und nur halb so lang. Aber das war früher mal mein Lieblingsfilm. Wahrscheinlich, weil ich schon als Kind frei sein wollte wie eine Indianerin.
Und du? Bist du denn wirklich klein?

O nein! Hatte sie das wirklich abgeschickt? Lilly sank in sich zusammen. Wie peinlich! Diese Frage war wirklich alles andere als originell. Aber nun war es zu spät.

nö, bin fast 1,90 und leider auch kein held. unsere band hieß so.

Gibt es die Band nicht mehr, oder habt ihr inzwischen einen neuen Namen?

es gibt uns nicht mehr …

Was haben die drei Punkte zu bedeuten? Kommt da noch was?

also die … bedeuten in etwa: könnte ich dir erzählen, ist aber ne lange, deprimierende geschichte über meinen bruder. der war auch bandmitglied.

Verstehe. Ich kann auch gut zuhören. Oder «zulesen» :-)

moment! wir waren erst mal bei dir! wie kriegt man so eine herzmuskelgeschichte, pocahontas?

Lilly zögerte. Irgendetwas in ihr sträubte sich, mehr über ihre Krankheit zu schreiben. Schließlich war Len ein Wildfremder, den all das rein gar nichts anging. Aber er war eben auch ein sehr charmanter Schreiber. Und wenn sie ehrlich war, war es wohl eher die Sorge, ihm nicht zu gefallen, warum sie nicht allzu sehr ins Detail gehen wollte. Was war noch weniger sexy, als sterbenskrank zu sein? Es wäre vielleicht besser, sich Len als einen sympathischen, aber hässlichen Kerl vorzustellen. So ein großer, quadratischer Typ, eine Art Riesenbaby mit Nerdbrille, der den ganzen Tag Chips isst und Computerspiele spielt.

Deshalb schrieb Lilly:

Hängst du eigentlich viel vor dem Bildschirm, oder machst du auch Sport?

beides, aber mit einem verstauchten knie gewinnt der computer. aber, hey, nach hobbys zu fragen ist ganz schön oberflächlich, dafür dass wir schon bei leben und tod waren, findest du nicht? aber von mir aus: also, was sind deine hobbys außer violoncello und krankenhaus?

Lilly war irritiert. Machte er sich über sie lustig? Oder war er einfach nur sehr direkt und unerschrocken?

Na ja, Lesen steht gleich nach Cellospielen an zweiter Stelle. Und das ist alles andere als oberflächlich – vorausgesetzt, man liest das Richtige.

was ist denn das richtige?

Lilly kam ins Schwitzen. Dieser Len stellte wirklich gute Fragen.

Das muss doch jeder für sich entscheiden. Ich mag es, wenn die Genres sich ein bisschen vermischen und man lachen und heulen kann.

mhm, hast du nicht schon genügend grund zum heulen?

Du machst doch auch traurige Musik!?

1:0 für dich!

Lilly erschrak, als plötzlich Laura in der Tür stand.
«Was willst du?», fragte sie und klang unfreundlicher als beabsichtigt.
«Meinen Koffer! Du hast ihn zuletzt gehabt!», beschwerte sich Laura sogleich in einem Tonfall, den sonst sicher nur Gefängniswärter draufhaben.
Aber es stimmte, der kleine himbeerfarbene Trolley ihrer Schwester war noch immer bei ihr, obwohl aus dem Ostseetrip nichts geworden war und Lilly jedes Mal einen Kloß im Hals spürte, wenn ihr Blick auf den Koffer fiel.
«Wozu brauchst du überhaupt einen Koffer?», fragte Lilly.
«Das geht dich gar nichts an!»

Lilly schüttelte den Kopf und wollte bereits widerwillig aufstehen, um den Bikini aus dem Trolley zu nehmen. Doch irgendwie hatte sie das Gefühl, es ging ihrer Schwester gar nicht um den blöden Koffer.

«Du kannst auch meinen großen haben, wenn du willst», erklärte Lilly. Sie war bemüht, friedlich zu klingen, damit das Gezicke schnell ein Ende haben würde und sie endlich weiterchatten konnte.

Tatsächlich fand sie das Angebot äußerst großherzig. Beide Schwestern hatten das dreiteilige Koffer-Set mal gemeinsam von ihrer Tante aus München geschenkt bekommen, die damals nicht ahnen konnte, dass Reisen im Hause Heinemann durchaus ein Reizthema waren. Aber natürlich hatte Laura trotzdem wegen der Koffer gestritten, und am Ende hatte die Mutter entschieden, dass Laura die beiden kleineren Koffer und Lilly den großen haben sollte.

«Ich will den großen nicht. Ich will meinen!», entgegnete Laura genervt.

«Was hast du denn überhaupt vor?» Lilly wurde neugierig, was ihre Schwester plante. Machte sie nun doch noch was aus den Sommerferien?

«Ist doch egal», konterte Laura, aber ihr Blick wurde allmählich weicher. Sie ließ sich auf Lillys Schreibtischstuhl fallen und drehte sich ein paarmal im Kreis.

Laura war barfuß, und Lilly registrierte erst jetzt die schwarz lackierten Fuß- und Fingernägel ihrer Schwester. In ihrem dunklen Fummel wirkte sie blasser als ein Zombie.

«Du brauchst den Koffer doch eh nicht mehr.» Laura hörte auf, sich zu drehen, und sah Lilly mit erhobenem Kopf an. «Was ist denn jetzt mit Natascha? Ist sie wirklich ab morgen weg?»

«Weißt du doch», antwortete Lilly knapp.

Wieder machte sich ein Kloß im Hals bemerkbar, aber sie hatte keine Lust, darüber zu sprechen. Schon gar nicht mit Laura. Viel lieber würde sie jetzt endlich mit Len weiterchatten.

«Und Basti? Geht der mit?», wollte Laura außerdem wissen.

Lilly zuckte mit den Schultern.

«Was geht dich das an?», fragte sie schließlich. «Sonst noch was?»

«Ist ja schon gut», entfuhr es Laura heftig. Sie sprang auf, und ohne von dem kleinen Trolley auf dem Boden Notiz zu nehmen, verschwand sie wieder.

Lilly sah ihr nachdenklich hinterher. Es war eigentlich wirklich schade, dass sie sich nicht besser verstanden. Die Streitereien zerrten an ihren Nerven. Aber vielleicht lag es wirklich bloß am Alter, wie ihre Mutter immer meinte. Jedenfalls konnte es nur besser werden.

Als Lilly wieder auf den Bildschirm ihres Laptops blickte, fand sie zwei neue Nachrichten.

pocahontas?

und

bis denn dann ...

Lilly musste schmunzeln wegen der drei Punkte.

Ob Len noch online war? Saß er noch immer vor dem Bildschirm und wartete? Zaghaft fragte sie an:

noch jemand da?

Lilly wartete gespannt, ob eine Antwort kam. Doch es tat sich nichts. Len konnte unmöglich sauer sein, weil sie ihn hatte warten lassen. Oder doch?

Schnell schickte Lilly eine Erklärung hinterher.

Meine reizende Schwester war nur gerade da und hat mal wieder rumgenervt.

Kurzerhand schickte sie ihm auch noch ihre Handynummer. Denn sie war unsicher, ob sie einfach weiterschreiben sollte. Keinesfalls wollte sie, dass Len sich zum Schreiben verpflichtet fühlte, obwohl er vielleicht arbeiten musste oder sonst irgendetwas Dringendes zu erledigen hatte.

Als nach einer weiteren Minute vergeblichen Wartens immer noch nichts zurückkam, fragte sich Lilly allerdings, ob sie womöglich etwas Falsches geschrieben hatte. Da beschwerte sie sich über ihre nervige kleine Schwester – und Len hatte seinen kleinen Bruder verloren.

Nicht sehr feinfühlig!, ermahnte sich Lilly innerlich. Etwas beschämt legte sie ihren Laptop beiseite und krabbelte aufs Bett. Die schwüle Luft draußen und das Gezeter drinnen hatten sie erschöpft.

Sie schloss die Augen und legte wie so oft in den letzten Tagen beide Hände auf die Brust, um ihr Herz zu spüren. Wie sehr sie daran hing! Unmöglich, die Vorstellung, es würde eines Tages nicht mehr schlagen.

Während sie so dalag und langsam zur Ruhe kam, vernahm sie wieder die Klänge von Brahms «Concertos» im Kopf. Sie malte sich aus, wie großartig es sich anfühlen musste, Hélène Grimaud als Mitglied eines echten Orchesters zu begleiten.

Irgendwann vermischten sich die Gedanken an Len mit den Klavierklängen und schubsten sie schließlich sanft in den Schlaf, obwohl der Tag noch so jung war.

Len

Kein Ding, das schaff ich!», erklärte Len, hob sein T-Shirt an und wischte sich damit über die schweißbedeckte Stirn. Dann nickte er seinem skeptisch dreinschauenden Chef zu und half ihm, einen Tisch auf den Pick-up zu hieven.

Manni hatte zuvor große Bedenken geäußert wegen Lens Verletzungen, aber alleine würde er das schwere Ding niemals auf die kleine Ladefläche wuchten können. Schließlich hatte der Tisch ein Längenmaß von 2,20 Metern, und das massive Kernbuchenholz ließ sich nun mal nicht per Fingerschnipp auf den roten Chevrolet laden.

«Wenn dir jetzt beim Arbeiten was passiert, bin ich dran!», hatte er gewarnt.

Aber Len ignorierte Mannis Einwand und packte mit an. Er war selbst überrascht, wie gut er sein linkes Bein schon wieder belasten konnte.

Nachdem Manni den Tisch gekonnt mit mehreren Gurten festgezurrt hatte, bedankte er sich nochmals und wollte schon losfahren, als Len sich einfach auf den Beifahrersitz setzte.

«Was soll das?», fragte Manni und schüttelte lächelnd den Kopf. Offensichtlich war ihm bereits klar, dass es keinen Sinn hatte, Len zu verbieten, auch beim Ausladen mit anzupacken, wenn sie beim Kunden ankamen. Also stieg er ebenfalls ein und startete den Motor.

Sofort ertönte ein ohrenbetäubender Krach aus der Musikanlage.

«Was ist das?», schrie Len und wiederholte seine Worte gleich ein zweites Mal, weil Manni ihn nicht verstanden hatte.

«Lord of the lost», schrie Manni zurück und stellte die Musik ein bisschen leiser. «Schade, dass es keine Karten mehr gibt. Die sind live noch viel besser.»

Als Len ihn skeptisch ansah, fügte er noch hinzu: «Du musst unbedingt mal mit nach Wacken kommen, Mann! Die spielen da dieses Jahr auch», ereiferte sich Manni voller Begeisterung und deutete auf eine der CD-Hüllen im offenen Handschuhfach.

Natürlich war schon wieder die Rede vom Open-Air-Festival in Wacken, das in wenigen Wochen startete.

Len griff nach der obersten CD-Hülle und überflog die Titelliste. Amüsiert legte er sie wieder weg.

«Ist echt nicht mein Ding, Chef. Aber macht ja nichts.»

«Ach klar, da ist für jeden was dabei! So weit weg davon ist deine Mucke auch nicht!»

Len verzog die Mundwinkel und warf seinem Chef einen abschätzigen Blick zu.

«Was ich mache, hat mit Heavy Metal ungefähr so viel zu tun wie Helene Fischer mit Klassik!», beschwerte er sich. Irgendwie fühlte er sich verkannt, und das, obwohl Manni schon mehrfach die Demo-CD der *Little Heroes* gelobt hatte, die Len ursprünglich mal an ein Label hatte schicken wollen. Aber dazu war es nie gekommen, geschweige denn zu einem lang erträumten Plattenvertrag.

«Wie nennst du das noch?», hakte Manni nach. *«Alternative Rock?»* Er zuckte mit den Schultern. «Gibt's auch in Wacken. Ich meine, bei 130 Bands findet sich immer was, was gerade Laune macht.»

«Nö, lass mal stecken», sagte Len und winkte ab. Aber es rührte ihn, dass sein Chef ihn mit seiner kindlichen Begeisterung anstecken wollte. Trotzdem wollte der Funke einfach nicht überspringen.

«Vielleicht kommst du dann wieder auf den Geschmack.» Manni ließ nicht locker. Erwartungsfroh sah er zu Len hinüber, als sie an einer roten Ampel stadtauswärts halten mussten.

«Wie meinst du das?», fragte Len, ohne dass es ihn wirklich interessierte.

«Na, du hast doch mal erwähnt, wie geil es ist, auf der Bühne zu stehen. Wann war dein letztes Konzert?»

Len antwortete nicht, denn er war mit seinen Gedanken eigentlich woanders, nämlich bei Lilly. Er fragte sich, ob er womöglich zu aufdringlich gewesen war. Schließlich hatte sie das Chatten von einer Sekunde auf die andere abgebrochen. Einfach so. Ohne Kommentar.

Wie gerne hätte Len erneut sein Smartphone gezückt, um nachzusehen, ob sie sich inzwischen gemeldet hatte. Aber er hatte keinen Bock auf blöde Fragen zum Thema Frauen. Sicher würde Manni ihn wieder hochnehmen und ihm nicht glauben, dass es bei dem Austausch mit Lilly allein darum ging, sich eben auszutauschen. Nicht mehr, aber auch nicht weniger.

«Und?», fragte Manni.

«Was?»

Manni stöhnte. «Hast du mir überhaupt zugehört? Wann du dein letztes Konzert gegeben hast?»

«Ich ... Wir ...» Len setzte zu einer Antwort an, doch er hielt inne. Tatsächlich war er seit dem Tod seines Bruders bei keiner einzigen Musikveranstaltung gewesen, weder als Besucher und schon gar nicht bei einem eigenen Gig. Dafür gab es im «Danach» keinen Platz.

«Komm einfach mal mit nach Wacken», erklärte Manni kurzerhand, weil er merkte, dass Len immer einsilbiger wurde.

«Du meintest doch, es gibt keine Tickets mehr», stellte Len trotzig klar. Trotz aller Sympathien für seinen Chef – eine Biker-Tour mit ihm und seinen schrägen Kutten-Kumpels war nun wirklich nicht das, was er sich unter einem entspannten Kurzurlaub vorstellte.

«Ach, ich könnte da vielleicht was drehen. Und du bist eingeladen, wenn's klappt. Deal?»

Len schüttelte den Kopf. «Das ist echt nett von dir. Aber im Ernst, so viele Leute, so viel Krach. Da halte ich lieber die Werkstatt am Laufen!», entgegnete er.

«Ach, die läuft im Sommer sowieso nie», murmelte Manni und bog prompt falsch ab. «Verdammt!», schimpfte er. Der Verkehr forderte jetzt seine ganze Aufmerksamkeit.

Trotzdem konnte Len sich einen Kommentar nicht verkneifen. «Wacken», sagte er. «Immer nur Wacken!» Er verlieh seiner Stimme eine gespielte Genervtheit. «Wo müssten wir überhaupt hin?»

«Einfach gen Norden, nach Schleswig-Holstein. Von Hamburg ist es bis Wacken dann nur noch eine halbe Stunde. Und du kannst gleich ein paar Tage dranhängen und dir die Nordseeluft um die Nase wehen lassen!»

Manni grinste. Er fand seinen Witz offenbar gelungen.

«Ha, ha!» Len schüttelte den Kopf. «Ich meinte, wohin wir jetzt ausliefern!»

Die nächste Ampel sprang auf Rot.

«Gib mal Troisdorf, Bergischer Ring, in dein Handy ein», bat Manni.

Das ließ sich Len nicht zweimal sagen. Er zog sein Handy aus der Hosentasche und vergewisserte sich zunächst, dass sein Chef nicht auf den Bildschirm schielen konnte. Dann klickte er sofort seine Skype-App an.

Mit heimlicher Freude entdeckte er, dass Lilly sich gemeldet und ihm sogar ihre Nummer gegeben hatte. Gleich wenn er zurück war, würde er ihr antworten.

Dann gab Len die Adresse ein, ließ die automatische Ansage den Weg erklären und lehnte sich erleichtert in seinem Sitz zurück.

Lilly

Lilly, Schatz!», hörte Lilly die Mutter aufgeregt durchs ganze Haus brüllen. «Du hast Besuuuuuuch!»

Lilly ließ von ihrem Buch ab und hievte sich stöhnend aus dem Sitzsack.

«Ich komme!», rief sie zurück und bereute es beim Blick in den großen Wandspiegel sofort, weil sie wirklich nicht gesellschaftsfähig aussah. Die Haare waren total zerzaust, und den Overall trug sie nun schon seit fast 24 Stunden am Stück.

Irgendwie war Lilly nach dem Mittagschlaf nicht mehr richtig in die Gänge gekommen. Selbst die Tatsache, dass sie Lens letzte Meldung zwar buchstäblich verpennt, sich aber trotzdem sehr darüber gefreut hatte, ließ Lilly nicht optimistischer in die Zukunft blicken. Auch eine «Brieffreundschaft» änderte schließlich rein gar nichts an der Tatsache, dass ihr düstere Zeiten bevorstanden.

Und nun kam sicher Natascha, um sich zu verabschieden.

Im Schneckentempo verließ Lilly das Zimmer, und schon auf halber Treppe entdeckte sie, dass ihre Vermutung richtig war. Natascha war gekommen! Lilly freute sich plötzlich doch sehr, sie nun noch einmal zu sehen, bevor sie nach Süddeutschland fuhr.

Aber als Lilly unten ankam, musste sie feststellen, dass ihre Freundin nicht allein gekommen war.

«Basti?», fragte Lilly erstaunt und vergaß die eigentliche

Begrüßung. Sie mochte ihn zwar und bemühte sich, freundlich zu sein. Doch hatte sie Mühe, ihre Enttäuschung darüber zu verbergen, dass sie Natascha zum Abschied nicht für sich allein hatte.

Sie umarmten einander, und Lilly entschuldigte sich für ihren Aufzug.

«Oh, Süße, ist doch egal.» Natascha winkte ab und strich ihr liebevoll die Haare glatt. Sie sah super aus in dem kurzen farbigen Sommerkleid, das Lilly noch nicht kannte. Ihre Wallemähne hatte Natascha zu einem Zopf gebunden.

«Ihr könnt euch in den Garten setzen.» Lillys Mutter wedelte hektisch in der Luft herum. «Ich bringe euch was zu trinken raus.»

Doch Natascha wehrte ab.

«Danke, das ist nicht nötig! Wir wollten wirklich nur schnell tschüs sagen. Eigentlich sind wir auch schon total spät dran», sagte sie. «Basti ist so lieb und hilft mir bei der Zimmersuche.»

«Und beim Schleppen», ergänzte er grinsend. «Das Auto ist bis auf den letzten Kubikzentimeter mit Kram vollgestopft.»

Lilly lächelte verkniffen. Eine vorfreudige Aufbruchsstimmung lag in der Luft, die sie leider nicht teilen konnte.

«Ihr fahrt also zusammen nach Freiburg?», erkundigte sich Lilly, und es klang mehr wie eine Feststellung als eine Frage. «Schön», fügte sie schnell noch hinzu und nickte mehrfach.

«Aber ich hätte niemals einfach so fahren können!» Natascha bemühte sich um ein warmes Lächeln.

Alle drei tauschten unsichere Blicke aus, was Lillys Mutter wohl als Aufforderung verstand. «Na, ich lasse euch dann mal allein. Ich bin in der Küche, wenn ihr mich braucht.» Im Vorbeigehen legte sie Natascha in einer mütterlichen Geste von hinten die Hände auf die Schultern. «Du bist hier jederzeit weiterhin herzlich willkommen. Und ansonsten toi, toi, toi für deinen Start!»

Lilly sah ihrer Mutter hinterher, wie sie mit ihrem ewig hektischen Gang endlich in der Küche verschwand. Lilly kam sich vor wie in einem Film. Nur dass sie darin bloß eine kleine Nebenrolle hatte, wohingegen sich für die beiden Hauptfiguren Natascha und Basti ein glückliches Happy End ankündigte.

«Ihr seid also unzertrennlich geworden», stichelte Lilly. Und als sie merkte, wie negativ es für die beiden klingen musste, fügte sie schnell hinzu: «Wurde ja auch Zeit.»

Natascha und Basti sahen einander verstohlen an, so wie es nur Verliebte tun.

«Ich wünsche euch alles Glück der Welt», sagte Lilly schließlich. «Ich hoffe, dass ihr –»

Plötzlich schraken alle zusammen, denn oben hatte jemand lautstark eine Tür geknallt.

Basti sah Lilly fragend an, doch die winkte ab. «Nur meine durchgeknallte Schwester. Keine Ahnung, was mit der gerade wieder los ist.»

Dann schloss sie Natascha in die Arme, um das Abschiedsdrama zügig zu beenden. Sie wollte sich keine Blöße geben und vor Basti in Tränen ausbrechen.

«Halte mich auf dem Laufenden, ja?!», sagte Natascha dicht an ihrem Ohr.

«Mach ich», schwindelte Lilly. Sie würde ihrer Freundin jetzt ganz sicher nicht den aufregenden Absprung in ein neues Leben vermiesen. Am Telefon oder über Skype konnte sie ihr immer noch von der anstehenden OP berichten.

«Fahrt vorsichtig, ja?» Lilly löste sich aus der Umarmung und sah zwischen beiden hin und her. «Ist ja ein ziemlich langer Weg da runter!»

«Wir schicken eine WhatsApp, wenn wir da sind», versprach Natascha. Sie öffnete die Haustür und ließ Basti zuerst hinaustreten. Vor der Villa stand ein silberfarbener Golf, den Lilly nicht kannte.

«Ja, tschüs dann.» Basti ging schon vor.

«Ist das sein Auto?», raunte Lilly ihrer Freundin zu.

Natascha nickte und strahlte. «Ich komme gleich», rief sie Basti hinterher. Dann wandte sie sich wieder an Lilly.

«Ist er nicht toll?»

Lilly nickte, wusste aber nicht genau, ob Natascha nun das Auto oder ihren Freund meinte.

«Ich glaub schon, dass wir eine Chance haben», fügte Natascha erklärend hinzu. «In zwei Jahren ist er mit seiner Ausbildung fertig. Vielleicht will er dann nachkommen.»

Lilly schluckte. Sie freute sich wirklich für ihre Freundin. Aber es tat so unendlich weh, sie ziehen lassen zu müssen.

Ob sie sich jemals wieder so nahe sein würden? Vor allem in den letzten Monaten, als sie zusammen für die Abiprüfungen in Englisch und Bio gelernt, regelmäßig «Shopping-Queen» geguckt oder einfach nur stundenlang im *Stübchen* zusammengesessen hatten.

«Genieß dein neues Leben!», sagte Lilly mit einem tapferen Lächeln. Sie gab sich alle Mühe, stark zu sein.

«Und du, pass auf dich auf! Sobald ich weiß, wann ich wieder hochkomme, sage ich dir Bescheid, ja?!», entgegnete Natascha wie zum Trost und sah Lilly mit ihren großen, braunen Augen aufmunternd an.

Sie umarmten einander ein zweites Mal, nun etwas länger.

Dann machte Natascha auf dem Absatz kehrt und lief zur Straße, wo Basti bereits mit laufendem Motor im Wagen wartete.

Lilly winkte noch kurz. Aber sie brachte es nicht fertig, dem fahrenden Golf hinterherzusehen. Also schloss sie schnell die Haustür und lehnte sich leblos dagegen. Nicht einmal mehr das Abschiedsgeschenk hatte sie Natascha noch mitgegeben. Ihr hatte einfach die Kraft gefehlt, eine aufmunternde Widmung in das Buch zu schreiben, das längst angekommen war. Dann sank sie zusammen, und all der Schmerz der vergangenen Tage brach sich Bahn.

Len

Mit einem zufriedenen Seufzer ließ Len sich auf den dicken Chefsessel sinken. Genau genommen war es Mannis speckiger und deutlich in die Jahre gekommener Bürostuhl. Aber es fühlte sich trotzdem gut an, einfach mal nur am Schreibtisch zu arbeiten und den Leuten auf die Finger zu klopfen, dass sie gefälligst ihre Rechnungen bezahlten.

Andererseits bekam Len dadurch auch ungewollt einen Blick auf die unerfreuliche Realität der Schreinerei. Denn wenn er sich die ausstehenden Beträge so ansah und eins und eins zusammenzählte, wurde ihm klar, dass Manni noch deutlich untertrieben hatte in seinen Andeutungen über die Sommerflaute. Es kamen einfach zu wenige Aufträge rein.

Immerhin schien Len sich mit seinem Unfall und der Krankschreibung den richtigen Zeitpunkt ausgesucht zu haben. Es blieben kaum Arbeiten liegen, die dringend hätten erledigt werden müssen. Wenn es nach ihm gegangen wäre, hätte er seine trotzdem längst wieder aufgenommen. Wahrscheinlich war Manni einfach froh, dass mal jemand richtig auf dem Schreibtisch aufräumte.

Dabei ging es mit dem Knie schon sehr viel besser. Sogar eine kurze Joggingrunde am Morgen mit ein paar Pausen hatte gut geklappt, abgesehen von dem brummenden Schädel, den Len noch vom gestrigen Abend gehabt hatte.

Nach der Auslieferung waren Manni und er spontan nach

Bonn in einen Biergarten gefahren, um eine Kleinigkeit zu essen. Aus den Kleinigkeiten wurden ein paar Runden Kölsch, und dann kamen noch Zigaretten dazu. Denn immer, wenn er zu viel Kölsch trank, rauchte Len auch zu viel. Das wiederum hatte ihm derartige Kopfschmerzen bereitet, dass er gleich nach dem Aufstehen zum Rheinufer gelaufen war.

Len hatte gehofft, mit einem möglichst klaren Kopf an den Schreibtisch zu kommen, um für Lilly gewappnet zu sein. Per Handy hatten sie sich noch am Abend für heute um 11 Uhr zum Chatten verabredet. Und wenn Len es nicht besser wüsste, würde er sagen, er sei sogar ein bisschen aufgeregt. Doch dafür gab es gar keinen Grund!

Sicher, Lilly hatte blondes Haar und nicht zu kurz. Das war sicher ganz ansprechend. Aber das sagte natürlich rein gar nichts über den Rest ihrer Erscheinung aus. Womöglich war sie nicht mal besonders attraktiv und versteckte sich aus gutem Grund hinter einem Violoncello-Bild. Auch seine Internetrecherche hatte nichts ergeben. Im Netz gab es kein einziges Foto von einer gewissen Lilly Heinemann, nicht einmal auf der Seite ihrer Schule. Eines der vier Gymnasien in Lüneburg erwähnte immerhin ihren Namen. Sie wurde als Beste des diesjährigen Abiturjahrganges genannt.

Nicht dass sie am Ende eine nerdige Streberin mit dicker Brille war, hatte Len befürchtet, als er die Info im Netz fand.

Er schaltete den Rechner ein und ärgerte sich, dass der Computer keine Videofunktion hatte. Vielleicht sollte er besser mal über Handy mit Lilly skypen. Andererseits konnte er sich so viel unbefangener mit ihr austauschen. Es war viel anstrengender, einem Mädchen gefallen zu wollen, wenn man es attraktiv fand.

Vielleicht war es also ganz gut, dass Mannis alter Computer nicht mit einer Kamera zum Videochatten ausgestattet war, überlegte Len weiter. Andernfalls hätte er jetzt nämlich schnell noch unter die Dusche hopsen und sich etwas halbwegs Akzeptables anziehen müssen. So verschwitzt und verkatert, wie er noch war, konnte er sich unmöglich präsentieren.

Aber bei Lilly würde er ohnehin nur auf eine andere Art und Weise einen guten Eindruck machen können. So viel ahnte er bereits. Für sie schienen andere Dinge zu zählen.

Len hatte sich vorgenommen, ihr einfach zuzuhören, wenn sie es wollte. Auch wenn ihm diese ganze verdammte Herzgeschichte mächtig Angst einjagte.

Als Len sich einloggte, sah er, dass Lilly bereits einen Gruß geschickt hatte:

Jemand zu Hause?

nicht zu hause, aber im büro vom chef …

Ich hätte wetten können, du bist dein eigener Chef. Was arbeitest du denn?

ich bin tischler. also ein halber. aber ich bin dabei, ein ganzer zu werden.

Was macht denn das Knie, kleiner Held?

och, ganz gut. kann nich klagen. haste denn gut geschlafen, pocahontas? ☺

Um ehrlich zu sein: nein.

ehrlich sein ist ne gute sache – ich finde, wir sollten uns jetzt und hier etwas versprechen: wir sind ehrlich miteinander. ok?

Ok.

also, schieß los: warum hast du schlecht geschlafen?

Ach, gestern war einfach nicht mein Tag. Es hat sich so angefühlt, als ob ich mich von meiner Kindheit verabschieden müsste.

bahnhof?

Na, gestern war meine beste Freundin Natascha hier, um sich zu verabschieden. Sie zieht fürs Studium nach Freiburg, kommt sicher ab und zu nach Hause. Aber das ist nicht das Gleiche.

warum nicht?

Na, weil sie dann weniger Zeit hat. Und außerdem können sich auch beste Freundinnen auseinanderleben.

kenn ich. irgendwann werden die nachrichten weniger und man hat sich nicht mehr so viel zu sagen. ist ein teufelskreis, hab ich schon öfter erlebt.

Little Heroes?

nee. ich glaub eher, ich war derjenige, der sich von den leuten abgewendet hat. keine ahnung. ist kompliziert. einen besten freund hab ich gar nicht. ich glaube, mein bruder war mein bester freund. ihm hab ich alles erzählt. und du? hast du deiner natascha immer alles erzählt?

Ja! Also, fast alles.

warum nur fast? weiß sie etwa noch nichts von dem genialen songschreiber, den du im internet aufgetan hast? ;-)

Typischer Fall von männlicher Selbstüberschätzung!

hey, du wolltest ehrlich sein!!

Nein, sie weiß nicht, dass ich mit einem Fremden maile, der keine Videofunktion an seinem PC hat und sich auf seltsamen Seiten im Internet tummelt. Aber das ist vielleicht auch besser so. Sonst würde sie mich bestimmt für verrückt erklären.

not fair ...

Wieso benutzt du eigentlich nie Versalien? Und dafür ständig diese Auslassungspunkte?

was für dinger? ... oh. ok, hab's gegoogelt

Ja, und?

1. weil das leben zu KURZ ist für groß- und kleinschreibung und 2. du lenkst ab

Wieso?

na, offensichtlich gibt es etwas, das du deiner freundin verschwiegen hast.

Du bist wirklich hartnäckig. Also, wenn du es so genau wissen willst: Ich hab ihr nichts von der OP gesagt, weil ich nicht wollte, dass sie sich Sorgen macht.

hey, du bist schon wieder nicht ehrlich!

???

du hast ihr nichts gesagt, weil du kein mitleid wolltest, stimmt's? du wolltest nicht darüber sprechen, weil es dann auch für dich konkreter werden würde.

... schreibt der, der sich bei einem Portal für Lebensmüde angemeldet hat??!!!

auch wieder wahr. ich merke schon, du hältst mir einen spiegel vor, heilemacherin. aber wieso hast du dich eigentlich dort angemeldet?

Ich konnte nicht schlafen.

...

Apropos: Ich finde, jetzt bist du mal an der Reihe! Also, wie hast du denn heute geschlafen?

ganz ok, aber ich war auch ein bisschen zugedröhnt.

???

keine sorge, kleine pocahontas: nur nikotin und alkohol. no drugs!

Ach so einer bist du?!

was soll das nu wieder heißen?

Hätte ich mir denken können, dass du trinkst und rauchst und derbe abfeierst. Das hat so was …

?

… Zerstörerisches.

ach ja? ein fall für die heilemacherin, was?

Sorry, wollte dir nicht zu nahe treten. Aber ich nehme mal an, den Namen Alleszerstörer hast du dir aus gutem Grund gegeben, oder?

weil ich einer bin

Warum?

is einfach so

Wie war das mit der Ehrlichkeit?

ehrlichkeit ist ja nicht gleich offenheit

Aha! Wir wollen also ehrlich, aber nicht offen zueinander sein?

du hast deine freundin ja auch nicht angelogen und warst trotzdem nicht offen zu ihr

Ja, aus gutem Grund!

ich hab auch einen guten grund. was soll eigentlich dein nickname bedeuten?

Pocahontas?

haha

Ach, du meinst die Heilemacherin. Keine Ahnung, ich wollte wohl einen Gegenpol zu Alleszerstörer setzen.

das heißt also, es stimmt – du hast erst meinen text gesehen und dich dann angemeldet?

Könnte schon sein. Schlimm?

schlimm nicht, aber EHRLICH gesagt ein bisschen strange. wie bist du überhaupt auf die seite gekommen?

Mit WLAN und meinem Laptop. ☺

ach, humor hat sie auch noch

Ich? Nie! Ich finde, Ironie wird total überbewertet.

jede jeck is anders! wie man bei uns sagt

O Gott! Wo kommst du denn her?

ecke köln rum.

Feierst du etwa auch Karneval?

jeden tag. muss jetzt aber auch noch ein bisschen was arbeiten.

Ok

wollen wir morgen wieder chatten?

Wenn du dann nicht in Arbeit erstickst.

keine sorge. mach's gut, kleine indianerin! moment, ich weiß gar nicht, ob du wirklich klein bist. in meiner phantasie bist du es.

Ich komme in deinen Phantasien vor??

na ja, irgendein gesicht hat man doch schon vor augen, wenn man mit jemandem chattet. du etwa nicht?

Du bist eher schlaksig, aber durchaus sportlich, hast einen braunhaarigen Zottelkopf, dunkle Augen und spielst am liebsten in einem zerrissenen T-Shirt Gitarre.

???

Du hast mir einen Link von eurem Musikvideo geschickt, schon vergessen?

ach ja!! nun bist du aber im vorteil, gemein. ich will auch wissen, mit wem ich es zu tun habe

Falls du morgen zwei Minuten deiner kostbaren Arbeitszeit opferst, schicke ich dir ein Foto.

also, morgen gleich um 7 Uhr? ☺

OMG! Lieber Mittagspause, wenn du eine hast?!

ok. melde mich um punkt 12. und halt die ohren steif!

Halt die Ohren steif???

Wie dämlich ist das denn, fragte sich Len, als er sich ausloggte. Wie konnte er nur so etwas schreiben?

Verunsichert machte er sich die Mühe, den gesamten Chat noch einmal durchzulesen.

Puh! Unterm Strich war er doch durchaus zufrieden mit seinen Worten. Und weil er jetzt noch weniger Lust verspürte, sich um die Buchhaltung zu kümmern, unternahm er einen neuen Versuch, etwas über Lilly aus Lüneburg herauszufinden.

Aber da war nichts! Fast so, als würde es sie gar nicht geben.

Also musste Len sich wohl bis zum nächsten Tag gedulden, bis er sehen konnte, wer sich hinter all den ansprechenden Worten verbarg. So langsam fing die Sache an, ihm Spaß zu machen!

Lilly

Nachdem Lilly am folgenden Morgen nur widerwillig aufgestanden und ins Badezimmer gegangen war, stellte sie die Dusche an und ließ sich auf den geschlossenen Klodeckel sinken. Eine ganze Weile blieb sie dort sitzen und lauschte dem Wasserstrahl. Es war eines der vielen Rituale, mit denen sie ihren Eltern suggerierte, alles sei in Ordnung. Die beiden sollten sich nicht noch mehr um sie sorgen als ohnehin schon. Wenn Lilly ihnen also das Gefühl gab, dass alles normal lief, ließen sie sie halbwegs in Ruhe und tanzten nicht alle naselang an, um sie zu umsorgen. Und wenn sie das Wasser in der Dusche eine Zeitlang laufen ließ, konnte sie darüber hinwegtäuschen, dass sie manchmal einfach keine Lust oder keine Kraft hatte, sich um ihren Körper zu kümmern. Ein Körper, der sie im Stich ließ. So, als würde er sie für irgendwas bestrafen wollen.

Lilly putzte sich nur schnell die Zähne, flocht ihre Haare zu einem Zopf und benutzte einen Waschlappen für ihre Katzenwäsche. Als sie das Duschwasser schließlich wieder ausstellte und sich in ein Handtuch gewickelt unbehelligt zurück in ihr Zimmer schleichen wollte, hielt sie inne. In Lauras Zimmer ging es hoch her. Ihre Mutter und ihre Schwester schienen sich wieder einmal zu streiten. Eigentlich wollte Lilly davon nichts hören. Es war zu laut, zu nervig – einfach zu viel. Doch auf halber Strecke schnappte sie unfreiwillig ein paar Wortfetzen auf – und stockte, als sie ihren Namen hörte. Irritiert ging sie bis zu

Lauras angelehnter Zimmertür, um nun aufmerksamer zu verfolgen, warum die beiden über sie sprachen.

«Es gibt aber nichts zu reden!», beschwerte sich Laura.

«Das sehe ich anders. Mit deinem Verhalten machst du alles nur noch schlimmer», zischte die Mutter in einem Tonfall, der vermuten ließ, dass der Streit sich bereits richtig hochgeschaukelt hatte.

«Ja, klar. *Ich* mache alles schlimmer. Ausgerechnet ich! Tut mir leid, dass ich auf der Welt bin! Und was ist mit ihr?», entgegnete Laura hysterisch.

Lilly erschrak.

«Schrei nicht so rum, sonst kann sie uns noch hören!», wurde sie von der Mutter ermahnt.

«Was soll sie denn nicht hören? Dass ihre Scheißkrankheit mein ganzes Leben ruiniert?!»

Die Worte trafen Lilly wie Felsbrocken. Sie erstarrte und wäre am liebsten auf der Stelle tot umgefallen, so sehr übermannte sie der Schmerz.

Dann hörte Lilly, wie jemand unten durch den Flur ging und die Haustür öffnete. Sicher wollte ihr Vater die Zeitung hereinholen. Inständig hoffte sie, er würde nichts mitbekommen von dem Drama, das sich hier oben abspielte.

«Wie kannst du es wagen?!», hörte sie jetzt die Mutter antworten. «Willst du mit deiner Schwester vielleicht tauschen? Dir steht doch alles offen. Aber sie? Welche Aussichten hat sie?»

Die Stimme ihrer Mutter bebte, es war offensichtlich, dass sie weinte. Dann war es still.

Als der Vater wieder ins Haus trat und sich anschickte, die Treppe hochzusteigen, schlich Lilly schnell in ihr Zimmer zurück. Sie beeilte sich, die Tür so geräuschlos wie möglich zu schließen. Dann ließ sie sich aufs Bett sinken und unterdrückte mit aller Kraft die Tränen, die in ihr aufstiegen.

«Goldstück? Lady Laura?» Der Vater war nun auf der Galerie zu hören. «Frühstück ist fertig!»

Vorsichtig klopfte er an Lillys Tür.

Sie war nicht imstande, zu antworten, und blieb einfach nur stumm und starr sitzen wie ein Tier in Todesangst.

«Guten Morgen», flüsterte ihr Vater, als er zaghaft seinen Kopf zur Tür hineinsteckte.

Lilly setzte ein geübtes Lächeln auf, damit er keine Fragen stellte. «Guten Morgen.»

«Hier ist Post für dich», sagte er. «Und Brötchen sind auch schon aufgebacken.»

«Ich … Ich bin gleich unten», antwortete Lilly knapp und ging zum Kleiderschrank, um zu signalisieren, dass sie sich anziehen wollte und nicht in Plauderlaune war.

«Wo sind denn die anderen Grazien?», fragte ihr Vater, bevor er zurück in den Flur trat.

«Keine Ahnung», schwindelte Lilly und schob ihn hinaus und machte die Tür wieder zu. Dann schloss sie die Augen. Lauras Worte hallten in ihrem Kopf nach. Und noch immer fühlte sie einen beinahe physischen Schmerz. Ihr Magen schien ein schwerer, fester Klumpen. Er schmerzte, als hätte man ihr in den Bauch getreten.

«Frühstück!», hörte sie den Vater erneut durchs Treppenhaus flöten.

Kurz danach vernahm Lilly die typisch gehetzten Schritte ihrer Mutter, die dem Vater nach unten folgten.

Wie in Trance zog Lilly sich eine Jeans und ein T-Shirt sowie einen Kapuzenpulli über. Sie fröstelte, obwohl die Sonne bereits kräftig schien und es sicher wieder ein heißer Tag werden würde. Aber Lilly war alles andere als in sommerlicher Laune.

Ohne lange nachzudenken, trat sie aus dem Zimmer und ging durch den langen Flur hinüber zu Laura. Vorsichtig öffnete sie die Tür.

Laura saß in ihrem schwarz gefärbten Nachtshirt auf dem Bett, hatte die Knie angezogen und hörte über Kopfhörer lautstark Musik. Als sie Lilly sah, drückte sie auf ihrem iPod die Pause-Taste.

«Was willst du?» Ihre Stimme klang seltsam leer und ohne jeden Vorwurf.

Lilly ließ sich auf die Bettkante sinken und betrachtete die Schwester, ihr beinahe kindliches Doppelkinn, die rundliche Nase und die fleckige Haut, die sie von der Mutter geerbt hatte. Die dünnen, schwarz gefärbten Haare mit dem blonden Ansatz trug sie wie meist vom Mittelscheitel streng zur Seite gekämmt und hinter die Ohren geklemmt.

Lilly konnte nicht sehen, ob sie geweint hatte, und sie traute sich auch nicht, sie zu fragen.

Laura zog die Kopfhörer aus den Ohren und senkte den Blick.

«Reden?», fragte Lilly.

Die Schwester stöhnte auf. «Mama hat dich geschickt, richtig?» Nun klang sie doch vorwurfsvoll.

Lilly schüttelte den Kopf. Sie wusste nicht, ob Laura ihr glaubte, aber es war ihr auch egal. Alles, was sie wollte, war ... ja, was eigentlich? Eine Art Entschuldigung, vielleicht. Die Gewissheit, dass Laura es nicht so gemeint hatte. Dass sie nicht das Leben der Schwester ruinierte. Lilly wäre auch eine Erklärung recht, die alles Gehörte relativierte, weil sie etwas falsch verstanden hatte.

«Dir geht es gerade nicht besonders, oder?», wagte sich Lilly vorsichtig vor.

Sie fühlte keine Wut der Schwester gegenüber und verspürte auch keine Angst oder Scham. Vielleicht stand sie immer noch unter Schock. Die nackte Wahrheit hatte sie wie ein Schlag getroffen. Aber es war auf seltsame Weise auch eine Befreiung. Denn endlich hatte jemand im Haus den Mut gehabt, es auszusprechen!

«Und wennschon», erwiderte Laura. «Kann mich ja wohl kaum beschweren!» Noch immer hatte sie den Blick gesenkt.

«Wer sagt denn, dass du dich nicht beschweren darfst?» Lilly trat näher und schloss die Tür hinter sich.

Laura schien nachzudenken. Jedenfalls kam erst einmal nichts außer einem Achselzucken. Dann brachte sie leise hervor: «Du beschwerst dich ja auch nicht.»

Lillys Lippen bebten. Es stimmte. Sie bemühte sich jeden verdammten Tag, jede verdammte Stunde darum, nicht in Selbstmitleid zu versinken und ihr Leid hinauszuposaunen. Den ganzen Hass auf die Ungerechtigkeit in dieser Welt hielt sie bei sich und vergrub ihn in ihrem Innersten. Meistens gelang ihr das auch ganz gut, aber heute fühlte es sich an, als würde sie am Abgrund eines riesigen schwarzen Lochs stehen, dem Zentrum einer ganzen Galaxie.

«Vielleicht wäre es leichter, wenn du auch mal abkotzen würdest.»

Lilly horchte auf. Was hatte ihre kleine Schwester da gesagt? Lilly solle mal so richtig rumjammern? Ihren ganzen Frust, ihren Schmerz und ihre Angst rauslassen?

«Abkotzen ...?», fragte sie. Aber die Frage war mehr an sich selbst gerichtet als an die Schwester.

Seltsam ... Vielleicht war Laura gar nicht mehr so klein, wie Lilly immer dachte. Oder wollte Lilly einfach, dass sie beide immer die Kinder blieben, die sie mal gewesen waren?

«Ja, kotz dich doch mal so richtig aus», sagte Laura. «Ich könnte ständig kotzen.»

Fragend sah Lilly sie an. «Was ist denn an deinem Leben so zum Kotzen?»

«Alles!», schoss es wie ein Giftpfeil zurück.

«Alles?» Lilly wollte es jetzt wirklich wissen.

«Ja. Mein Leben ist scheiße! Ich quäl mich in der Schule, ich weiß nicht, was ich werden soll, ich habe kaum Freunde, ich bin fett, sehe scheiße aus, alle hassen mich. Und der einzige Typ, den ich gut finde, interessiert sich einen Scheiß für mich. Und da soll ich dankbar sein fürs Leben? Bin ich aber nicht. So sieht es aus!»

Lillys Mund stand offen. Sie konnte nicht glauben, was sie da alles hörte. Doch Lauras bohrender Blick, der sie nun direkt traf, zeigte unmissverständlich, dass sie jedes einzelne Wort absolut ernst meinte.

Eine Zeitlang starrten sich die beiden Schwestern an wie zwei verfeindete Katzen, die nur auf die Gelegenheit warteten, die Krallen auszufahren und dann mit aller Kraft der anderen ins Gesicht zu schlagen.

Doch plötzlich rollten Laura dicke Tränen über die Wangen, die sie sofort unwirsch wegwischte, als sie ihr Weinen realisierte. Lilly konnte nicht anders, als zu ihrer Schwester zu treten und sie in die Arme zu schließen. Sie hielt sie ganz fest, beinahe zu fest, weil sie Angst hatte, Laura würde sich sofort wieder aus der Umarmung befreien wollen.

«Schon gut, du zerquetschst mich ja», sagte Laura tatsächlich nach einem nur kurzen, aber innigen Moment. Sie lächelte verkniffen.

«Willst du drüber reden?», fragte Lilly. «Also über den Typen, meine ich?»

Wieder senkte Laura den Blick. Sie schüttelte den Kopf.

«Und warum nicht?», fragte Lilly und versuchte, die Schwester aufzumuntern. «Ich hatte auch schon mal Liebeskummer. Und wer weiß? Vielleicht steht er ja doch auf dich, und du weißt es nur nicht.»

«Du checkst echt überhaupt nichts!» Lauras Ton klang wieder schärfer. Und fast gleichzeitig war der Vater zu hören, der erneut zum Frühstück rief.

«Wir kommen gleich!» Lilly sah ihre Schwester eindringlich an, in der Hoffnung, sie würde sich doch noch ihr gegenüber öffnen. «Du weißt aber schon, dass du über alles mit mir reden kannst, wenn du willst.»

Doch Laura steckte sich bereits die Kopfhörer wieder in die Ohren und sah sie nur verständnislos an. «Ausgerechnet mit dir soll ich reden? Damit du dich dann mit Natascha über mich kaputtlachen kannst?»

Lilly verstand nicht. «Was hat Natascha denn damit zu tun?»

«Na, was wohl?!», erwiderte Laura gereizt.

Und dann machte es bei Lilly endlich klick. «Sag nicht, du bist in … Basti …?!»

Statt einer Antwort kam nur ein böser Blick, so als wäre Lilly schuld daran, dass Basti mit ihrer besten Freundin zusammen war.

«Warum hast du denn nie was gesagt?», fragte Lilly und verspürte plötzlich doch Schuldgefühle. Tatsächlich hatte es nämlich durchaus mehrere Anlässe gegeben, bei denen ihre

Schwester vergeblich darum gebeten hatte, mitkommen zu dürfen. Zu Nataschas Geburtstagsfeier beispielsweise oder zum Lüneburger Stintfest, wenn auch Bastis Clique dabei war. Und nun wusste Lilly auch, warum das für Laura so wichtig gewesen war, obwohl diese sich sonst nie etwas daraus gemacht hatte, mit der älteren Schwester wegzugehen. Zumindest war Lilly davon ausgegangen.

Laura zuckte mit den Schultern. «Bist du jetzt fertig?» Unmissverständlich wollte sie das Gespräch beenden und stellte ihre Musik wieder an.

«Und was ist mit frühstücken?», fragte Lilly, obwohl sie die Antwort bereits ahnte.

«Keinen Hunger.»

Geknickt suchte Lilly noch einmal den Blick ihrer Schwester. Doch die hatte die Augen starr auf ihre Hände gerichtet und betrachtete ihre abgekauten, schwarz lackierten Fingernägel.

Schweren Herzens trat Lilly auf den Flur. Sie wusste nicht, wie sie das Frühstück mit ihren Eltern alleine überstehen sollte.

Im Schneckentempo ging sie die Treppe hinunter und trat an den gedeckten Tisch. An ihrem Platz lag die Postkarte einer Schulfreundin, die gleich in den ersten Tagen nach bestandenem Abitur als Au-pair-Mädchen nach Kalifornien gegangen war. Sie schrieb von «dem großen Abenteuer» Windelnwechseln und von ihren ersten Surfversuchen. Lilly beneidete sie um die Erfahrungen, freute sich aber auch für sie.

Unter der Karte hatte noch ein unscheinbarer Umschlag gelegen, den Lilly jetzt gedankenlos aufriss. Sie stockte. Ein Brief des Konservatoriums in Wien? Schnell überflog Lilly das Anschreiben – und war fassungslos. Sie war eingeladen. Zur Zulassungsprüfung!

Obwohl sie plötzlich wahnsinnig aufgeregt war, ließ sie das Schreiben zügig wieder im Umschlag verschwinden. Ihre Eltern sollten bloß nichts davon mitbekommen und eine riesige Diskussion starten. Nicht jetzt, nicht nach dem belauschten Streit.

Die Eltern schienen ohnehin ins Gespräch vertieft. Es ging um ein Projekt ihres Vaters im Süden Dänemarks. Er würde für ein paar Tage dorthin reisen müssen, und Lillys Mutter hatte schon jetzt Panik, dass sie es alleine zu Hause nicht schaffen würde.

Manchmal kam es Lilly so vor, als würde ihre Mutter von einer Baustelle zur anderen hetzen und dabei viel zu viel Wind aufwirbeln.

Nachdem sie eine Brötchenhälfte hinuntergequält hatte, schnappte sich Lilly ihre Post und verabschiedete sich höflich.

«Ich geh mal nach oben, um meiner Schulfreundin eine E-Mail zu schreiben. Ist ja nett, dass sie eine Karte geschrieben hat.» Lilly konnte sicher sein, dass die Postkarte bereits gelesen worden war. So gut kannte sie ihre Mutter immerhin.

Die beiden nickten verständnisvoll. Niemand hielt sie zurück oder ermahnte sie, dass das Frühstück noch nicht beendet war.

Es fiel Lilly gar nicht richtig auf. Ihre Gedanken kreisten nur noch um Wien. Zweieinhalb Jahre hatte sie auf eine solche Chance gewartet! Und nun, da klar war, dass Lilly wegen der notwendigen OP über Monate ausfallen würde, kam die Hammer-Nachricht: Sie hatte es in die Endrunde geschafft. Man lud sie zum Vorspielen am Konservatorium ein, das noch diesen Monat stattfinden sollte!

Ein kosmischer Witz.

Nur fand Lilly ihn gar nicht lustig, sondern geschmacklos.

Was hatte sie nur verbrochen, dass ein solch zynisches Spiel mit ihr getrieben wurde? Beinahe ihre gesamte Jugend hatte sie davon geträumt, nach der Schule nach Wien zu gehen, um dort Violoncello zu studieren. Die Privatuni hatte schon unzählige Ausnahmekünstler hervorgebracht. Früher, als es ihr noch einigermaßen gutgegangen war, war sie zu jung gewesen, um sich dort zu bewerben. Und jetzt, da sie ein ach so tolles Abi in der Tasche hatte, war sie körperlich nicht mehr in der Lage, bei der Aufnahmeprüfung zu erscheinen.

Sie ging nach oben und zog sich in ihr Zimmer zurück.

Bislang hatte Lilly angenommen, ihre Bewerbung sei gar nicht angekommen. Nicht mal eine Eingangsbestätigung hatte sie bekommen. Geschweige denn eine Absage. Und nun schrieb das Sekretariat des Wiener Konservatoriums, dass im Nachrückverfahren sogenannte Härtefallplätze zu besetzen seien. Sie sei aufgrund ihrer Erkrankung ein solcher Härtefall und müsse nach bestandener Prüfung bei der Immatrikulation bloß ein ärztliches Attest vorlegen.

Lilly ließ sich auf ihren Schreibtischstuhl sinken und starrte eine ganze Zeitlang auf das Schreiben mit dem leuchtend roten Briefkopf. Das Studium würde mindestens vier Jahre dauern, mit Masterabschluss sogar sechs Jahre. Das waren Zeiträume, in denen sich Lillys Leben nicht bewegte. Sie traute sich ja nicht einmal Pläne für das nächste Jahr zu machen. Bislang hatte sie sich immer an den Gedanken geklammert, dass eine Hoffnung auf Besserung bestand, solange sie sich mehr oder weniger auf ihr eigenes Herz verlassen konnte. Darauf, dass es trotz des schwachen Muskels einfach alles tat, um ihr eine echte Zukunft zu ermöglichen. Zwischenzeitlich dachte sie, es sei eine Frage der inneren Überzeugung gewesen. Denn in zahlreichen Büchern hatte Lilly gelesen, man könne jede Krankheit zumindest in ihren Symptomen abschwächen, wenn man nur die Botschaft dahinter verstand.

Anfangs hatte sie diese Ratgeber, die bei ihrer Oma reihenweise im Regal standen, entweder nicht verstanden oder deren Aussage belächelt. Anni war halt etwas komisch geworden, nachdem ihr Mann, Lillys Opa, vor gut zehn Jahren an Prostatakrebs gestorben war. Ihr hatte die aufbauende Lektüre geholfen, besser mit Krankheit und Tod umzugehen.

Immer wieder hatte die Oma ihr die Bücher ans Herz gelegt. Und nach der Nahtoderfahrung vor etwa eineinhalb Jahren war Lilly irgendwie offener gewesen dafür. Aus der Not heraus war sie inzwischen sogar zu einer gewissen Expertin alternativer Behandlungsmethoden und spiritueller Überzeugungen geworden. Viele der Weisheiten behielt sie aber lieber für sich. Sie nahm von den Ratgebern auch nur das für sich an, womit sie wirklich etwas anfangen konnte.

Aber die Botschaft hinter ihrer Herzinsuffizienz, die hatte sie noch immer nicht entschlüsselt. Lag ein tieferer Sinn hinter der ganzen Misere? Oder war die Krankheit einfach nur auf eine simple Erkältung in ihrer frühen Kindheit zurückzuführen, die Lilly verschleppt hatte?

Bislang hatte sie wenigstens die Hoffnung gehabt, ihr Herz könne sich mit den Jahren erholen und kräftiger werden. Bis jetzt hatte diese Überlebensstrategie ganz gut funktioniert. Aber nun sollte sie die Hoffnung aufgeben auch darauf, all das doch noch zu begreifen und Antworten zu finden?

Denn nun war ihr eigenes Herz im Begriff, sie zu verraten. Und Lilly hatte keine Zeit mehr, die Prüfung am Konservatorium vorzubereiten.

Wütend zerknüllte sie den Brief und warf ihn in den Papierkorb unter ihrem Schreibtisch.

Gut nur, dass sie ihren Frust bei Len abladen konnte. Er würde sicher verstehen, was in ihr vorging. Vor dem verabredeten Chat wollte sie aber noch ihr Versprechen einlösen und ein Foto für ihn raussuchen. So war Lilly wenigstens für den Moment etwas abgelenkt.

Sie griff nach ihrem Handy und schaute durch die Fotosammlung. Bislang hatte sie es vor sich hergeschoben, ihm ein Bild von sich zu schicken. Und auch jetzt wusste sie immer noch nicht, ob sie ihm wirklich eine Aufnahme schicken sollte. Und wenn ja, welche.

Es war ihr nämlich keinesfalls gleichgültig, was er über sie dachte. Sie wollte irgendwie einen netten Eindruck machen, wobei das «nett» eher in Richtung sympathisch als attraktiv gehen sollte. Das Problem war nur: Es gab eigentlich kein aktuelles Foto, auf dem sie entspannt aussah.

Beim Durchsehen der Bilder auf ihrem iPhone meinte Lilly, man könne ihr stets schon an der Stirn ablesen, dass etwas nicht stimmte. Da war nichts Lebendiges, Sprühendes in ihren Augen.

Auf den Selfies, die sie gemeinsam mit Natascha gemacht hatte, wirkte ihre Freundin stets viel sympathischer. Mit den rehbraunen Augen und der gewellten Mähne sah sie sogar ziemlich verführerisch aus. Lilly hingegen wirkte wie ein unscheinbarer Statist, der sich einfach immer nur dazugestellt hatte. Und genauso fühlte sie sich auch, seit es in der Oberstufe so spürbar mit ihrer Gesundheit den Bach runtergegangen war. Wie eine Schauspielerin, die nur so tat, als würde sie das Leben einer Jugendlichen führen. Eine Rolle, die ihr eigentlich nicht zustand.

Dann stieß Lilly auf einen Schnappschuss, den Laura beim letzten Weihnachtsfest von ihr gemacht hatte. Er zeigte sie beim Cellospielen. Zwar konnte man wegen der schummerigen Kerzenbeleuchtung vom Weihnachtsbaum nicht viel von ihrem Gesicht erkennen. Aber man konnte eindeutig sehen, dass sie lächelte.

Lilly erinnerte sich: Es war ein schöner Moment gewesen, und sie war plötzlich erfüllt mit großer Dankbarkeit, dass ihre Schwester ihn festgehalten hatte.

Lilly blickte hoch. Sie überlegte, ob sie noch einmal auf Laura zugehen sollte. Doch es war bereits kurz vor zwölf, und womöglich wartete Len bereits. Also lümmelte sich Lilly mit ihrem Laptop in den Sitzsack und schaltete es ein. Jetzt hatte sie etwas, worauf sie sich freute. Und wenn sie es nicht besser wüsste, hätte sie meinen können, sie sei auch ein bisschen aufgeregt. Dabei war Len nicht mal ihr Typ. Lilly stand eher auf blonde, skandinavische, in jedem Fall gutgebaute Surfertypen. Und allein die Tatsache, dass Len selbst eine große Last zu tragen hatte, machte ihn nicht unbedingt zum perfekten «Einschlafmann» mit starker Schulter zum Anlehnen.

Aber Lilly mochte ihn, so viel stand fest. Sie mochte seine Art zu schreiben und seinen Humor. Und sicher würde er irgendetwas Originelles zu ihrem Foto sagen.

Len

Als Len auf die Uhr blickte, war es schon kurz nach zwölf. Der Vormittag war nur so dahingeplätschert, doch nun musste er sich beeilen, weil er Manni noch beim Leimen einer Haustür geholfen hatte.

Er eilte ins Büro und wollte sich gerade an den Computer setzen, als er im Büro über einen Stapel frischsortierter Aktenordner stolperte.

«Mist», rief Len und fasste sich ans Knie. Bei manchen Bewegungen machte es immer noch Zicken. Aber das hatte er vor Manni verheimlicht, er wollte endlich wieder richtig zupacken. Ohnehin dachte Len mit Unbehagen daran, wie still und einsam es in der nächsten Woche ohne Manni werden würde, wenn dieser mit seinen Kumpeln auf Biker-Tour ging.

Len hob die Ordner auf und legte zwei kleinere Stapel an. Den Job mit der Buchhaltung hatte er so vorbildlich erledigt, dass Manni sich schon über ihn lustig gemacht und in Aussicht gestellt hatte, Len nach seiner Ausbildung als Sekretärin anzustellen. Tatsächlich hatte er alle Belege, Abrechnungen und Mahnungen sorgfältig sortiert und abgeheftet. Doch die Ordner an sich hatten keinen vernünftigen Platz. Kurioserweise fehlte dem Büro der Werkstatt ein passendes Regal oder ein Aktenschrank.

Doch jetzt hatte Len keine Zeit, sich über eine sinnvolle Lösung Gedanken zu machen. Er hatte schon längst online sein und nachsehen wollen, ob Lilly endlich ein Foto geschickt hatte.

Enttäuscht musste er feststellen, dass weder eines bei ihm im Postfach gelandet noch bei Skype angekommen war. Aber Lilly war online. Und allein das machte Len gute Laune. Sofort öffnete er den Chat und schrieb:

hey, pocahontas! heute schon die welt gerettet?

Ach, da ist nichts mehr zu retten. Heute habe ich Weltuntergangsstimmung.

und ich dachte immer: indianer kennen keinen schmerz. außerdem bist *du* doch die heilemacherin!

Du hast ja keine Ahnung!

lass mich raten: du hast nur bilder von dir, auf denen du fett und hässlich aussiehst?!

Mmh, das musst du schon selbst entscheiden. Aber ich zeige dir nur eins und auch nur unter einer Bedingung ...

und die wäre?

Schick mir einen schönen Songtext von dir. Oder schreib mir irgendwas Nettes! Es muss auch nicht ehrlich sein, diesmal nicht. Einfach etwas, das meinen Tag retten könnte. Bislang war er nämlich ein einziges Desaster!

also 1. kann ich dir auch was schreiben, was nett UND ehrlich ist und 2. erzähl, was los war!

Ach, mir ist klargeworden, wie sehr meine Schwester mich hasst. Ich hab aus Versehen ein Gespräch mit angehört, wie sie und meine Mutter über mich gesprochen haben. Sie behauptet, ich sei schuld daran, dass ihr Leben scheiße ist und sie Liebeskummer hat.

bullshit!

Ich komme mir so scheiße vor. Ich fürchte nämlich, sie hat recht: Ich habe sie ständig verurteilt, weil sie so zickig und launisch ist. Und immer, wenn sie so doof war, war es mir total egal, wie es ihr eigentlich ging. Weil ich jedes Mal dachte: Sie ist doch gesund, sie soll gefälligst dankbar sein!

aber das stimmt doch auch ein bisschen

Jedenfalls weiß ich jetzt, dass sie wegen meiner Krankheit auch ganz schön leidet. Laura hat immer viel zurückstecken müssen, weil ihre Probleme im Vergleich zu meinen meist «klein» wirkten. Was sie natürlich gar nicht sind. Sie hat es echt nicht leicht zu Hause. Ständig muss sie Rücksicht nehmen auf mich und meine Scheißkrankheit. Klingt blöd, aber ich war ihr nie eine gute Schwester.

warum ziehst du dir so was rein? ich meine, du wünschst deiner schwester doch, dass es ihr gutgeht, oder etwa nicht? sie wird wissen, dass du sie liebst. und wenn du daran zweifelst, sag es ihr doch einfach. ich kann es paddy nicht mehr sagen

Oh Mann, jetzt fühle ich mich noch mieser. Ich habe schließlich noch eine Schwester, und trotzdem jammere ich so rum.

weder deiner schwester noch mir geht es auch nur ein gramm besser, wenn es dir schlecht geht. und ich glaube, dir geht es eh schon schlecht genug. also ist es doch sinnlos, dir wegen anderer leute auch noch einen kopf zu machen

Wie egoistisch ist das denn?

hey, ich bin der alleszerstörer, schon vergessen?

Wolltest du mir nicht was Nettes schreiben?

erst das foto! ☺

Ich hatte gehofft, du hast es wieder vergessen.

nice try ... ich warte!

Ok, lade eins hoch.

oh

Enttäuscht??????

du bist hübscher als ich dachte

Was dachtest du denn?

das ist doch eine fangfrage! da kann ich ja nur verlieren

???

also gut, jetzt kommt nett UND ehrlich: du bist auf dem bild noch sympathischer als zwischen den zeilen

Wirklich?

frauen!!!

Ist halt nicht mein Tag heute …

nee, ehrlich: irgendwie berührt mich das bild

Wieso?

ich habe noch nie einen menschen gesehen, der gleichzeitig so traurig und so selig guckt beim musik machen. war das an weihnachten?

Nee, wir haben immer einen Weihnachtsbaum im Wohnzimmer rumstehen. ☺

das ist euer wohnzimmer? krass! das sieht eher aus wie ein konzertsaal

Schön wär's! Ich habe noch nie vor großem Publikum gespielt. Höchstens beim Abschlusskonzert in der Musikschule und bei der Abi-Entlassung. Aber da sitzen ja eh nur stolze Eltern rum.

bestimmt sind deine eltern immer stolz auf dich

Keine Ahnung. Und deine?

die wären bestimmt auch stolz auf dich

Haha. Nein, ich meinte: Verstehst du dich mit deinen Eltern?

ob wir uns verstehen? das ist deutlich untertrieben. ich hab immer das gefühl, für sie ist der falsche sohn gestorben

Autsch.

was ist mit deinen eltern? verstehst du dich gut mit ihnen?

Ja und nein. Ich denke, ich verstehe sie, aber sie mich nicht.

beispiel?

Zum Beispiel meine Musik. Sie kapieren nicht, dass ich für mein Leben gern spiele, und behaupten, das Cello würde mich umbringen.

violoncello!

☺

sie verbieten dir also zu spielen?

Sie denken, wenn ich zu viel übe und mich zu sehr anstrenge, packt das mein Herz nicht. Sie wollen auch nicht, dass ich etwas in diese Richtung studiere, sondern etwas, wo ich den ganzen Tag brav am Schreibtisch sitzen kann.

und was willst DU?

Ach, mein Traum war immer, eines Tages auf großen Bühnen zu spielen, in einem richtigen Orchester. Oder ich würde ein modernes Quartett gründen und Klassik an Klassikmuffel vermitteln so wie Salut Salon. Kennst du die? Hab schon ein Ticket von meinen Eltern fürs nächste Konzert bekommen.

kenn ich nich

Du hältst wohl nichts von Klassik?

nö. also so ein gleichgültiges nö. stört mich nicht. aber ich höre es auch nicht

Warst du jemals in der Oper?

so sehe ich aus!

Aber Noten lesen kannst du schon?

musik ist so ziemlich das einzige, was ich kann. wenn auch nicht so wie du, immer brav musikschule, ballett und einsen im zeugnis

Blödmann!

ey, du streberin warst jahrgangsbeste!

Du hast mich gegoogelt?

hast du mich etwa nicht gegoogelt?

1:0 für dich diesmal. Hab aber nur was über die Little Heroes erfahren.

und? sag jetzt was nettes UND ehrliches!

Ich mag eure Band, ehrlich!

die band oder die musik?

Das ist fishing for compliments! Welche Richtung soll das eigentlich sein? Klingt wie eine Mischung aus Coldplay und Spin Doctors.

kein schlechter vergleich. ich fühle mich geschmeichelt REM sind auch großes Vorbild. kennst du die noch?

Nö.

und was hältst du von heavy metal?

Nix. Im Sinne von echt absolut rein gar nix! So ein Krach ist nicht gut für mein «absolutes» Gehör.

wer hat dir das denn eingeredet? mann, deine eltern müssen wirklich krass drauf sein

Nein, eigentlich sind sie ganz harmlos und okay. Nur würde ich mir mehr Unterstützung wünschen.

noch einen größeren konzertsaal zu hause?

Quatsch! Aber da ist dieses Vorspielen, und da wäre ich einfach total gerne hingefahren.

aber sie lassen dich nicht?

Sie wissen davon gar nichts.

hä?

Also, heute Morgen habe ich die Einladung zu dieser Aufnahmeprüfung bekommen. Aber meine Eltern würden mich glatt zwangseinweisen oder so, wenn ich ihnen sage, dass ich da hinwill.

wieso? wo soll das denn sein?

In Wien, am Konservatorium.

und wo ist das problem?

Das Problem ist, dass mir diese Scheißherz-OP bevorsteht. Und da ist ein Studium so unrealistisch wie ein Marathon.

aber von hamburg fliegt man doch bestimmt nur ne Stunde

Keine Chance. Das würden sie niemals erlauben. Die haben ja schon Schiss, wenn ich nur das Haus verlasse, um mir ein Magazin am Kiosk zu kaufen.

wenn es in diesem jahr nicht klappt, dann klappt's vielleicht im nächsten?!

Und wenn was schiefgeht bei der OP? Oder das Kunstherz nicht für meine Musik schlägt? Nee, es heißt: jetzt oder nie.

wärst du denn bereit?

Schon, ich kann jedenfalls alles auswendig, was beim Vorspielen gefordert wird. Aber dafür kann ich mir auch nichts kaufen.

was muss man denn da liefern?

Du willst es wirklich wissen?

würde ich sonst fragen?

Bitte sehr, ich kopiere es dir von der Website raus: eine Etüde aus J. Dont: op. 35, P. Gavinie: 24 Etüden, P. Rode: 24 Capricen oder N. Paganini 24 Capricen op. 1 und einen Satz eines Konzertes von: M. Bruch: g-Moll; F. Mendelssohn: e-Moll; H. Wieniawski: d-Moll; C. Saint-Saëns: h-Moll; E. Lalo: Symphonie espagnol u. a.

ich versteh nur spanisch

Und nicht zu vergessen: ein virtuoses Stück nach freier Wahl.

also, langsam verstehe ich deine eltern ...

Na, danke. Dann kann ich mich ja doch aus dem Fenster stürzen.

ich würde dich auffangen ☺

Das hast du schon ein bisschen getan heute, kleiner, großer Held.

sind wir für morgen mittag wieder verabredet?

☺

Nachdem Len das Chat-Fenster geschlossen hatte, starrte er noch eine ganze Zeitlang auf den Bildschirm. Mannis Hintergrundbild zeigte das Wacken-Logo.

Wo war er da nur wieder hineingeraten?, fragte sich Len. Er mochte Lilly, so viel war klar. Nach dem Chat mit ihr fühlte er sich gut – und gleichzeitig seltsam leer. Denn er war drauf und dran, sich für eine Frau zu interessieren, die verdammt hübsch und clever war, aber eben auch ziemlich krank. Sehr krank sogar!

Nachdenklich öffnete er Lillys Foto, das er gleich auf dem Desktop abgespeichert hatte, nachdem sie es rübergeschickt hatte. Eigentlich stand Len ja eher auf dunkelhaarige Frauen. Jedenfalls war seine Ex Anna brünett und braunäugig gewesen. Aber Lilly hatte dieses gewisse Etwas. Sie wirkte zart, von ihrer Statur und wegen ihrer blassen Haut. Und doch strahlte sie eine große Kraft aus. Sicher schöpfte sie Energie aus dem Cellospielen. Jedenfalls sah es auf dem Bild irgendwie so aus, als würde ihr dieses schöne und sinnliche Instrument Halt geben. Lilly trug ihr langes, dunkelblondes Haar offen mit einem Mittelscheitel. Das fand er schön, weil es so natürlich aussah. Nur Lillys Klamotten mochte Len nicht besonders. Das graue Etuikleid machte den Eindruck, als würde sie zu einem Vorstellungsgespräch bei einer Bank gehen wollen. Auch die schwarzen Riemchensandalen aus Lackleder waren nicht wirklich nach seinem Geschmack. Len mochte es, wenn Frauen lässig oder sportlich statt durchgestylt herumliefen.

Aber Lillys Klamotten passten zum festlichen Anlass. Len war beeindruckt vom riesigen Weihnachtsbaum im Hintergrund. Es war eine wohlgeformte, hochgewachsene Blaufichte, das konnte er erkennen. Sicher mehr als vier Meter hoch. Und das ließ vermuten, dass auch das Haus riesig sein musste. Darunter lagen unzählige Geschenke, allesamt in farblich aufeinander abgestimmten Verpackungen und mit Schleifen, die zu den Lila- und Goldtönen des Tannenbaumschmucks passten. An der grau gestrichenen Wand dahinter hing ein riesiges, recht buntes, abstraktes Bild. Sicher das Original irgendeines namhaften Künstlers, den Len natürlich nicht kannte. Überhaupt kam er sich im Austausch mit Lilly wie ein echter Kulturbanause vor. Er konnte keine Opernbesuche vorweisen, kein Abitur, ja er schrieb nicht mal in Versalien, wie er gelernt hatte. Sicher hätten Lillys Eltern etwas gegen die Bekanntschaft ihrer Tochter mit einem Schulabbrecher. Einem Typen, der eine schlichte Lehre machte und nebenbei ein bisschen Musik und dessen Elternhaus so ziemlich das Gegenteil von dem zu sein schien, was er von Lillys bislang aufgeschnappt hatte.

Und helfen konnte er ihr auch nicht. Das war mehr als frustrierend. Andererseits hatte er ein gutes Gefühl, wenn er sich mit ihr austauschte. Und er freute sich schon jetzt auf den nächsten Mittag, um zu hören, wie es ihr ging, was sie dachte und wie es mit der Schwester weitergegangen war.

«Hey, was machst du denn hier?», hörte Len plötzlich eine vertraute Stimme hinter sich.

Es war Nele, Mannis Freundin. Sie stand in der Tür und besah sich die Aktenordner, die in Stapeln auf dem Boden verteilt waren und ihr den Eintritt in das kleine Büro erschwerten.

«Moment!», sagte Len, schloss schnell die Fotoansicht auf dem Rechner und eilte ihr zur Hilfe.

Denn Nele hatte bereits begonnen, die Ordner auf der Fensterbank zu stapeln, um den Weg frei zu räumen.

Len fand Nele genauso in Ordnung wie Manni. Die beiden waren ein «Arsch-auf-Eimer-Paar», bei dem man schon von weitem sehen konnte, dass sie zusammengehörten. Nele war um die vierzig, hatte sympathische Lachfalten, rötliche Haare, eine akzeptable Figur und vor allem ein riesiges Herz. Sie war eine Seele von Mensch. Wenn Len etwas jünger gewesen wäre, hätte er sich gewünscht, Manni und Nele würden ihn adoptieren. Oder ihn als Patensohn annehmen. Aber Len war gar nicht getauft worden. Und er glaubte schließlich auch an rein gar nichts. Trotzdem gefiel ihm die Idee, dass es jemanden gäbe, der wie Familie wäre. Jemand, der sich für ihn interessierte und sich ein bisschen um ihn kümmerte. Denn außer der weit entfernt wohnenden Schwester seiner Mutter gab es keine weiteren Mitglieder der Familie Behrend. Weder Onkel noch Tanten oder Großeltern. Es gab nur Len und seine Eltern. Und das war verdammt wenig.

«War das gerade deine Freundin?» Nele sah Len mit einem schmalen Grinsen über die Schulter hinweg an.

«Freundin?!» Er hob argwöhnisch die Augenbrauen.

«Na, du bist doch ein hübscher, junger Kerl. Dir liegen die Frauen bestimmt reihenweise zu Füßen!», ergänzte sie lachend.

«Ich brauche keine Freundin», erwiderte er knapp. «Und die auf dem Foto war bloß ... eine Bekannte.»

«Aha.»

Als sie alle Ordner sorgfältig aufgerichtet und nebeneinander in die richtige Reihenfolge gebracht hatten, lehnte sich Nele mit verschränkten Armen gegen die Fensterbank und musterte Len amüsiert. «Dann stehst du also auf Männer?!»

Ihr spitzbübisches Lächeln verriet, dass sie diese Bemerkung, sehr zu Lens Erleichterung, nicht wirklich ernst gemeint hatte.

Er verzog seine Mundwinkel und schüttelte den Kopf. Das fehlte ihm gerade noch, dass man ihn für einen schwulen Poeten hielt! Dabei hatte er überhaupt nichts gegen Homosexuelle. Er war einfach irgendwie verlegen, wollte sich seine Unbeholfenheit aber nicht anmerken lassen. Also fragte er unvermittelt: «Du und Manni, wie lange seid ihr eigentlich schon zusammen?»

Nele schmunzelte und zuckte mit den Schultern. «So sieben, acht Jahre, vielleicht.» Und dann berichtete sie von gemeinsamen Freunden, bei denen sie sich kennengelernt hatten.

Es ist schön, ihr zuzuhören, dachte Len. Es war ein Stück heile Welt, die er so nicht kannte. Er glaubte zwar, seine Eltern liebten sich auch irgendwie. Aber es war eher eine abhängige Liebe, weil beide unfähig waren, ohne einander auszukommen. Andererseits schienen sie nicht normal miteinander reden zu können. Und seit Paddy nicht mehr da war, hatten sie sich offensichtlich überhaupt nichts mehr zu sagen. Jedenfalls nicht, wenn Len dabei war.

«Das Einzige, was nicht so gut war», erklärte Nele, «war unser Start. Wir haben beide länger gebraucht, bis wir uns zueinander bekannt haben. Aus den unterschiedlichsten Gründen.» Sie knetete ihre Hände. «Ich war zum Beispiel damals noch verheiratet. Und für meinen Exmann wäre ich sicher nie nach Wacken gefahren ...»

Da waren sie wieder, ihre schönen Lachfalten.

Len wusste bereits von einem der zahlreichen längeren Gespräche mit Manni, dass Nele schon mal verheiratet gewesen war und ihren Mann seinetwegen verlassen hatte.

«Du fährst also nur Manni zuliebe mit?» Len konnte es nicht fassen. Das Opfer schien ihm sehr groß.

«Na ja, es ist für ihn nun mal das Größte», sagte Nele, «und er ist selig, wenn er seine Leidenschaft mit mir teilen kann. Kompromisse gehören nun mal dazu in der Liebe. Aber wenn die Gefühle echt sind, fühlt sich das nicht so an. Ich habe es jedenfalls nie bereut, mich scheiden zu lassen, obwohl ich erst große Angst hatte, einen Fehler zu machen.»

Len wurde nachdenklich. Seit Paddys Tod war er sehr darauf bedacht, keinen Fehler mehr zu machen. Denn wenn er sich eines geschworen hatte, dann nie wieder etwas Unbedachtes zu tun. Niemals!

Len schluckte und ließ sich wieder in den Bürostuhl fallen. Ihm wurde klar, dass ihn die Angst vor einem neuen Fehler in den vergangenen zwei Jahren gelähmt hatte. Mittlerweile schottete er sich fast komplett ab, ließ niemanden mehr an sich heran. Das machte einsam.

«Aber weißt du was?» Neles Frage riss ihn aus seinen trüben Gedanken. «Selbst wenn es mit Manni und mir nicht gutgegangen wäre – es ist immer noch besser, auch mal Fehler zu machen, als für den Rest seines Lebens auf der Stelle zu treten.»

«Wie meinst du das?», fragte Len, obwohl er bereits eine Ahnung hatte, worauf sie hinauswollte. Es war, als hätte sie seine Gedanken lesen können.

«Na ja …» Sie trat näher und setzte sich auf die Schreibtischkante, um Len direkt in die Augen zu sehen. «Manni meint, du igelst dich ein bisschen doll ein. Du triffst dich nicht mit Freunden, hast keine Dates, spielst kein Fußball oder so, verreist nicht. Und dein Abitur hast du auch einfach sausenlassen, obwohl du ein verdammt cleverer Junge bist.»

Len verzog seine Mundwinkel. War es das, was sie in ihm sah, einen *Jungen*? Tatsächlich kam er sich in diesem Moment vor wie ein kleiner Schuljunge, der zur Frau Lehrerin aufschauen musste und sich nicht traute, zu widersprechen.

«Für die Lehre brauchte ich doch gar kein Abi», erwiderte er trotzig.

Nele lächelte und sprach sanft weiter: «Aber du willst doch sicher mehr. Du hast Talent, du kannst zeichnen, Musik machen, hast tolle Ideen!»

«Ich soll mein Abi nachholen, um irgendwelche Bilder zu kritzeln?»

«Nein, aber du könntest zum Beispiel Architektur oder auch Innenarchitektur studieren. Du wärst bestimmt ein guter Architekt. Und eine Tischlerlehre ist da doch eine super Grundlage. Ich habe auch erst eine Ausbildung zur Steinmetzin gemacht, bevor ich Garten- und Landschaftsbau studiert habe.» Nele sah Len eindringlich an. «Du bist noch so jung! Trotzdem bleiben dir nur noch ein paar Monate, bis du wissen musst, wie es für dich weitergehen soll.»

Reflexartig hielt Len die Luft an. Wie oft hatte er solche Argumente schon gehört? Dabei war es ihm total egal, was die Zukunft brachte. Die hatte er sich sowieso schon für immer versaut.

Nein, er dachte immer nur bis zum nächsten Monat und plante nie weiter im Voraus. Und schon gar nicht bastelte er daran, eines Tages Karriere zu machen. Das konnten seine alten Schulfreunde tun. Sie hatten noch alles vor sich. Aber für Len war das Leben gelaufen. Ein kleines Einkommen als Handwerker wäre okay, um über die Runden zu kommen. Alles andere war ihm scheißegal. Und wenn er Nele nicht so sympathisch gefunden hätte, wäre er längst aufgestanden und mit einer Ausrede in die Werkstatt verschwunden.

Nele berührte ihn am Arm. «Auch wenn ich jetzt verdammt altklug klingen mag, aber willst du wissen, woran ich meine Entscheidungen festmache?»

Len wollte es eigentlich gar nicht wissen, ermunterte Nele aber aus reiner Höflichkeit mit einem Nicken weiterzusprechen.

«Ich habe mal gelesen», begann sie, «die meisten Menschen bereuen auf ihrem Sterbebett nicht die Dinge, die sie getan haben, sondern die, die sie nicht getan haben.» Ihre Stimme klang freundlich, aber bestimmt. «Und du weißt schon, dass Manni dich nicht übernehmen kann, wenn du nächstes Jahr fertig bist, oder?»

Len nickte und senkte den Blick. «Klar weiß ich das.»

Es war nur die halbe Wahrheit, denn insgeheim hatte er immer gehofft, dass die Werkstatt nur eine akute Flaute zu überstehen hatte. Und dass Mannis Andeutungen in dieser Richtung nichts zu bedeuten hatten. Aber das hatten sie wohl doch, und womöglich war Manni bislang nicht mutig genug gewesen, Klartext zu reden.

«Ach, ich werde schon irgendwas finden», winkte Len ab. «Außer einem so entspannten Chef natürlich!» Er versuchte, die Situation etwas aufzulockern, und erhob sich.

Aber Nele hielt ihn behutsam am Arm fest. «Wenn du Kummer hast oder sonst irgendwelche Probleme, du kannst immer mit uns rechnen, okay?»

Len nickte dankbar. Es rührte ihn, dass die beiden sich offenbar so viele Gedanken um ihn machten. Aber es war ihm auch unangenehm. Also beeilte er sich, seine Unterlagen auf dem Schreibtisch zusammenzusammeln und sich endlich vom Acker zu machen. Vielleicht konnte er Manni überzeugen, aus den Kiefernholz-Resten im Lager ein Regal für die frisch angelegten Aktenordner zu zimmern.

Gerade als er den Platz am Schreibtisch frei machen wollte, fiel ihm das Foto von Lilly wieder ein.

«Den Rechner kann ich runterfahren, oder?», fragte Len knapp und suchte mit der Maus bereits den Button zum Ausschalten.

«Lass ruhig.» Nele holte einen Stick aus ihrer Handtasche

hervor. «Ich bin eigentlich nur hier, um was auszudrucken. Mein Drucker hat gestern seinen Geist aufgegeben.»

Len hielt inne.

«Keine Sorge», sagte sie und hatte sein Zögern offensichtlich richtig gedeutet. «Ich gucke mir deine Bilder schon nicht an.»

«Ach das», entgegnete Len und winkte ab. Er wollte unter keinen Umständen, dass Nele eine große Sache draus machte und womöglich Manni steckte, was er mit dem Computer im Büro so trieb. Er gab den Platz frei und ging in die Küche, um sich ein Stück Pizza vom Vortag aus dem Kühlschrank zu holen. Dann setzte Len sich auf die Veranda. Bereits als er den ersten Bissen im Mund hatte, holte er sein Handy aus der Hosentasche. Aus reiner Neugier googelte er die Wiener Privatuni, an der Lilly sich beworben hatte. Die Seiten waren recht ansprechend und übersichtlich gestaltet. Von den Inhalten allerdings verstand Len nichts. Nie und nimmer konnte er sich vorstellen, Musik zu studieren. Zwar liebte er es, an seiner Lakewood zu zupfen, Akkorde zu variieren und sich passende Texte auszudenken. Aber Musik in der Theorie auseinanderzunehmen, das erschien Len furchtbar langweilig. Das war schon in der Schule so gewesen. Dennoch bewunderte er Lilly, wie ernst sie die ganze Sache nahm und mit welcher Hingabe sie ihr Cello zu spielen schien.

Len war versucht, sich ihr Foto noch einmal genauer anzusehen. Also suchte er nach einer Skype-App im Internet und lud sie sich auf sein Handy.

Wenige Klicks später hatte Len die App installiert und konnte Lillys Foto noch einmal eingehend betrachten. Trotz des kleineren Bildschirms fielen Len ihre schönen grünen Augen auf, die das Papier auf dem Notenständer förmlich anblitzten. Sie schien eins mit dem Instrument zu sein.

Len kannte diese leidenschaftlichen Momente, wenn er mit seiner Gitarre verschmolz und alles um sich herum vergaß. Es hatte ihm früher nichts ausgemacht, wochenlang im Keller von Simons Eltern zu proben. Um dann nach Hunderten Probestunden endlich eine Bühne zu rocken.

Aber die Zeiten waren ein für alle Mal vorbei. Nach Paddys Tod hatten die *Little Heroes* nicht wieder zusammen gespielt. Es wäre Len wie Verrat an seinem Bruder vorgekommen, ohne ihn aufzutreten.

Aber Lilly? Die musste einfach auf die Bühne! Sie stand so kurz davor, sich den Traum ihres Lebens zu erfüllen, einem Leben, das so hart und gemein war, dass doch jeder Tag umso mehr zählte! Außer dieser Leidenschaft, die ihr offenbar alles bedeutete, schien sie nichts zu haben.

Als Len sich nach der ungewohnt langen Mittagspause beim Schreiben einer Holzliste für das Regal dabei ertappte, dass er in Gedanken immer noch bei Lilly und ihrer Aufnahmeprüfung war, konnte er nicht anders. Er wollte unbedingt mit ihr sprechen.

Manni war bei einem Kunden zum Ausmessen, und Nele hatte sich längst wieder verabschiedet. Also ging Len noch einmal auf die Veranda, zündete sich eine Zigarette an und holte sein Handy hervor. Er gab ihre Nummer ein – und zögerte. Würde er sie einfach so anrufen können? Was, wenn sie gerade beschäftigt war oder mit ihren Eltern zusammensaß? Oder es ganz einfach übergriffig fand, dass er sie ohne Ankündigung anrief?

Andererseits: Hatte sie ihm nicht von sich aus ihre Nummer gegeben?

Len rauchte seine Zigarette und dachte nach. Schließlich entschied er sich für eine Nachricht über WhatsApp. Denn was er ihr zu sagen hatte, das wollte er lieber schnell tun, und sein eigenes Zögern konnte er jetzt gerade nicht gebrauchen. Außerdem drang er auf diese Weise nicht ungefragt in ihre Welt ein, konnte aber sicher sein, dass sein Appell nicht übersehen wurde.

lilly, bitte – fahr nach wien! du darft nicht absagn und dir die chance deines lebens entgehn lassen. am sterbebett bereut man angeblich anm meitsen die dinge, die man nicht getan hat, statt die, die man getan hat!!

Zufrieden legte Len sein Handy weg, allerdings so, dass er sofort sehen konnte, wenn eine Antwort kam. Doch dann traf es ihn wie ein Schlag: Er hatte das Wort Sterbebett verwendet! Was, wenn Lilly das falsch verstand? Er war so ein Idiot!

Sofort griff Len erneut zu seinem Smartphone, um schnell eine Erklärung hinterherzuschieben:

sorry, wollte dich im übrign nich kraenken, von wegen sterbebett und so. das war nur so allgmein fomuliert

Dieses Mal las Len seine Nachricht noch einmal durch, bevor er auf *Senden* ging. So richtig zufrieden war er mit seiner Wortwahl nicht. Aber das musste reichen fürs Erste. Tippfehler hin oder her. Hauptsache, Lilly beging keine Dummheit und schaffte es rechtzeitig, ihre Eltern zu überzeugen!

Lilly

Ich könnte dir eine Geschichte vorlesen!»

Lilly sah ihre Oma amüsiert an. «Das ist jetzt nicht dein Ernst, oder?»

«Wieso? Früher hast du es geliebt, wenn ich dir was vom *Trotzkopf* oder *Anne auf Green Gables* vorgelesen habe.»

«Stimmt, früher! Aber das ist mindestens zehn Jahre her.»

Lillys Oma saß auf der Kante der Dedon-Gartenliege und streichelte ihr zärtlich über den Kopf. «Das wird schon», flüsterte sie ihr aufmunternd zu. Wobei Lilly nicht genau wusste, ob ihre momentane schlechte Laune gemeint war oder die anstehende OP. Sicher hatte die Mutter ihr schon davon erzählt. Was das anging, konnte Angela Heinemann nichts für sich behalten. Vermutlich beschäftigte sie die aktuelle Diagnose auch mehr, als sie zugeben wollte.

Tatsächlich war Lilly bei einer Tasse Tee und in Anwesenheit ihrer Oma bereits ein wenig zur Ruhe gekommen. Der Blick in den riesigen, wunderschönen Garten hatte etwas Erholsames.

Jedenfalls bis ihre Mutter heranwirbelte und ein Tablett mit Kaffeegeschirr auf dem Gartentisch abstellte.

«Ich habe Pflaumenkuchen gebacken. Den ersten dieses Jahr», erklärte sie scheinbar fröhlich. Doch ihre schrille Stimme verriet, dass sie gestresst war.

Mit hektischen Bewegungen legte sie Teller, Gabeln und Servietten auf den Tisch und eilte zurück in die Küche.

«Sie hat ihre Flecken am Hals», flüsterte Anni ihrer Enkelin augenzwinkernd zu, als die Mutter im Haus verschwunden war. «Was ist los mit ihr?»

«Ich glaube, sie hat Angst, dass die OP schiefgeht», antwortete Lilly nüchtern.

«Gute Güte! Ja, diese Angst kenne ich. Als dein Opa im Sterben lag, war die Angst das Schlimmste. Fast schlimmer als das, was danach kam. Aber weißt du was, mein Liebchen? Das Beste ist, man stellt sich seiner Angst. Denn wenn du es nicht tust, wird sie immer größer und lähmt dich!»

«Sag das mal deiner Tochter!», widersprach Lilly.

«Ach, es ist doch nur verständlich, dass Angela ihre Ängste nicht zulassen will. Aber glaub mir, wenn man es einmal tut, sind sie danach nur noch halb so schlimm. Man muss seine eigene Angst atmen. Das sollte deine Mutter auch tun!»

So manches Mal wusste Lilly nicht, ob ihre Oma nur wirres Zeug redete, so wie es Achtzigjährige mit beginnender Demenz eben taten. Oder ob sie wirklich den Durchblick hatte, den sich jeder Mensch wünschte. Sie hatte eine besondere Begabung für Übersinnliches, das wusste Lilly. Aber kannte Oma Anni wirklich das Geheimnis des Universums, wie sie immer behauptete?

«Seine eigene Angst atmen?», fragte Lilly skeptisch. «Und wie soll das gehen?»

«Also», begann Anni, «du legst dich auf dein Bett, sorgst für Ruhe und schließt die Augen. Dann atmest du bewusst ganz tief in den Bauch und spürst in dich hinein: Wo genau sitzt die Angst? Und wenn sie hochkommt, lässt du sie zu und malst dir das Schlimmste aus, was passieren kann. Du gibst dich dem Gefühl ganz hin – bis es transformiert wird und wie von Zauberhand verschwindet.»

Unwillkürlich musste Lilly schmunzeln. «Omi, hast du das wieder von irgendeiner komischen Meditations-CD aufgeschnappt?»

«Aber ja!», sagte sie nicht ohne Stolz. «Ich werde sie dir und deiner Mutter geben!»

«Danke, aber ich glaube, ich brauche keine CD, die mir sagt, wie ich atmen soll», entgegnete Lilly und bemühte sich, nicht allzu genervt zu klingen.

Sie musste aber zugeben, dass so manche Buchempfehlung der Oma ihr durchaus geholfen hatte, wie etwa ein Buch zum Thema Nahtoderfahrung. Darin waren viele verschiedene Versionen eines Lebens nach dem Tod so realistisch beschrieben, dass er Lilly überraschenderweise gar nicht mehr so bedrohlich erschienen war. Jedenfalls war es für sie einfacher, Lebensweisheiten und Ratgeber für Todkranke in schriftlicher Form anzunehmen und sich dann ihre eigene Wahrheit zusammenzubasteln, als durch Gespräche mit ihren Eltern oder Therapeuten. Keiner von ihnen konnte schließlich wissen, wie es sich anfühlte, wenn man sich in jungen Jahren schon mit dem eigenen Ende auseinandersetzen musste.

«Der Kuchen ist sogar noch warm!», flötete Lillys Mutter, als sie mit dem Tablett zurück auf die Terrasse kam. Sie stellte das Blech mit dem Pflaumenkuchen auf den Tisch sowie ein Schälchen Schlagsahne. «Da ist auch kaum Zucker drin, Liebes!»

Lilly rollte mit den Augen. Natürlich war weder Zucker im Kuchen noch in der Sahne. Zu salz- oder zuckerhaltige Nahrung oder Getränke führten zu größerem Durst, und der wiederum war nicht mit der begrenzten Trinkmenge vereinbar, die sie pro Tag zu sich nehmen durfte. Das wusste jeder in der Familie, und es bedurfte eigentlich keiner weiteren Erklärung ihrer

Mutter. Aber die Tatsache, dass sie Lillys vegane Lebensweise konsequent ignorierte, weil sie diese fälschlicherweise als ungesunde Spinnerei abtat, nervte Lilly gleich doppelt.

«Was ist mit Laura? Will sie nicht mit uns Kaffee trinken?», fragte die Oma etwas enttäuscht, als sie sah, dass nur drei Teller gedeckt waren.

«Ich glaube, sie fühlt sich nicht wohl.» Lillys Mutter machte eine hilflose Geste, zuckte dann mit den Schultern und verteilte die Kuchenstücke auf die Teller.

«Ich glaube eher, sie fühlt sich zum Kotzen!», entfuhr es Lilly. Sie hielt diese ganze Schönrederei in ihrer Familie nicht mehr aus.

«Lilly!», schimpfte die Mutter und sah sie ebenso überrascht an wie die Oma.

«Ist doch wahr», erwiderte Lilly und stocherte widerwillig mit der Gabel in ihrem Kuchenstück herum. «Nur dass das bei Laura keinen interessiert.»

«Was redest du denn da?», fragte die Mutter empört.

«Ich sage einfach nur die Scheißwahrheit: Laura hat eine kranke Schwester, um die sich alles dreht. Sie hat sicher keine Lust, mal wieder nur stumm dabeizusitzen, wenn es um Kunstherzen und Therapiechancen geht.» Lillys Stimme zitterte, aber es fühlte sich richtig an, die Worte endlich mal auszusprechen.

Es entstand eine angespannte Pause, in der Lillys Mutter vor lauter Verlegenheit die Servietten malträtierte. Die Oma schaute unsicher zwischen ihrer Tochter und ihrer Enkelin hin und her.

«Also, ich kann Laura sogar irgendwie verstehen», sagte Anni schließlich.

«Ich auch», ergänzte Lilly und war froh, dass die Oma wieder einmal zu kapieren schien, worum es wirklich ging im Leben, ohne dass viel erklärt werden musste.

«Bitte?» Der Mutter fiel vor Schreck die Gabel laut klirrend auf den Teller. «Jetzt bin ich wohl auch noch schuld an der Depri-Phase meiner jüngsten Tochter?»

Beschwichtigend hob Anni die Hände. «Alle Aufmerksamkeit richtete sich in der letzten Zeit vollkommen zu Recht auf Lilly, das arme Ding!», sagte sie sanft und legte behutsam eine Hand auf Lillys Arm. «Laura hatte immer das Nachsehen.»

Lillys Mutter fuhr sich durch die Haare. «Wir haben uns immer um das Wohlergehen beider Töchter bemüht!», verteidigte sie sich und sah entsetzt in die Runde.

«Natürlich habt ihr das.» Anni legte beide Hände wie zum Gebet zusammen. «Aber es liegt doch auf der Hand, dass Laura zu kurz kommt.» Sie seufzte. «Allerdings geht es hier nicht um Schuld. Niemand kann etwas dafür.»

«Doch, ich!», rief Lilly erbost und erhob sich. Es war einfach aus ihr herausgeplatzt. Dabei war sie weder wütend auf ihre Oma noch auf ihre Eltern. Nein, sie war wütend auf sich selbst und darauf, dass sie noch nie wirklich versucht hatte, sich in Lauras Lage zu versetzen.

Weil ihr der ohnehin nur geringe Appetit auf Pflaumenkuchen mit Eiern, aber ohne Zucker endgültig vergangen war, wollte Lilly lieber auf ihr Zimmer gehen. Sonst würde sie womöglich noch etwas sagen, was sie später bereute. Also griff sie nach ihrem Teller und dem Teebecher, um beides mit nach drinnen zu nehmen.

Sofort war ihre Mutter zur Stelle: «Lass doch, Liebes, ich mach das später!»

«Nein!», zischte Lilly vollkommen entnervt. Langsam und ohne sich noch einmal umzudrehen, ging sie zum Haus.

Nachdem sie ihre Sachen in die Küche gebracht hatte, war sie versucht, nach oben zu gehen, um noch mal mit Laura zu reden. Aber es war wieder dieser elende Krach aus ihrem Zimmer zu hören. Außerdem hatte Lilly überhaupt keine Idee, was sie hätte sagen sollen. Wie sollte sie ihre kleine Schwester schon dazu bringen, mit ihr zu sprechen?

Lilly wusste einfach nicht, wie sie diesen Tag am besten rumkriegen sollte. Sie fühlte sich ein bisschen wie ein zu Unrecht verurteilter Straftäter in der Todeszelle, dessen Lebensinhalt allein darin bestand, auf seine Hinrichtung zu warten.

Lillys Vater fehlte. Denn ganz offensichtlich taten sich die drei Generationen von Frauen in der Familie alleine nicht gut. Er war für ein paar Tage auf der Baustelle an der dänischen Grenze, wo ein Feriendorf hochgezogen wurde, für das er mit zwei befreundeten Kollegen den Zuschlag bekommen hatte. Das war auch in den vergangenen Tagen ein willkommenes Gesprächsthema in der Familie gewesen. Trotzdem hatte Lilly seit der Diagnose von Professor Seelinger noch mehr als sonst das Gefühl, mit ihrer Krankheit alles zu dominieren. Kein Wunder, dass Laura so austickte.

Wenn sie diesen Tag nur irgendetwas mit Natascha hätte anstellen können!, dachte Lilly und ging auf ihr Zimmer. Sie brauchte jetzt ganz dringend Ablenkung.

Sie wollte ihre Freundin anrufen, um ein wenig zu plaudern und zu fragen, wie es ihr ging und ob sie schon eine Bleibe gefunden hatte. Das Handy lag auf ihrem Tisch, und als Lilly auf das Display schaute, sah sie, dass gleich zwei WhatsApp-Nachrichten eingetroffen waren. Die erste stammte von Natascha:

Hi Süße, haben gestern ein riesiges WG-Zimmer mit Balkon (!) klargemacht. Und jetzt sind wir auf dem Weg nach Spanien, um ein paar Tage zu chillen, bevor dann die erste Einführungsveranstaltung losgeht – alles echt aufregend! Hoffe, es geht dir gut????! Bussi, N.

Lilly biss sich auf die Lippe. Es war schön, dass Natascha so glücklich klang. Gleichzeitig versetzten ihr die Worte einen Stich. Wie gern wäre sie an Nataschas Stelle und würde ein großes Abenteuer beginnen. Und wenn es nur ein paar Tage Urlaub wären!

Dann aber musste sie schmunzeln, als sie sah, wer der Absender der zweiten Nachricht war: Len! Neugierig schaute sie nach, was er ihr so Dringendes außer der Reihe mitzuteilen hatte.

Len

Was sollte das denn?

Vielleicht im nächsten Leben ...

Vier Worte! Bloß vier einfache Worte hatte Lilly als Antwort auf seinen Appell geschrieben. Len rannte wie ein aufgebrachter Tiger im Käfig hin und her. Er hatte das Gefühl, irgendetwas tun zu müssen. Irgendetwas, das Lilly erreichte, damit sie verstand, wie ernst es ihm mit seinem Anliegen war. Vielleicht sollte er Lillys Eltern ausfindig machen und ihnen ohne Umschweife die Nöte ihrer Tochter aufzeigen? Womöglich war alles nur ein riesengroßes Missverständnis!?

Er stemmte sich auf die Werkbank, an der er gerade arbeitete, setzte sich und überlegte. Lilly und er hatten so viel gechattet und gemailt in den vergangenen zwei Wochen, dass Len das Gefühl hatte, sie bereits gut zu kennen. Vielleicht bildete er sich das aber bloß ein, und in Wirklichkeit wusste er gar nichts von ihr.

Es klang zumindest nicht so, als würde sie auch nur im Entferntesten darüber nachdenken, doch noch nach Wien zu fahren. Vielleicht hatte Lilly auch bloß Angst, zu versagen, und schob unbewusst ihre Eltern vor. Es konnte doch sein, dass sie ihr Okay geben würden, wenn sie nur wüssten, wie wichtig diese Prüfung für ihre Tochter wirklich war. Jedenfalls reichten diese vier Worte nicht, um Len zu beruhigen. Im Gegenteil! Er fühlte sich geradezu provoziert, weiter zu insistieren. Kurzerhand nahm er sein Handy und schrieb, ohne lange über eine Formulierung zu grübeln, eine Antwort auf ihre WhatsApp-Nachricht:

glaubs du etwa an wiedrgeburt odr was soll der blödsnin mit dem nächstn leben?

Lilly musste gerade selbst mit ihrem Handy beschäftigt sein, denn sie schrieb sofort zurück:

Betrunken oder schreibst du wieder am Handy?

Len atmete durch. Lilly ist erreichbar, dachte er, hoffentlich erreichen sie auch meine Worte.

ich meinees ernst, du wirts es ewig bereuen, wenn du wein absagst

Wein? Also doch, du bist betrunken.

quatsch. du bis die geborne celistin! sorry, violoncellistin!

Danke, kleiner Held! Aber glaub's mir einfach – meine Eltern würden mich eher anketten, als nach Wien zu lassen.

und wenn du uaf eigne faust fligst? ich könnte fluege und hotels für dich raussuchn. warte kurz

Nein, stopp! Ehrlich!! Es geht nicht, momentan könnte ich nicht mal meinen Cellokasten alleine tragen. Ok, ich übertreibe, der wiegt gerade mal 12 Kilo. Das schaffe ich zur Not. Trotzdem ... Es geht nicht.

ich hab DIE loesung!

Bahnhof?

nee, nich mit dem zug. auto! ich hol dich ab und fahr dich hin

Du spinnst total!!

nein, hab noch nie etwas so enrst gemeint. ich begleite dich

Am Klavier?

ha, ha. also was sagt du?

Wir kennen uns doch gar nicht richtig!

hey, ich weiß bestimt merh von dir als die meistn um dich rum. oder wer weiß noch von deinem herzeswunsch? also? wann genau ist dein großr tag?

Nächsten Mittwoch, 11 Uhr.

moment. bin gleich wider da!

Wie elektrisiert sprang Len von der Werkbank – und fluchte. Es war ein kurzer, stechender Schmerz, den er bei der unsanften Landung im Knie spürte. Aber das war egal! Er musste mit

Manni sprechen, sofort! Endlich konnte er mal was Sinnvolles tun und einen anderen Menschen glücklich machen. Außerdem würde er mal rauskommen aus diesem Laden. Das predigte sein Chef ihm doch dauernd. Und was schadete es, einen Kurztrip mit einem attraktiven Mädel zu unternehmen, das einen guten Humor hatte?

Wenn alles gutging und Manni grünes Licht für die Mission gab, würde er es machen. Er würde Lilly nach Wien bringen, mit dem Pick-up, egal wie lange es dauerte. Zur Not würde er die ganze Nacht durchfahren.

Plötzlich kam ihm das Gespräch mit Nele in den Sinn ... Len würde auf dem Sterbebett schon vieles bereuen, was er getan hatte. Aber er wollte nicht auch noch etwas bereuen, das er nicht getan hatte.

Bei dem Gedanken an dieses Abenteuer wurde Len ganz aufgeregt. Wer hätte das gedacht?

Zuversichtlich eilte er nach draußen auf die Veranda, wo Manni gerade eine Zigarettenpause machte.

Lilly

Keiner da!», rief Laura durch die geschlossene Zimmertür.

Doch Lilly ließ sich davon nicht abschrecken. Vorsichtig trat sie ins Zimmer, um mit ihrer Schwester zu reden.

«Hab ich ‹herein› gesagt?», wurde sie sogleich missmutig begrüßt.

Laura saß im weit geöffneten Fenster und zündelte mit irgendwas herum.

«Was machst du denn da?», fragte Lilly. «Und wieso riecht es hier so komisch?»

Statt eine Erklärung abzugeben, drehte Laura ihr den Rücken zu, sodass Lilly näher herantreten musste. Sie konnte einen breiten Kerzenhalter sehen, der irgendwie auf dem Fenstersims verkeilt sein musste. Laura versuchte wiederholt, kleine Papierschnipsel mit einem Streichholz darin zu verbrennen.

«Ich … Ich brauche deinen Rat», tastete sich Lilly langsam vor, weil ihre Schwester noch immer keine Reaktion zeigte.

«Was für einen Rat? Du hast mich noch nie nach meiner Meinung gefragt.»

Nun sah Laura sie direkt an. So ohne die dickrandige Brille wirkten ihre Augen viel klarer, aber auch noch trauriger als sonst.

«So ein Quatsch. Das stimmt doch gar nicht!», widersprach

Lilly in einer Vehemenz, die ihren hochkommenden Schuldgefühlen entsprach. Tatsächlich konnte sie sich nicht erinnern, Laura in letzter Zeit mal um Rat gefragt zu haben – zum Beispiel, ob ihr das Outfit beim Abiball gefallen hatte oder das Stück, das sie mit der Musik-AG bei der Verleihung der Zeugnisse gespielt hatte. In den vergangenen Jahren hatte sie alles, wenn überhaupt, mit Natascha beredet oder mit der Oma. Aber so gut wie nie mit Laura.

«Also?», fragte Laura schließlich und ließ von ihrer kleinen Feuerstelle ab. Mit einem Schwung hüpfte sie ins Zimmer und setzte sich aufs Bett. «Schieß los!» Sie bedeutete Lilly neben ihr Platz zu nehmen.

Etwas zögerlich trat Lilly ans Bett und hielt Laura einfach das Schreiben zur Zulassungsprüfung unter die Nase.

Die Schwester beugte sich darüber und sagte schließlich: «Krass, das ist ja mega!» Sie sah hoch. «Und wozu brauchst du da meinen Rat?»

Lilly zuckte mit den Schultern und setzte sich. «Ich weiß nicht. Ich …» Sie musste sich zunächst etwas überwinden. Doch dann sprudelte es ungefiltert aus ihr heraus: «Ich muss wissen, ob du an meiner Stelle hinfahren würdest. Seit sechs Jahren träume ich von diesem großen Tag, und jetzt endlich hab ich mein Abi und könnte vielleicht dort studieren.» Sie fuhr sich durch die Haare. «Aber du weißt ja, wie Mama und Papa reagieren, wenn ich ihnen davon erzähl.»

«Sie kriegen einen Anfall, und Mama wird sofort hektische Flecken im Gesicht bekommen.» Laura hob die Augenbrauen. «Willst du sie fragen?»

«Sie wissen nicht mal von meiner Bewerbung.» Erst jetzt fiel Lilly auf, dass an dem Tag auch das Konzert von *Salut Salon* stattfinden würde, für das die Eltern ihr Karten geschenkt hatten.

«Wow, hätte ich dir gar nicht zugetraut, dass du was hinter ihrem Rücken machst», sagte Laura, und es klang beinahe anerkennend. «Und jetzt?»

«Und jetzt wollte ich von dir wissen, ob du meinst, dass ich trotzdem fahren soll. Heimlich.»

Laura sah sie entgeistert an, dann hellte sich ihr Gesicht auf. «Du willst was Verbotenes anstellen? Jetzt echt? Du?!»

Lilly verstand nicht und machte einen fragenden Gesichtsausdruck, sodass Laura noch einmal nachlegte: «Du hast dich schon als Kind nie dreckig gemacht, hast nie eine Fünf nach Hause gebracht, hast dich nie sinnlos betrunken oder so. Dafür war ich zuständig. Ich war immer das schlimme Mädchen.»

Lilly schwieg und ließ die Behauptung auf sich wirken. Je länger sie das tat, desto kleiner wurde ihr Impuls, zu widersprechen.

«Bin ich wirklich so langweilig und spießig?», fragte sie stattdessen mit leiser Stimme.

Laura hob spöttisch ihre Augenbrauen, was Antwort genug war.

Plötzlich fühlte Lilly so etwas wie Trotz und einen unbekannten Drang, auch mal nicht vorhersehbar und brav zu sein.

«Das heißt, du meinst auch, ich soll am Konservatorium vorspielen?», fragte sie.

«Wieso *auch?*»

Lilly zögerte. Sie wusste nicht so recht, ob es richtig war, ihrer Schwester von Len zu erzählen. Sie hatte Angst, ausgelacht zu werden. Schließlich war er ein Wildfremder, den sie im Internet kennengelernt hatte. Er könnte ein Spinner sein, ein Verbrecher oder sonst was. Bislang hatte Lilly sich jedoch immer auf ihren Instinkt und ihre Menschenkenntnis verlassen können.

Also warf sie alle Bedenken über Bord und erzählte ihrer Schwester von Len. Nicht in allen Einzelheiten und auch nicht, unter welch sonderbaren Umständen sie sich kennengelernt hatten. Denn die Seite von *last exit* wollte sie auf keinen Fall erwähnen. Aber sie sagte Laura, dass sie ihn wirklich mochte.

«Und wie sieht er aus, dieser Len?», wollte Laura wissen, als Lilly ihre Ausführungen beendet hatte.

«Ich hab nur ein Video gesehen. Ist ein ganz cooler Typ. Aber darum geht es ja gar nicht.»

«Was denn für ein Video?», fragte Laura neugierig. Und nachdem Lilly erzählt hatte, dass Len früher Sänger einer Band gewesen war, fügte sie nüchtern hinzu: «Will ich sehen.»

Auffordernd hielt sie Lilly ihr Handy hin. Etwas widerwillig nahm Lilly es zur Hand und fand nach kurzer Zeit den gegoogelten Link zu Lens Auftritt.

Die Schwester rutschte dicht an sie heran, um ihr aufmerksam über die Schulter zu blicken. Die *Little Heroes* spielten live. Das Video zeigte eine etwas wackelige und vom Ton her ziemlich schlechte Aufnahme eines Gigs auf einer relativ großen Bühne. Etliche Fans standen davor und schienen die deutschen Texte komplett mitsingen zu können, sodass Lens eingängige Stimme beinahe etwas unterging. Dennoch war er ganz klar der Star auf der Bühne, ein richtiger *Held*, der alles andere als klein wirkte in seinem lässigen Jeans-Shirt-Outfit. Verschwitzte Strähnen seiner Haare musste er sich in jeder Atempause aus dem sympathischen Gesicht wischen.

«Nicht schlecht», urteilte Laura und boxte Lilly vorsichtig in die Seite. «Ziemlich *hot* sogar. Hätte ich dir nicht zugetraut!»

Lilly schüttelte abwehrend den Kopf. Es war ihr egal, dass Laura ihr unterstellte, für Len zu schwärmen. Tatsächlich hatte ihr Herz einen kleinen Hüpfer gemacht, als sie Len das erste Mal auf dem Video angeschaut hatte. Aber es ging ihr um etwas anderes.

«Er würde mich nach Wien bringen», sagte sie knapp.

Eine Weile schwieg Laura und spielte nachdenklich mit ihren schwarz gefärbten Haaren. Schließlich sagte sie: «Also, ich finde, du solltest fahren. Und wenn du beim Vorspielen schlappmachst, kannst du immer noch hinschmeißen. Aber wenigstens kommst du mal raus aus diesem Loch.»

Plötzlich durchströmte Lilly ein gigantisches Glücksgefühl. Sie fühlte sich verstanden und legte Laura vertraulich die Hand aufs Bein.

Ihre Schwester lächelte verlegen und senkte den Blick. Mit einem Mal wirkte sie unendlich traurig und gar nicht mehr so kindlich, wie Lilly sie sonst immer wahrnahm. Lilly ahnte, es gab etwas, was Laura stark beschäftigte.

«Du hast großen Liebeskummer, stimmt's?», fragte sie vorsichtig.

Laura nickte kaum sichtbar und antwortete erst nach einer ganzen Weile: «Ich komm schon drüber weg. Hab grade alle Briefe an ihn verbrannt.»

Ganz offensichtlich bemühte sie sich, tapfer zu sein. Aber Lilly konnte sehen, dass ihre Lippen ein bisschen zitterten.

«Und wenn du ihm doch irgendwie zeigst, was du empfindest?», schlug sie vor. Im gleichen Moment wurde ihr jedoch klar, dass sie hier nicht über irgendeinen Schwarm redeten. Basti war schließlich der Freund von Natascha!

Laura schüttelte den Kopf. «Du hast doch selbst gesehen, wie glücklich die beiden sind. Ich bin froh, dass ich ihnen nicht länger irgendwie in der Stadt begegnen kann. Ich wollte sogar schon abhauen ...»

Lilly war betroffen. Es tat ihr weh, die Schwester leiden zu sehen. «Deswegen wolltest du den Koffer wiederhaben?»

Laura zuckte mit den Schultern.

«Und wo wolltest du hin?»

«Keine Ahnung. Einfach weg.»

«Verstehe.» Erstmals konnte sich Lilly gut in ihre Schwester hineinversetzen. «Und wieso bist du geblieben?»

«Na, wieso wohl? Wenn es dir besser gehen würde, könnte ich vielleicht weg ... Aber so?» Sie richtete sich auf. «Viel wichtiger ist, dass du jetzt dein Ding machst.»

In Lauras Stimme lag keinerlei Groll, was Lilly noch betroffener machte. Sie war beschämt darüber, dass sie nie wirklich versucht hatte, sich in ihre Schwester einzufühlen, und wollte sie bestärken.

«Aber weißt du was?», erklärte sie. «Natascha wäre nicht mit Basti zusammengekommen, wenn sie sich nicht auch einen Ruck gegeben hätte. So einfach war es bei den beiden eben auch nicht. Zur Liebe gehört auch viel Mut!»

Laura schnaubte. «Das sagt die, die noch nie einen richtigen Freund hatte!»

Mit einem schiefen Grinsen wollte sie vermutlich davon ablenken, dass sie zu weit gegangen war. Als Laura die Enttäuschung ihrer Schwester bemerkte, sackte sie wieder in sich zusammen und murmelte: «Sorry, war nicht so gemeint.»

Lilly schluckte ihre Enttäuschung runter und schloss Laura fest in die Arme. So fest, dass sie erst nach einer Weile erstaunt feststellte, dass sie von Laura ebenso festgehalten wurde.

«Ich glaube, Len ist ein Guter», flüsterte Laura.

Lilly nickte. Warum nur, fragte sie sich, war sie nicht schon längst mal auf Laura zugegangen? Sie konnte gerade nicht erfüllter sein vor lauter Zuneigung zu ihr.

«Ich hab dich sehr lieb, kleine, große Schwester!», flüsterte sie und schluckte gerührt.

«Ich dich auch!»

Len

Nur noch dreißig Kilometer!

Len spürte, wie ihm das Herz bis zum Hals schlug. Je mehr er sich Lüneburg näherte, desto nervöser wurde er. War es wirklich richtig, was er tat? Eine Wildfremde zu entführen, um mit ihr fast 1000 Kilometer abzureißen? Durch die ganze Republik. Für eine Stunde Vorspielen? Ganz zu schweigen von dem Rückweg und dem für ihn doppelten Umweg Köln–Lüneburg–Köln. Ein Himmelfahrtskommando. Aber der Himmel musste warten, hier gab es Wichtigeres zu tun. Und der ganze Stress würde sich lohnen, das hatte Len im Gefühl.

Ja, es könnte schließlich Lillys Sternstunde werden!

Das war es wert, sagte er sich immer wieder zur Beruhigung und rief sich auch Mannis Worte ins Gedächtnis, der Len in seinem Vorhaben bestätigt hatte. Sein Chef hatte mehrfach betont, wie wichtig es für Len war, mal aktiv zu werden und aus dem Kölner Gewerbemoloch rauszukommen. Insgeheim unterstellte er Manni zwar ein schlechtes Gewissen, weil der sich in Wacken auf dem Rockfestival vergnügen würde, wohingegen sein Lehrling alleine die Stellung halten sollte. Aber Len rechnete es ihm hoch an, so cool reagiert zu haben. Denn Manni hatte kurzerhand beschlossen, die Werkstatt für eine ganze Woche zu schließen, und Len sogar noch 200 Euro Urlaubsgeld in die Hand gedrückt. Als er ihm dann noch, ohne dass Len überhaupt danach hätte fragen müssen, den Schlüssel für seinen Pick-up baumelnd vor die Nase hielt, war die Sache geritzt. Len wollte Lilly um jeden Preis nach Wien fahren und ein Mal in seinem Leben etwas wirklich Gutes tun.

Er hatte lange geschlafen und sich auch am Nachmittag extra noch mal aufs Ohr gehauen. Er würde schließlich die ganze Nacht durchhalten müssen. Vorzuschlafen war also dringend notwendig. Den Rest würden eine riesige Thermoskanne Kaffee und unzählige Dosen Red Bull erledigen, um sich am Steuer wach zu halten.

Die größte Herausforderung aber war gewesen, Lilly zu überzeugen, dass dieser besondere Chauffeur-Dienst nicht bloß eine Schnapsidee oder Belastung für ihn war. Beim Chatten am Nachmittag und auch noch mal am Abend versuchte er ihr klarzumachen, dass er sich auf das Abenteuer freute und es wirklich ehrlich meinte.

Zwischen den Zeilen hatte Lilly ziemlich kleinlaut geklungen und dadurch einen noch sympathischeren Eindruck auf Len gemacht. Etwas umständlich hatte sie ihm zu verstehen gegeben, dass sie tatsächlich nur einen Tag wegbleiben konnte. Sie würden also nachts hin und nach dem Vorspiel auch direkt wieder zurückfahren müssen. Ob er sich das wirklich zutraue? Denn zu so einer Nacht-und-Nebel-Aktion gebe es eigentlich keine Alternative. Die Eltern würden ihr Verschwinden tagsüber sofort bemerken und Himmel und Hölle in Bewegung setzen, um die Tochter von ihrem Vorhaben abzuhalten. Außerdem, so hatte Lilly versichert, werde sie in den 24 Stunden vor der Prüfung vor lauter Aufregung ohnehin kein Auge zumachen können. Und wenn sie nur genug Adrenalin im Blut hatte, würde ihr Kreislauf diese Sache schon durchstehen.

Also hatten sie einen geheimen Plan geschmiedet und verabredet, gegen Mitternacht in Lüneburg aufzubrechen, die Nacht durchzufahren und nach der Prüfung, so schnell es ging, wieder nach Hause zurückzukehren.

Inzwischen war Len von der Autobahn abgefahren und auf die Landstraße Richtung Lüneburg abgebogen, wo er an seltsam klingenden Orten wie Hützel oder Drögennindorf vorbeikam.

Hoffentlich gibt es auf dem Weg noch eine Burgerbude, dachte Len, denn er musste noch mal was essen und vor allem pinkeln, bevor er Lilly live in die Augen blicken würde. Schließlich konnte er schlecht bei ihr klingeln und an den Eltern vorbei zum Klo stürmen, wenn er bei der genannten Adresse eintraf.

Tatsächlich fand sich eine Burger-King-Filiale genau an der Kreuzung, wo Len laut Navi-App von der Bundesstraße 209 in Richtung Stadtzentrum Lüneburg abbiegen musste. Und er hatte noch über eine halbe Stunde Zeit bis zum vereinbarten Treffen um Mitternacht.

Len hoffte, nach der Pause nicht mehr so nervös und unsicher zu sein, sondern einfach nur gespannt darauf, Lilly endlich persönlich gegenüberzustehen.

Er parkte den Wagen und blieb noch einen Moment sitzen. Zum wiederholten Male sah er sich Lillys Foto an. Er studierte es ganz genau und fragte sich, ob der Eindruck, den er von ihrer Schreibe hatte, sich wohl mit ihrem Erscheinungsbild deckte. Bis auf diesen seltsamen und etwas spießigen Stil ergab sich aber ein ansprechendes Gesamtbild. Beim Skypen waren sie zumindest sehr offen und ehrlich miteinander umgegangen und hatten durchaus auch viel Spaß gehabt.

Die Frage war nur, ob sie sich auf ihrer langen Abenteuerreise genauso gut verstehen würden.

Lilly

Wenn er nur nicht so verdammt cool aussehen und eine so verrauchte Stimme hätte, fluchte Lilly innerlich, als sie das gefühlt 97. Mal Lauras kleinen Reisetrolley durchforstete. Hatte sie auch wirklich an alles gedacht? Warmer Pulli, Outfit für Wien, Noten, Necessaire zum Frischmachen ... Als ob das Vorspielen bei der Zulassungsprüfung nicht schon aufregend genug war für ihr Herz! Nein, sie musste sich auch noch in geheimer Mission auf die Reise begeben, mit einem fremden Mann, den sie ja eigentlich gar nicht kannte.

Es war Viertel vor Zwölf. Im Minutentakt starrte Lilly aufs Handy, um ja nicht Lens Nachricht zu verpassen, wenn er wie verabredet in ihrer Straße eintreffen und sein Auto mit dem gebotenen Abstand in der Nachbarschaft parken würde.

Noch nie in ihrem Leben war Lilly so aufgeregt. Nur gut, dass ihr Vater noch immer in Dänemark war und ihre Mutter trotzdem nicht auf den wöchentlichen Saunabesuch verzichtet hatte. Denn Lilly war den ganzen Abend wie wild im Zimmer hin und her getigert, weil sie sich nicht entscheiden konnte, welche Klamotten sie mitnehmen wollte. Was sollte sie im Konservatorium tragen? Was im Auto während der langen Fahrt?

Für das Vorspielen hatte sie schließlich ein anthrazitfarbenes Etuikleid ausgewählt, weil es unaufdringlich schlicht war und nicht von ihrem Cellospiel ablenken würde. Aber eine gewisse Unsicherheit war geblieben. Denn besonders wohl hatte sie sich in dem Kleid und in den dazu passenden Schuhen nie gefühlt und das Outfit bisher auch nur zwei Mal getragen. Das erste Mal anlässlich der Hochzeit einer Cousine vor drei Jahren und das zweite Mal an Weihnachten.

Als Lilly jene schwarzen Riemchensandalen in den kleinen himbeerfarbenen Koffer getan hatte, war ihr die knisternde Verpackung des Bikinis in einer Seitentasche aufgefallen. Den hatte sie ganz vergessen!

Ach, was soll's, hatte Lilly gedacht, kommt er eben mit und geht doch noch auf Reisen. Der Koffer war nicht mal bis zur Hälfte gefüllt. Zwar würde sie den Bikini ohnehin nicht tragen, aber es wäre ein durchaus erhabenes Gefühl, ihn dabeizuhaben.

Anschließend hatte Lilly noch einen Brief an die Eltern verfasst, den sie zusammen mit ihrem Ticket für die Veranstaltung von *Salut Salon* im Thalia-Theater auf den Küchentisch legen wollte. Bisher hatte sie jeden Sommer ein Konzert des sympathischen und lustigen Frauenquartetts besucht. Aber wer weiß, ob die Eltern dieses Mal überhaupt mit ihr nach Hamburg gefahren wären. Außerdem war es an der Zeit, dass die Eltern mal etwas gemeinsam mit Laura unternahmen. Und Lilly war sich sehr sicher, dass ihrer Schwester der Abend gut gefallen würde, auch wenn sie bislang immer behauptet hatte, kein Interesse an einem Klassik-Konzert zu haben. Vielleicht würde ein solcher Abend Laura ja sogar auf den Geschmack bringen, wieder Klavier zu spielen.

Als Lilly zehn Minuten vor Mitternacht ihr Medikamententäschchen in ihren Leinen-Shopper legte und ein letztes Mal den Trolley sowie die Jute-Tasche mit dem Reiseproviant kontrollierte, zuckte sie plötzlich zusammen. Denn ihr Handy meldete sich lautstark und kündigte mit einem schrillen Pfiff den Eingang einer WhatsApp-Nachricht an.

Hatte sie das Gerät nicht extra leise gestellt? Was, wenn ihre Mutter oder Laura wach werden würden? Oder noch schlimmer: Was, wenn Len die Reise jetzt noch absagte?

Tausend Fragen schossen Lilly durch den Kopf, als sie nach dem Handy griff.

bin in 5 min. bei dir

Lillys Herz machte fast einen Aussetzer. Sie war schon jetzt fix und fertig. Aber nun gab es kein Zurück mehr.

Sie schickte ihm einen lächelnden Smiley und machte sich daran, den Proviant und ihren Shopper nach unten zu tragen.

Das Band mit dem Notrufknopf ließ sie absichtlich auf ihrem Schreibtisch liegen. Es würde ohnehin nicht funktionieren, wenn sie sich zu weit von der Empfängerstation entfernte.

Im Flur war es dunkel. Auch aus den Zimmern drang kein Licht mehr. Auf Zehenspitzen schlich Lilly am Schlafzimmer ihrer Eltern vorbei. Zum Glück würde ihr Vater erst am nächsten Tag aus Dänemark zurückkommen. Denn er hatte einen extrem leichten Schlaf und hätte sicher etwas mitbekommen. Lillys Mutter dagegen war nach ihrem Saunabesuch immer derart platt, dass sie in der Nacht nichts mitbekam. Gut so, denn so konnte sie Schlaf und Erholung nachholen, was sie sonst durch das ewige Grübeln und Sich-Sorgen-Machen vernachlässigte.

Lilly nahm noch einmal alle Kraft zusammen, nun auch ihren Cellokasten so geräuschlos wie möglich nach unten zu tragen. Stufe für Stufe, mit genügend Pausen, um sich nicht zu sehr anzustrengen. Sie stellte ihn draußen auf der Eingangstreppe ab.

Dann ging sie in die Küche, zog die Konzertkarte, die Einladung zum Vorspielen und den Brief an die Eltern aus ihrer Tasche und legte alles deutlich sichtbar auf dem Küchentresen ab.

In Windeseile überflog Lilly noch einmal ihre Zeilen, um sicherzugehen, dass sich alles gut las. Den gesamten Nachmittag über hatte sie immer wieder mit Umformulieren verbracht und sich am Ende für eine relativ kurze, aber klare Nachricht entschieden.

Liebe Mum, lieber Paps,

endlich wird mein Traum wahr: Ich fahre nach Wien und spiele im Konservatorium für die Aufnahmeprüfung vor! Ein Freund wird mich hinbringen.
Es muss sein, bitte habt Verständnis. Und bitte verzeiht mir, dass ich euch vor vollendete Tatsachen stelle. Aber ich hatte keine andere Wahl.
Und macht euch bitte, bitte keine Sorgen! Meine Tabletten habe ich alle dabei, es geht mir gut (die Aussicht, vorzuspielen, verleiht mir Flügel!), und ich passe auf mich auf, versprochen. Morgen bin ich wieder da.
Wünscht mir Glück!
Es hat euch lieb:
Lilly

PS. Bitte überzeugt Laura, mit euch ins Thalia zu gehen! Ist bestimmt gut, wenn ihr mal was zu dritt macht, auch wenn sie sicher eine Extra-Einladung braucht und ihr vielleicht denkt, ihr könnt nicht fahren, weil eure cellovernarrte Tochter so ein Ding bringt. Denkt dran: Man bereut nicht die Dinge, die man getan hat, sondern die, die man nicht getan hat!

Als Lilly wieder nach oben geeilt war, um noch den kleinen Koffer zu holen, fiel ihr Blick auf das hellblaue Chiffonkleid, das noch immer in ihrem Zimmer hing. Sie hielt ein paar Sekunden inne, dann trat sie näher und betrachtete den wunderschönen Stoff durch die Schutzfolie der Reinigung.

Das muss mit!, dachte Lilly und nahm es von der Schranktür.

Vorsichtig schlug sie es ein und legte es zu dem anderen Kleid in den Koffer. Die passenden Peeptoes holte sie mit einem einzigen Griff in den Kleiderschrank hervor.

Endlich war sie startklar.

Als sie sich umdrehte, hätte sie beinahe laut aufgeschrien vor Schreck. Laura stand im schwarzen Schlafshirt vor ihr und streckte ihr etwas entgegen.

«Für dich», flüsterte sie. «Toi, toi, toi!»

Und dann überreichte sie Lilly einen Schlüsselanhänger mit einem kleinen, silbernen Glücksschweinchen daran.

«Danke!», hauchte Lilly gerührt und drückte ihre Schwester noch einmal ganz fest.

Laura ließ es sich nicht nehmen, sie nach unten zu begleiten und ihr den Trolley zu tragen.

«Wo ist denn nun der Prinz mit seinem weißen Pferd?», witzelte sie.

Lilly musste lachen und hielt sich schnell die Hand vor den Mund, um nicht zu laut zu werden.

«Er wartet hinter der Kurve», flüsterte sie. «Und jetzt geh schnell wieder hoch. Nicht, dass wir Mum noch wecken!»

Kurz sahen sie einander tief in die Augen mit diesem spitzbübischen Grinsen, das sonst nur Kinder im Gesicht haben, wenn sie etwas ausgefressen haben. Dann wackelte Lilly mit dem Trolley in der einen und den beiden Taschen in der anderen Hand Richtung Straße. Beinahe hätte sie den Halt verloren.

Kaum war sie aus dem schmiedeeisernen Tor getreten, sah sie auch schon eine männliche Statur, die in einiger Entfernung lässig an einem monströsen Geländewagen mit Kölner Kennzeichen lehnte.

Als Len sie entdeckte, winkte er ihr zu. Er hielt eine brennende Zigarette in der Hand, was Lilly befremdete.

Er hat nie gesagt, dass er raucht, dachte sie und fragte sich sofort, ob die ganze Sache wirklich eine so gute Idee war.

Aber es war zu spät. Lilly musste das jetzt durchziehen.

Len

Scheiße, was schleppt die denn alles mit?, schoss es Len durch den Kopf, als er Lilly auf sich zuwanken sah.

Sie zog einen dieser typischen Mädchen-Koffer hinter sich her und trug eine komische Jute-Tasche über der Schulter und dazu noch einen weiteren prall gefüllten Beutel in der Hand.

Len musterte Lilly irritiert von oben bis unten und fragte sich leicht panisch, für wie viele Wochen sie wohl gepackt hatte. Ihm war mulmig zumute.

Andererseits sah Lilly irgendwie süß aus in dem hellgrauen Kapuzenpulli, der knackigen Jeans und den ausgelatschten Chucks. Die Klamotten waren ihm jedenfalls viel sympathischer als das Konfirmanden-Outfit vom Foto.

Wie sollten sie sich eigentlich begrüßen?, fragte sich Len, als Lilly sich bis auf zwei Meter genähert hatte. Mit einer Umarmung? Mit zwei Küsschen?

Aber bevor er auf sie zugehen und ihr beim Tragen helfen konnte, stoppte Lilly und fragte mit abschätzigem Blick: «Du rauchst?!»

Etwas pikiert ließ Len seine Fluppe zu Boden fallen und trat sie aus.

«Hi!», sagte er leicht verunsichert, wischte sich die Hand an seinem Hosenbein ab und streckte sie Lilly zur Begrüßung entgegen.

«Hi!» Lilly lächelte gequält.

Gerade als sie Lens Hand nehmen wollte, zog er sie unsicher zurück, trat aber einen Schritt an sie heran, weil er eine kurze Umarmung doch angemessener fand. Das nun folgende, furchtbar umständliche Prozedere mündete schließlich in ein kurzes Wangenküsschen. Es war Len irgendwie peinlich, wie unbeholfen er sich benahm.

Einen Moment sahen sie sich verlegen an. Dann räusperte sich Lilly und sagte: «Ich muss noch mein Cello holen.» Sie deutete auf das riesige Haus schräg gegenüber, zögerte aber zurückzugehen. «Es steht auf der Treppe vorm Haus.» Ihre Stimme klang etwas heller, als Len sie sich vorgestellt hatte.

Lilly trug ihre Haare offen und nestelte verlegen an einer Strähne, was ziemlich mädchenhaft rüberkam. Aber Len hatte verstanden.

«Ich hole es, steig du schon mal ein!», forderte er sie auf und öffnete die Beifahrertür. Sie hätte ihn besser direkt fragen sollen, ob er das Ding holen könnte, statt einen auf niedlichen Augenaufschlag zu machen, fand Len.

Nachdem er ihren Koffer auf der Rückbank verstaut hatte, lief er zu der monströsen Villa, die mehrere Stockwerke und einen riesigen Garten zu haben schien. Obwohl es ziemlich dunkel war, konnte er im Licht der Straßenlaternen erkennen, dass das Gebäude eine sehr schicke, hellbraune Klinkerfassade hatte, die perfekt zu den riesigen Holzfenstern passte. Am schönsten aber waren die individuell gestalteten, verschieden hohen Pultdächer aus Holz. Sicher die Konstruktion eines versierten Architekten.

Len musste sich ermahnen, nicht länger staunend vor dem Anwesen stehen zu bleiben. Er öffnete das verschnörkelte Tor, lief zum Eingang und schnappte sich den länglichen schwarzen Cellokasten.

Er hatte die Größe des Instruments total unterschätzt.

Hoffentlich würde er alles im Inneren des Wagens unterbringen können, dachte Len. Das Ding war bestimmt schweineteuer und würde vermutlich nicht auf der Ladefläche liegen können.

Als er zum Auto lief, ließ er sich nicht anmerken, wie schwer das Cello war. So lässig wie möglich verstaute er es vorsichtig auf der Rückbank neben seiner Akustikgitarre.

«Darf ich vorstellen?», sagte er an den Cellokasten gewandt. «Das ist Soundpussy, meine ständige Begleiterin.»

Len hatte die Stimmung aufheitern wollen und freute sich über seinen eigenen Scherz. Sein Grinsen erstarb allerdings, als er sah, wie Lilly irritiert die Augenbrauen hob.

Weil keine weitere Reaktion von ihr kam, setzte er sich leicht verunsichert hinters Steuer und sah sie fragend an.

«Bist du bereit?», fragte er.

Lilly druckste herum. «Wäre es ein Problem für dich, nicht im Auto zu rauchen?», fragte sie und deutete mit ihrer hübschen Nasenspitze auf die Lucky Strikes, die auf der Armatur lagen.

Ja, Lilly war wirklich nett anzusehen, aber gleich zu Beginn so rumzuzicken, fand Len ziemlich daneben.

«Ich werde dich schon nicht umbringen», versuchte er die Lage zu entkrampfen, biss sich angesichts seiner Worte aber sogleich auf die Zunge. Was redete er denn da?

«Ich mein ja nur», fuhr Lilly fort, «hier drinnen riecht es wie in einem Aschenbecher.»

Unbemerkt rollte Len mit den Augen. «Passt schon», erklärte er matt und startete den Motor.

«Ja», Lilly nickte und schnallte sich an. «Wird schon gehen, ich habe ja meine Medikamente dabei.» Sie kramte aus ihrem Jutebeutel ein durchsichtiges Täschchen mit zig verschiedenen Blistern und Packungen hervor und hielt es in die Höhe. «Den Cocktail muss ich alle fünf Stunden nehmen.»

Abrupt blieb Len mitten auf der Straße stehen und schaute Lilly besorgt an: «Bist du sicher, dass wir das wirklich durchziehen sollen?»

«Willst du etwa nicht mehr?», fragte Lilly verunsichert.

Plötzlich überkam Len eine riesige Scheißangst. Er wollte nicht noch einmal in das Schicksal eines Menschen hineinpfuschen, wusste aber nicht, wie er diese brenzlige Lage in Worte fassen sollte, ohne Lilly zu verletzen.

«Ich ... Ich meine», stotterte er, «wenn du dich nicht wohl fühlst ... Also, noch können wir das abblasen und uns einfach einen netten Tag machen. Nicht dass es dir –»

«Glaub mir», unterbrach sie ihn, «ich habe mich noch nie so lebendig gefühlt wie heute!»

Als Lilly das sagte, lächelte sie das erste Mal. Und ihre großen, grünen Augen leuchteten warm.

Len war immer noch mulmig zumute. Aber er ahnte: Nun gab es kein Zurück mehr.

Dann erklärte Lilly ihm den Weg Richtung Süden. Und Richtung Abenteuer.

Lilly

***S**oundpussy?* Anfangs war Lilly ganz schön irritiert über Lens ruppige Art. Aber nach den ersten Stunden Fahrt schien er langsam aufzutauen.

Endlich, dachte Lilly erleichtert, als sie kurz vor Braunschweig waren, endlich fängt Len an, mal aus sich herauszugehen und was von sich zu erzählen.

Sie hatte sich unzählige Fragen aus den Fingern gesogen, um das Gespräch am Laufen zu halten. Sogar nach seiner Lieblingsfarbe und seinem Sternzeichen hatte sie ihn schon gefragt. Und dann der Sport. Zwar interessierte Lilly eigentlich gar nicht, ob Len nun Fan des 1. FC Köln war oder nicht. Aber sie hatte geahnt, wenn sie ihm beim Thema Fußball eine Vorlage lieferte, würde er diese dankbar aufnehmen und sich nicht länger alles über seine Hobbys und seinen Job aus der Nase ziehen lassen.

Len war viel mundfauler als beim Chatten, und allmählich fragte sich Lilly, ob sie sich zuvor nicht ein falsches Bild von ihm gemacht hatte. Vom Typ her besaß er zwar durchaus das Zeug zum Einschlafmann: Lens breite Schultern und seine trainierten Oberarme, die unter dem eng anliegenden Shirt hervorblitzten, waren nett anzusehen. Auf dem Musikvideo war er auch durchaus sympathisch gewesen.

Aber wegen der Zigaretten und der ganzen Heavy-Metal-CDs auf der Ablage unter dem Handschuhfach hätte auch Natascha ihn sofort in die Proll-Schublade gesteckt. Und dann auch noch Fußball!

«Guckst du auch Bundesliga?», fragte Len am Ende eines begeisterten Vortrags über die vergangene Saison.

Lilly schüttelte den Kopf und unterdrückte ein Gähnen.

«Machst du eigentlich Krafttraining?», hörte sie sich schließlich fragen, um vom Fußball wieder wegzukommen. Oh, Mann, wie ein Teenager! Schließlich war ihr auch das herzlich egal, aber sie freute sich ein bisschen darüber, dass die Frage Len offenbar schmeichelte.

«Nee, pumpen finde ich doof. Mein Job ist schon Krafttraining genug», erklärte er leicht verlegen und doch mit einem gewissen Stolz in der Stimme. Dann schob er fragend hinterher: «Und du? Machst du Sport?»

Lilly zuckte innerlich zusammen. Sie sprach nicht gerne über ihre körperlichen Defizite und darüber, welch abartige Auswirkungen sie auf ihr Leben hatten. Außerdem fand sie die Frage nicht besonders feinfühlig.

Sie beließ es daher bei einem schlichten «Nö» und richtete ihren Blick starr auf die Autobahn, auf der so gut wie niemand unterwegs war. Sie kamen gut voran. Es hatte fast den Anschein, als wären sie beide in dieser Nacht allein auf der Welt. Umso enttäuschender, dass sie sich offensichtlich nicht wirklich etwas zu sagen hatten. Fast schon bereute Lilly, dass sie sich zu diesem Trip hatte überreden lassen.

«Kannst du keinen Sport machen?», hakte Len vorsichtig nach. «Ich meine, von wegen Herz und so?»

Er hatte es also doch kapiert.

«Meine Eltern lassen mich gar nicht», erklärte sie knapp. «Das war schon immer so.»

«Aber machst du denn immer nur das, was deine Eltern sagen?»

Lilly sah ihn von der Seite an. «Na, offensichtlich nicht, sonst wäre ich wohl nicht hier, oder?» Ohne es zu wollen, war ihr Ton schärfer geworden.

Sie ärgerte sich über sich selbst und rieb ihre müden Augen. Das hatte Len nicht verdient. Im Gegenteil, es war ein Riesengeschenk, dass er sich so für sie einsetzte!

Betreten kramte sie in ihrem Leinen-Shopper nach einer der Dosen Red Bull, die sie extra für Len besorgt hatte, und hielt sie ihm unter die Nase.

«Möchtest du? Du musst doch schon hundemüde sein?!»

Doch Len schüttelte lachend den Kopf und erklärte, bereits zwei von den Dingern geext zu haben, bevor er in Lüneburg angekommen war.

«Aber mal im Ernst», fuhr er fort. «Du sagst, du willst ein selbstbestimmtes Leben führen, ziehst aber nie dein eigenes Ding durch?»

Len schien sich richtig festgebissen zu haben an diesem Thema.

«Ich bin doch hier. Reicht das nicht?», hielt Lilly dagegen. Wenn er auch nur annähernd wüsste, was sie riskierte, würde er vielleicht nicht so blöde Fragen stellen, dachte sie.

«Aber du wärst nicht hier, wenn ich dich nicht überredet hätte!» Triumphierend sah Len sie an. «Ich meine, es gäbe vielleicht Sportarten, die durchaus für dich geeignet wären. Etwa Thai Chi oder Yoga oder so.»

Eigentlich wollte Lilly heftig widersprechen und ihn mit Details zu ihrem Krankheitsverlauf schocken. Doch dann gefiel es ihr, dass er zumindest kein Blatt vor den Mund nahm und sie nicht mit Samthandschuhen anfasste. Eine solche Direktheit war sie einfach nicht gewohnt.

«Ach, Sport ist einfach nicht mein Ding», erklärte sie daher lapidar. «Was ist mit dir? Machst du grundsätzlich nur das, was deine Eltern *nicht* wollen?»

Len schwieg einen Augenblick lang nachdenklich, bevor er antwortete: «Ich glaube, sie interessieren sich gar nicht wirklich für das, was ich mache.»

Lilly war entsetzt. «Wie kommst du darauf?»

Len zögerte. Sein Gesichtsausdruck hatte sich verfinstert.

Als auf den vorbeisausenden Schildern eine Raststätte in wenigen Kilometern angekündigt wurde, erklärte er: «Ich würde gern mal Pause machen und eine Kippe rauchen.»

Lilly schluckte. Endlich hätte das Gespräch jetzt spannend werden können. Aber Len gab ihr deutlich zu verstehen, dass er nicht über zu Hause reden wollte. Also schwieg sie und schloss für einen Moment die Augen.

Erst als sie bereits kurz vor Dresden waren und Len hinter einem Schwertransport die Geschwindigkeit plötzlich deutlich drosselte, schreckte sie hoch. Sie musste eingeschlafen sein. Und Len hatte offenbar auf die Rauchpause verzichtet.

Er nickte ihr zu und fuhr von der Autobahn ab. Auf dem Rastplatz gab es einen großen LKW-Parkplatz und eine Tankstelle.

«Ich muss pinkeln und rauchen und essen und einen Kaffee trinken», sagte Len. Gekonnt steuerte er den großen Pick-up in eine schmale Parklücke zwischen zwei Lastwagen und stoppte den Motor.

«Und ich nur eins davon ...», murmelte Lilly und rieb sich müde den Nacken.

Schweigend gingen sie zur Tankstelle, deren Eingangsbereich so hell erleuchtet war, dass Lilly sich ziemlich verloren vorkam. Sie fröstelte und fragte sich kurz, ob Len sie womöglich an der Raststätte zurücklassen würde, wenn sie kurz zu den Waschräumen ging.

Aber er drückte ihr ungefragt den Autoschlüssel in die Hand und erklärte: «Dann musst du nicht auf mich warten, wenn ich mir gleich noch einen Kaffee hole und noch eine rauche.»

Lilly nickte beschämt, steckte den Schlüssel ein und ging zu den Toiletten. Sie durfte nachher nicht vergessen, ihre Medizin zu nehmen.

Irgendwie hatte sie sich diese Abenteuerreise anders vorgestellt. Anregender, lustiger, bunter ... Aber sie ermahnte sich, nicht undankbar zu sein, und beschloss, Len Gesellschaft zu leisten und ihn auf den Kaffee einzuladen. Sie wollte diese ganze verrückte Aktion so erwachsen wie möglich hinter sich bringen.

Len

Len spritzte sich eiskaltes Wasser ins Gesicht. Seine Augen brannten. Dabei war es gar nicht so sehr das Fahren selbst, das ihn anstrengte. Vielmehr bedrückte ihn die Lage im Auto.

Wieso nur hatten sie auf einer Strecke von über 400 Kilometern kein einziges Thema gefunden, das die Situation entspannte?

Er musste sich irgendetwas einfallen lassen, um Lilly aufzuheitern. Beim Chatten war es ihm doch immer so leichtgefallen, sie bei Laune zu halten. Aber jetzt fühlte er sich vollkommen überfordert und überdies todmüde.

Mist!, dachte er. *Todmüde* ... Da ging es schon wieder los!

Len hatte einfach Angst, irgendetwas Falsches zu sagen. Immer wieder hatte er gespürt, dass seine Sprüche nicht besonders gut bei Lilly ankamen. Sie war sogar während des Gesprächs eingeschlafen! Oder hatte zumindest so getan als ob. Auch wenn er ihr jede Minute Schlaf vor dem so wichtigen Tag von Herzen gönnte, hatte er sich die Reise doch etwas anders vorgestellt. Er wollte Lilly helfen, sie zum Lachen bringen, ihr ein unvergessliches Erlebnis bereiten. Aber bislang lief es ziemlich mies.

Vielleicht sollte er sie einfach in Ruhe lassen, dachte Len resigniert und verließ den Waschraum. Vielleicht war sie schlichtweg nervös wegen des Vorspiels. Vor Konzerten war es ihm nicht anders gegangen, da hatte er manchmal richtig gereizt reagiert, wenn ihn jemand blöd von der Seite anmachte. Vielleicht sollte er Wien erst einmal abwarten und danach noch mal von vorn beginnen.

Nachdem er eine Zigarette geraucht und sich erfrischt hatte, fühlte sich Len bereit für die nächste Etappe. Die Hälfte hatten sie bereits hinter sich. Trotzdem könnte es durchaus noch eng werden, rechtzeitig am Wiener Konservatorium zu sein.

Er ging zurück zum Parkplatz, doch das Auto war leer und Lilly nirgends zu sehen. Len erschrak.

Was, wenn ihr etwas zugestoßen war?, dachte er. Hätte sie nicht längst ihre Medikamente nehmen sollen?

Sofort geriet Len in Panik. Er schaute sich um, rannte wie ein aufgescheuchtes Huhn umher, doch sie war nirgends zu entdecken. Lilly war weg!

Er trat an die Beifahrerseite und starrte hinein. Ob sie womöglich auf ihrem Sitz zusammengesackt und in den Fußraum gerutscht war? Aber das Auto war leer und verschlossen.

Und wenn sie überfallen oder entführt worden war? Auf solchen Rastplätzen wusste man nie!

Len spürte, wie ihm das Adrenalin durch die Adern schoss und er sich immer mehr reinsteigerte in seine Horror-Phantasien.

Er eilte zurück zum Tankstellen-Shop, um nach Lilly zu suchen. Gerade als er den jungen Kassierer nach ihr fragen wollte, hörte er ihre Stimme hinter sich.

«Wie trinkst du deinen Kaffee?», fragte Lilly. Sie lehnte an einem Stehtisch, an dem man sich offenbar mit Zucker, Milch und sonstigem Schnickschnack für Coffee to go versorgen konnte.

«Äh … schwarz», sagte Len verblüfft.

Er stand noch total neben sich, als Lilly ihm jetzt einen nigelnagelneuen, dunkelroten Thermobecher in die Hand drückte.

Fragend sah er sie an. «Was …?»

«Hättest du den Becher lieber in Blau?» Und mit einem verschmitzten Lächeln fügte sie noch hinzu: «Ich fürchte allerdings, wir können ihn nicht mehr umtauschen. Ist ja schon Kaffee drin.»

Len spürte eine große Erleichterung. Beinahe amüsiert beobachtete er, wie sie den Verpackungsmüll entsorgte und dabei mit der Klappe des Mülleimers zu kämpfen hatte. Sie sah irgendwie niedlich aus mit ihrem verschlafenen Gesicht. Und erst jetzt bemerkte er, wie klein Lilly war. Len überragte sie um mehr als einen Kopf.

«Willst du was Warmes? Oder reicht dir ein Sandwich?», fragte Lilly weiter und hielt eine braune, gut gefüllte Papiertüte in die Höhe. «Es ist vegetarisch. Ich hoffe, das ist okay.»

Len verzog die Mundwinkel. «Genau mein Geschmack.»

Tatsächlich hätte Len Lust auf eine würzige Suppe oder ein heißes Würstchen gehabt. Aber er wollte nicht undankbar erscheinen und schlug vor, die Sachen im Auto zu verspeisen und sich lieber zügig auf den Weg zu machen. Schließlich hatten sie noch gut fünf bis sechs Stunden Fahrt vor sich.

«Du hättest im Auto bleiben sollen», sagte Len, als sie zum Wagen zurückgingen. Die Stimmung war spürbar besser zwischen ihnen. «Was an solchen Rastplätzen alles passieren kann!»

«Du hattest Angst um mich?»

«Wer weiß? Ein so attraktives Mädchen nachts allein an der Autobahn …»

Len spürte, dass er rot wurde. Das Flirten hatte er offenbar längst verlernt.

«Du hättest mich aber doch gerettet, hoffe ich?», fragte Lilly, als sie sich anschnallte.

Dann sah sie ihm direkt in die Augen und lächelte so charmant, dass Len vergaß, den Wagen zu starten.

«Äh, ja. Klar», stotterte er verlegen. «Soll ja gut fürs Karma sein. Außerdem könnte ich wenigstens den Punkt schon mal von meiner Liste streichen.»

Dann setzte er den Pick-up in Bewegung und fuhr beherzt auf die Autobahn. Langsam nahm die Sache an Fahrt auf.

Lilly

Obwohl Lilly keinen Kaffee getrunken hatte, war ihre Müdigkeit durch die frische Luft etwas abgeklungen. Außerdem hatte sie bei Lens letzter Bemerkung aufgehorcht.

«Was denn eigentlich für eine Liste?», fragte sie neugierig, nachdem sie ihre Medikamente genommen und alles wieder in den Shopper im Fußraum verstaut hatte.

«Ach, ich hab da so 'ne Liste, so eine Art ... To-do-Liste», erklärte er und hoffte offenbar, Lilly würde nicht nachfragen.

Aber da kannte er sie schlecht. «Was steht denn dadrauf?»

Len zögerte, dann sagte er: «Na, zum Beispiel, dass ich jemandem das Leben retten muss, oder besser gesagt, will.» Len überholte einen langsamen Schwertransporter mit gelb blinkendem Begleitauto. «Klingt ziemlich quatschig, was?»

«Nein, überhaupt nicht.» Lilly drehte sich so, dass sie ihn besser ansehen konnte. «Mir hat das mal ein Therapeut geraten. Also, so eine Lebensliste anzulegen, meine ich.»

Len nickte. «Verstehe. Ich hab meine gemacht, als ich so ziemlich am tiefsten Punkt war.»

«Und wann war das?»

Len zuckte mit den Schultern und schwieg.

Lilly spürte, dass er Zeit brauchte. Sie wartete. Einerseits hoffte sie, er würde Vertrauen zu ihr haben. Andererseits fürchtete sie, er könne sie für übergriffig halten, weil sie so nachbohrte.

«Also, diese Liste ...», begann Len zögerlich. «Die stammt

aus einer Zeit, als ich das erste Mal an … Selbstmord gedacht hab.»

Das saß!

Lilly verschlug es die Sprache. Ihr Blick schweifte ziellos umher. Sie fühlte sich irgendwie überfordert mit dem Thema.

Aber Len schien sich gefangen zu haben. «Ich hab also diese Liste gemacht und mir geschworen, ich gehe nicht, bevor ich nicht mindestens die Hälfte der Punkte abgehakt habe.»

«Und … was steht da noch so drauf?», wagte Lilly einen weiteren Vorstoß.

«Komasaufen, zum Beispiel», sagte er und warf Lilly einen höhnischen Blick zu. «Aber auch Marathonlaufen», fügte er schnell hinzu. «Halt so Sachen, die ziemlich fies sind, aber bei denen man hinterher umso intensiver spürt, zu leben.»

Lilly war abgestoßen und fasziniert zugleich. «Dann ist das ja eher so eine Art Anti-Liste. Krass! Aber klar, wirklich zu leben kann ganz schön schmerzhaft sein.»

Len nickte anerkennend. Und dann berichtete er, wie sinnlos und leer ihm das Leben erschien, seit sein kleiner Bruder gestorben war. Und davon, dass er von einem Tag auf den anderen nicht mehr in die Schule gegangen war, sich wochenlang in seinem Zimmer verbarrikadiert und kaum etwas gegessen hatte. Und sich wahrscheinlich komplett aufgegeben hätte, wenn er nicht in letzter Minute die Lehrstelle als Tischler gefunden hätte.

Lilly hörte aufmerksam zu. Irgendwie konnte sie all seinen Schmerz und die Wut förmlich spüren, die plötzlich in der Luft lagen. Am liebsten hätte sie Len gebeten, noch einmal anzuhalten, damit sie ihn in den Arm nehmen konnte. Doch im nächsten Moment wurde ihr klar, wie unmöglich es war, überhaupt auch nur etwas Tröstendes zu sagen.

Also nahm sie stattdessen all ihren Mut zusammen, um endlich das zu fragen, was ihr schon seit dem ersten Chat auf der Seele lag.

«Magst du denn erzählen, was genau eigentlich passiert ist?»

Lilly sah Len unumwunden an und konnte im Halbdunkel erkennen, dass er die Luft anhielt und starr auf die Fahrbahn blickte.

Dann schenkte er ihr einen kurzen, entschuldigenden Blick und schüttelte sanft den Kopf.

«Ich kann nicht», sagte er kaum hörbar. «Ich habe es noch nie jemandem erzählt.»

Am liebsten hätte Lilly ihm behutsam die Hand aufs Knie gelegt oder ihm über den Kopf gestreichelt. Irgendeine Anteilnahme gezeigt. Klargemacht, dass sie gerne helfen würde, aber es doch nicht konnte.

Die Momente der Nähe wechselten ständig mit denen einer gewissen Distanz zwischen ihnen. Wie zwei Schaukelnde, die nur für einen winzigen Moment dicht beieinander waren und sich im nächsten schon wieder voneinander entfernten.

Nun schwiegen sie wieder. Aber dieses Schweigen war anders.

Len

Len war total platt, als die Schilder endlich nur noch fünfzig Kilometer bis Wien anzeigten. Und doch saß er glücklich hinterm Steuer.

Es war ein schöner Morgen, sodass Len ab und an die Gunst der Sekunde nutzte, um einen Blick auf seine hübsche Beifahrerin zu werfen, deren Haare in einen goldenen Schimmer getaucht waren und die noch immer selig zu schlafen schien. Und das, obwohl sie Stunden zuvor wiederholt beteuert hatte, ihn nicht im Stich lassen zu wollen. Len nahm es als Kompliment, dass sie neben ihm wach bleiben wollte. Selbst das Schweigen fühlte sich inzwischen überhaupt nicht mehr unangenehm an. Er fühlte sich verdammt wohl in ihrer Nähe.

Überhaupt war die Fahrt immer entspannter geworden. Len hatte das Gefühl, Lilly schon seit Ewigkeiten zu kennen. Alles an ihr erschien ihm auf anregende Weise vertraut. Dabei waren sie so unterschiedlich!

Allein Lillys Elternhaus war tatsächlich so ziemlich das Gegenteil von seinem. Nach allem, was Lilly über die Projekte ihres Vaters berichtet hatte, musste dieser sich ein Vermögen als Architekt erarbeitet haben. Auch die Kosten für den Trip nach Wien schienen ihr kein großes Kopfzerbrechen zu bereiten. Jedenfalls hatte sie von Beginn an darauf bestanden, sowohl die Mautgebühren als auch die Ausgaben fürs Tanken zu übernehmen.

Auf jeden Fall wollte Len sein Bestes geben. Er mochte Lilly. Er mochte, wie sie schrieb. Aber er mochte sie auch live und in Farbe. Nur ihr Geschmack für Sandwiches war unterirdisch. Und dass sie Veganerin war, konnte er auch nicht nachvollziehen. Aber er mochte die Art, wie sie lachte, und dass sie im nächsten Moment wieder tiefsinnig und ernst sein konnte. Er mochte sogar ihren Hang zum Spießertum, weil ihr Verhalten so gar nicht dazu passte. Und er mochte ihre Liebe zur Musik.

Um es rechtzeitig zum Vorspielen zu schaffen, hatte Len mehrfach die Geschwindigkeitsbeschränkung ignorieren müssen. Er hatte nicht bedacht, dass er auf dem kurzen Stück durch Tschechien und auf österreichischem Boden nicht so brettern konnte, wie er es gern getan hätte.

Trotzdem hatten sie es nun fast geschafft. In Kürze würde er Lilly wecken müssen, damit sie Zeit hatte, richtig wach zu werden. Und er wusste auch schon, wie er das möglichst sanft anstellen würde.

Er beugte sich nach hinten und kramte in seinem Rucksack im Fußraum der Rückbank nach seinen selbst gebrannten CDs. In einem abgewetzten Mäppchen fristeten sie seit zwei Jahren ein unbeachtetes Dasein. Es waren die Songs, die er zusammen mit den anderen *Heroes* in dem improvisierten Studio aufgenommen hatte. Eigentlich hatte er sie längst auch auf einem USB-Stick und in seinem iPod abspeichern wollen. Aber bislang hatte er sich nicht getraut, sie überhaupt noch einmal zur Hand zu nehmen, geschweige denn hineinzuhören. Als er seine Sachen für den Trip mit Lilly packte, war er zufällig auf die CD-Sammlung gestoßen und hatte sie einfach mitgenommen. Ein Zeichen, vielleicht. Dies schien ihm jedenfalls der passende Moment zu sein, um sich der Vergangenheit zu stellen.

Mit einem schnellen Griff zog er das Mäppchen hervor. Und ohne den Blick lange von der Fahrbahn abzuwenden, öffnete er den Reißverschluss und zog gleich die erste CD mit der Aufschrift *l h 13* heraus. Es war das letzte Album, das viel softer war als alles, was sie zuvor aufgenommen hatten.

Len vergewisserte sich, dass Lilly ihre Augen noch immer geschlossen hatte. Dann schaltete er die Anlage ein und drückte sofort auf den Mute-Knopf, aus Sorge, irgendein Heavy-Metal-Lärm könnte sie unsanft wecken.

Tatsächlich hatte ein Album der US-Band *Manowar* im Player gesteckt, sodass Len erleichtert ausatmete. Ob Lilly seine Stimme überhaupt erkennen würde?

Lens Hände zitterten, als er die richtige CD in den Schlitz steckte. Und sein Herz schlug ihm bis zum Hals. Vorsichtig drehte er die Lautstärke auf, bis er die ersten, leisen Klänge von *Keiner oder Alle* hörte. Es war Paddys Lieblingssong gewesen.

Len spürte, wie seine Kehle trocken wurde. Er hörte sich und seinen Bruder im Duett singen. Tausende Male hatte er den Song gehört, aber noch nie im Danach. Len war kurz davor, diese Mutprobe abzubrechen, als Lilly den Kopf bewegte. Sie drehte sich zu ihm um und sah für einen Moment etwas verwirrt aus. Ihr Haar war ziemlich zerzaust, und sie wirkte beinahe etwas verloren.

«Guten Morgen», sagte Len sanft. «Willkommen in Ösiland!»

Endlich hellte sich ihr Gesicht auf. «Wo sind wir?», fragte sie ungläubig und streckte sich, so gut es auf dem Beifahrersitz ging.

«Dreißig Kilometer vor Wien.»

Etwa 900 liegen schon hinter uns, dachte Len und war fast ein bisschen stolz auf sich. «Höchste Zeit, die Musik lauter zu stellen.»

«Was? Wir sind schon da? Wieso hast du mich nicht geweckt? Ich wollte doch gar nicht schlafen.»

Er fand Lillys Empörung süß und sagte beschwichtigend: «Aber ist doch gut so. Du brauchst Power für deinen großen Tag!» Auf keinen Fall sollte Lilly ein schlechtes Gewissen haben. Er war gerne ihr Chauffeur gewesen. Sicher, ein paarmal wären ihm beinahe die Augen zugefallen und er hätte gerne noch ein paar mehr Red Bull getrunken und Rauchpausen gemacht. Aber alles war gut, so wie es war.

Es war kurz nach 10 Uhr. Sie würden es pünktlich schaffen.

Lilly klappte die Sonnenblende hinunter, um in den Spiegel zu schauen. Len beobachtete, wie sie missmutig ihren verwischten Lidstrich wegstrich und sich durch die Haare fuhr.

Dann lehnte sie sich wieder zurück und schloss erneut die Augen. Nach einer Weile legte sich ein Lächeln auf ihr Gesicht.

Ob sie sich konzentrierte?, dachte Len, der ab und an einen Seitenblick riskierte. Der Verkehr wurde jetzt dichter, sie näherten sich der Wiener Vorstadt.

«Das seid ihr, nicht wahr?» Lilly öffnete die Augen, und ohne eine Antwort abzuwarten, stellte sie die Musik lauter. So laut, dass nicht einmal mehr der dröhnende Motor zu hören war.

Len spürte eine gewaltige Freude, dass Lilly die Musik offenbar erkannt hatte. Und dass sie ihr zu gefallen schien. Plötzlich war die Schwere und die aufkommende Nervosität, die zuvor in der Luft gelegen hatten, wie weggeblasen. Sein Puls beruhigte sich und synchronisierte sich mit dem Takt der Musik. Ebenso wie Lillys Kopfbewegungen.

Ihre Blicke trafen sich, und es war, als würden sie fliegen. Während ringsherum die ersten Fabriken und Wohnhäuser auftauchten, die sie in Wien willkommen hießen.

Lilly

Erst jetzt bemerkte Lilly, wie naiv sie die Reise angegangen war. Len mit seinen Augenringen erinnerte bereits stark an einen Pandabären. Er hatte was von einem Schläfchen im Park gefaselt, aber es wäre verrückt, zu glauben, er könne die 900 Kilometer in wenigen Stunden wieder zurückfahren. Seinen Zustand hatte Lilly zum Anlass genommen, kurzerhand ein Zimmer zu buchen. Len musste dringend schlafen. In einem vernünftigen Bett! Nie und nimmer würde sie erlauben, dass er ohne ausreichende Ruhepause erneut den Megaritt zurück nach Hause antrat.

Nachdem sie von der Autobahn abgefahren waren, hatte Lilly schnell ein Hotel gegoogelt, das gut gelegen und bezahlbar war. Sie fand ein relativ neues Designhotel in Bahnhofsnähe, und es brauchte nicht viel, um Len von der Idee zu überzeugen.

Das Zimmer hatte zwei Einzelbetten, war ansprechend und modern eingerichtet. Und Lilly war froh, nach der langen Fahrt noch eine erfrischende Dusche nehmen zu können. Viel Zeit hatte sie nicht. Aber es würde ihr guttun und sie hoffentlich etwas beruhigen, denn die Aufregung wuchs mit jeder Minute, die das Vorspielen näher rückte.

«Bist du sicher, dass du *das* anziehen willst?», fragte Len und kräuselte kritisch seine Stirn.

Er lag lässig auf seinem Bett und musterte Lilly, die vor dem Spiegel stand und sich ihr Etuikleid vor den Bauch hielt.

«Wieso nicht?», fragte sie.

«Das ist null sexy! Also, wenn dein Prüfer ein Kerl ist, solltest du kein Risiko eingehen.»

Weil Len frech grinste, nahm Lilly an, dass er seine Äußerung nicht wirklich ernst gemeint hatte. Also kramte sie eilig ihre schwarzen Lackschuhe hervor und verschwand mit dem Kleid im Bad.

Lilly hatte sich entschieden: Sie würde das anthrazitfarbene Etuikleid anziehen. Das würde gut aussehen und professionell wirken. Für das andere, das hellblaue Chiffonkleid, müsste man in anderer Stimmung sein. Man müsste sich viel sicherer in seiner Haut fühlen als Lilly es heute tat.

Das Bad hatte zwar kein Fenster, war aber sehr geräumig und es gab sogar eine große Badewanne.

Ein Liebespaar hätte darin bestimmt ein romantisches Schaumbad genommen, dachte Lilly und wunderte sich über ihr Gedankenspiel.

Sie war furchtbar nervös und hätte die Prüfung am liebsten abgesagt. Was für eine Schnapsidee!

Zum Glück fand sie Lens Nähe irgendwie beruhigend. Auch wenn er sie durch die Frage zu ihrem Outfit verunsichert hatte.

In dem grellen Licht des Badezimmers gefiel Lilly sich noch weniger als vor dem großen Spiegel. Ein weicheres Licht hätte ihr vielleicht mehr geschmeichelt. Denn durch den unruhigen Schlaf und all die Aufregung hatte auch sie dunkle Ränder unter den Augen und gerötete Wangen. Das musste ein schönes Make-up nach dem Duschen richten. Jetzt musste sie erst mal ihre fälligen Medikamente nehmen.

Lilly hoffte, genug Zeit für alles zu haben, bis das Taxi eintreffen würde. Nach ihrer Ankunft an der Rezeption hatte sie als Erstes ein Taxi geordert, weil sie an ihrem großen Tag nichts dem Zufall überlassen wollte. Lens charmantes Angebot, sie zum Konservatorium zu begleiten, hatte sie höflich, aber bestimmt abgelehnt. Das würde sie nur noch nervöser machen. Er hatte sich ihretwegen schon so viel Mühe gemacht und brauchte wirklich dringend eine Mütze voll Schlaf. Also hatten sie sich darauf geeinigt, sich erst später in der Stadt zu treffen, wenn alles überstanden war.

«Dein Handy!», hörte sie Len durch die Tür brüllen, gerade als sie das Wasser angestellt hatte. «Es dröhnt ohne Pause.»

«Lass es einfach klingeln!», rief Lilly und begann, sich auszuziehen. «Das sind bestimmt wieder meine Eltern. Ich rufe sie nach der Prüfung zurück!»

Dafür hatte sie jetzt wirklich keine Nerven. Womöglich hatten ihre Eltern bereits die Polizei oder das Bundeskriminalamt verständigt, um Lillys Pläne zu vereiteln. Die zahlreichen Nachrichten, die sie schon auf der Mailbox hinterlassen hatten, wollte Lilly besser erst abhören, wenn alles vorbei war.

Zum Glück hatte Laura per SMS ein wenig Entwarnung gegeben. Sie hatte geschrieben, die Eltern seien gefasster als befürchtet. Der erste Schock sei überstanden.

Allerdings war die Schwester sicher heftig ins Gebet genommen worden. Bestimmt hatten die Eltern ihr Vorwürfe gemacht, sie nicht in Lillys Pläne eingeweiht zu haben. Laura hatte definitiv etwas gut bei ihr!

Wenn sie spätabends wieder zu Hause war, würde Lilly alles erklären und betonen, dass Laura nichts damit zu tun hatte. Die Eltern sollten froh sein, dass Laura und sie sich wieder besser verstanden.

Lauras Glücksschweinchen hatte Lilly vorsorglich in den Cellokasten gesteckt, damit sie es auch ja dabeihaben würde, wenn es drauf ankam.

Die einzige Sorge, die Lilly noch umtrieb, war, ob der Taxifahrer so freundlich war und ihr beim Tragen des Cellos behilflich sein würde. Was das eigentliche Vorspielen der geforderten Stücke anging, war sie erstaunlich ruhig.

Unter der Dusche summte sie alle Stücke vor sich hin und ging die schwierigsten Passagen noch einmal im Geiste durch. Unzählige Male hatte sie die Stücke gespielt, sodass sie trotz aller Nervosität hoffentlich kein Blackout haben würde.

«Was ist denn mit dem hier?!», fragte Len, als Lilly wenig später mit einem um ihren Körper gewickelten Handtuch aus dem Badezimmer kam. Sie hatte vergessen, sich frische Unterwäsche aus dem Koffer zu nehmen.

Len hielt das blaue Chiffonkleid in die Höhe und sah sie auffordernd an.

«Ach, das», winkte Lilly ab. Sie war irgendwie peinlich berührt und fühlte sich in ihrem knappen Aufzug nicht in der Lage, lange Diskussionen zu führen.

So unauffällig wie möglich zog sie die Unterwäsche aus dem Trolley und wollte gerade wieder im Bad verschwinden, als Len rief: «Im Ernst, das ist doch der Hammer!»

Lilly wurde unsicher und hielt in der Bewegung inne.

Durch die einen Spaltbreit geöffnete Tür hörte sie, wie Len weiter auf sie einredete.

«Das solltest du anziehen», insistierte er. «Da fallen die bestimmt um vor Begeisterung und geben dir sofort den Platz. Da musst du dann auch gar nicht mehr spielen, ehrlich! Wir könnten stattdessen eine Fiakerfahrt zum Prater machen. Oder uns in einen Biergarten setzen. Oder Torte essen ...»

Lilly musste grinsen. Vielleicht hatte Len recht. Vielleicht war dies die richtige Gelegenheit, es noch mal zu tragen. Sie stellte sich vor, wie sie in dem knielangen Kleid dasitzen und Violoncello spielen würde. Und je länger Len redete, desto mehr gefiel ihr der Gedanke.

Sie betrachtete ihr vor Aufregung glühendes Gesicht im Spiegel, und ihr fiel auf, dass es ihr nach all den trüben Wochen endlich wieder entgegenstrahlte.

Lebendig, dachte sie, ich fühle mich endlich mal wieder so richtig lebendig.

Und sie wusste: Schon jetzt hatte sich die Reise ihres Lebens gelohnt!

Len

Sie ist zauberhaft, dachte Len und schaute sich im Publikum um, ob es den anderen Zuhörern auch so ging. Sahen sie denn nicht, was für ein wunderbarer Mensch dort auf der Bühne saß und Violoncello spielte?

Vielleicht war es auch der Schlafentzug, der ihn so euphorisch werden ließ. Aber seit er sich mit Lilly auf die Reise gemacht hatte, fühlte er sich wie unter Drogen. Er wollte sie nicht eine Minute aus den Augen lassen!

Es war durchaus eine Herausforderung gewesen, sie im Glauben zu lassen, er würde auf dem Hotelzimmer bleiben und chillen, während sie die Prüfung ihres Lebens überstehen musste. Aber er hatte es geschafft. Keine zwanzig Minuten hatte der Spurt durch die Wiener Innenstadt gedauert. Denn die Johannesgasse mit dem Konservatorium lag weniger als drei Kilometer von ihrem Hotel entfernt.

Zum Glück waren im Foyer diverse Bildschirme installiert, die zeigten, wie es in den Sälen mit den unterschiedlich großen Bühnen aussah. So hatte Len den perfekten Zeitpunkt abwarten können, um unbemerkt hineinzuschlüpfen und sich in die letzte Stuhlreihe hinter einen relativ stämmigen Mann zu setzen, wo er nicht sofort auffiel.

Es war reiner Zufall, dass Len wusste, in welchem Saal Lilly vorspielen würde. Denn er hatte sie noch im Eingangsfoyer entdeckt, wie sie in ihrem attraktiven Kleid, das ihre schönen

Beine und ihr Dekolleté zeigte, mit einem Typen hinter dem Empfangstresen sprach. Er war aufgestanden, um ihren Cellokasten zu tragen und sie in den hinteren Bereich zu führen, wo es mehrere große Türen gab. Weil er noch ein paar Minuten Zeit gehabt hatte, konnte Len sich in dem mehrstöckigen Gebäude noch ein wenig umsehen. Am besten gefiel ihm die besondere Atmosphäre, die auf den Gängen und in den offenen Räumen herrschte. Der alte Bau war ziemlich hip umgestaltet worden. Und es gab eine kleine Cafeteria, die viel einladender wirkte als die Mensa, die Len mal mit seiner Schulklasse am Tag der offenen Tür an der Bonner Uni besucht hatte. In dem loungeartigen «Medienraum» saßen kleine Gruppen unterschiedlicher Nationen zusammen. Es gab Sofaecken und einen Tresen, an dem man sich unterhalten konnte. Überall standen Computer zur freien Nutzung.

Als Len schließlich in die Eingangshalle zurückkehrte, fielen ihm die vier gleich großen Uhren auf, die wie bei einer Börse nebeneinanderhingen. Sie zeigten die aktuelle Zeit in Wien, New York, Moskau und einer asiatischen Stadt an. Wahrscheinlich Peking, mutmaßte Len wegen der seltsamen Schriftzeichen.

Auf weiteren Monitoren an der Wand wurden Neuigkeiten mitgeteilt, wie beispielsweise die weltweiten Engagements erfolgreicher Absolventen oder die Auszeichnungen von Studierenden.

All das fügte sich perfekt in das positive Gesamtbild, das dieses Konservatorium mit seinem modernen, leuchtend roten Logo, das überall zu sehen war, auf ihn machte.

Len konnte gut nachempfinden, warum Lilly davon träumte, ausgerechnet hier zu studieren. Es war, als wäre man in eine Parallelwelt eingetaucht, in der die Musik in all ihren Ausdrucksformen gelebt wurde. Musik schien hier die Grenzen zwischen den Kulturen unsichtbar zu machen. Hier wurden Karriereträume Wirklichkeit.

Auf dem Weg zu dem Saal, in dem sich Lillys Schicksal entscheiden sollte, war Len einer farbigen jungen Frau begegnet, die genauso strahlte wie der große Strauß Sonnenblumen in ihrem Arm. Und weil ein paar Leute auf sie zugeeilt kamen, um ihr zu gratulieren, vermutete Len, sie habe eine Abschlussprüfung bestanden.

Wer weiß, dachte sich Len, während er Lilly von ganz hinten im Saal so souverän und sinnlich spielen sah, vielleicht würde er in ein paar Jahren noch einmal im Publikum sitzen und ihr, so fest er nur konnte, die Daumen bei der Abschlussprüfung drücken.

Bislang machte sie jedenfalls eine sehr gute Figur. Und das lag nicht nur an dem zauberhaften Kleid. Nein, sie schien die Herausforderung hervorragend zu meistern, soweit Len das mit seinem laienhaften Sachverstand beurteilen konnte. Ihr Spiel klang mal harmonisch und weich, mal energisch und schnell, ganz so wie es ihrem Wesen entsprach.

Len traute sich kaum, zu atmen.

Es schien, als habe Lilly nie etwas anderes getan, als mit ihrer Klavierbegleitung, einem südländisch aussehenden Mann in Lens Alter, auf einer Bühne zu stehen und zu musizieren.

Die meiste Zeit hatte Lilly die Augen geschlossen. Sie sah aus, als wäre sie in eine andere Welt abgetaucht, eine Welt, in der sie gesund und stark war.

Die rund zwanzig Zuhörer lauschten andächtig und ließen sie nicht aus den Augen. In dem eher jungen Publikum saßen vermutlich auch ein paar Studenten, spekulierte Len. Aber auch eine Frau mit einem Einkaufskorb und frischen Blumen sowie zwei ältere Herren saßen in den Reihen. Sie kamen womöglich öfter in den Genuss eines solchen Gratiskonzerts in dem großen, hellgrün gestrichenen Saal mit den hohen Decken und dem schönen Holzboden.

Lillys Spiel zog alle in den Bann. So langsam und unauffällig wie möglich fischte Len sein Handy aus der Hosentasche, um diesen besonderen Moment für sie festzuhalten.

In der ersten Stuhlreihe saßen ein Mann und eine Frau, die sich Notizen machten. Als die Musik verstummte, war es der Mann, der sich als Erster von seinem Platz erhob und in schönstem Wienerisch das Wort ergriff. Applaudierend bedankte er sich für die Leistung der Probandin, wie er sich ausdrückte, und erklärte das Vorspiel für beendet. Wieder ertönte Applaus, der ganz allein Lilly galt. Mit einem charmanten Lächeln und einer kleinen Verbeugung bedankte sie sich beim Publikum.

Len konnte nicht anders, er stürmte begeistert auf die Bühne zu. Doch Lilly war noch im Gespräch mit dem Dozenten und bemerkte ihn gar nicht.

Kurzerhand beschloss Len, die Frau mit den Einkäufen anzusprechen. Er zückte sein Portemonnaie und fragte höflich, ob er ihr eine von den hellrosafarbenen Rosen abkaufen dürfe. Das Gesicht der etwas in die Jahre gekommenen Dame erhellte sich blitzartig. Sie ahnte wohl, was Len im Schilde führte, und bestand darauf, ihm die Rose zu schenken. Im Überschwang der Gefühle gab Len ihr zum Dank einen kleinen Kuss auf die Wange und eilte auf Lilly zu.

Endlich hatte sie ihn entdeckt. Es war das größte Geschenk!

Diesen Blick würde er nie vergessen, dachte Len beseelt. Er kam sich vor wie Mowgli aus dem Dschungelbuch, der sich sofort in das hübsche Mädchen Meshua verliebt, als er sie beim Wasserholen beobachtet und wie paralysiert von ihrer Ausstrahlung ist.

Denn auch Lilly strahlte bis über beide Ohren. Und Len wusste, dass es aus der Mitte ihres Herzens kam. Er umarmte sie innig und gratulierte zur gelungenen Performance. Und sie hauchte ihm ein sanftes «Danke, dass du da bist!» ins Ohr. Dann überreichte er ihr die Rose, was ihr augenblicklich ein verlegenes Lächeln auf das ohnehin leicht gerötete Gesicht zauberte.

Len beeilte sich, ihr das Violoncello und den Stock abzunehmen, damit sie sich beim Pianisten für seine Begleitung bedanken konnte. Er packte ihre Sachen zusammen und trug sie ins Foyer, wo er Lilly noch einmal ungestört auf dem Bildschirm beobachten konnte.

Ob all diese begeisterten Menschen um sie herum eine Ahnung davon hatten, welch große Hürden sie für diesen Tag hatte überwinden müssen? Sicher, Lilly war nicht aus Peking oder Moskau angereist. Aber sie hatte alles auf eine Karte gesetzt. Und auf ihre Krankheit geschissen!

Len imponierte ihre Leidenschaft dermaßen, dass er gar nicht anders konnte, als sich von diesem hinreißenden Mädchen den Kopf verdrehen zu lassen.

Lilly

«Das kann unmöglich dein Ernst sein!», beschwerte sich Lilly lachend.

Vor ihr stand Len mit einer Art Fahrradkutsche, die er organisiert hatte.

Eine Zeitlang hatten sie unentschlossen an der Straße vor dem Konservatorium gestanden und halbherzig versucht, ein Taxi anzuhalten. Dann hatte Len plötzlich gerufen: «Warte mal!», und war losgesprintet. Lilly, die neben dem Cellokasten stehen geblieben war, hatte ihn irgendwann aus den Augen verloren.

Bis er mit diesem Gefährt neben ihr aufgetaucht war.

«Darf ich bitten?», fragte Len. «Unser *Faxi*.»

Tatsächlich entdeckte Lilly jetzt das Schild mit dem Namen «Faxi», ein Wortspiel aus Fahrrad und Taxi.

Nachdem er vom Sattel abgestiegen war und den Cellokasten auf die Sitzbank verfrachtet hatte, reichte Len ihr galant die Hand. Er lud sie ein, sich ebenfalls nach hinten zu setzen.

Dieser Kerl ist unglaublich, dachte Lilly überwältigt.

Er hatte sofort verstanden, dass sie nach der schlafarmen Nacht und dem anstrengenden Vorspielen nicht mehr in der Verfassung wäre, zum Hotel zurückzuspazieren. Kurzerhand hatte er dieses Fahrradtaxi organisiert.

«Wo hast du das denn her?», fragte sie und jauchzte kurz auf, als Len den modernen Fiaker in Bewegung setzte. «Was musstest du dafür tun? Ein ganzes Monatsgehalt spenden?»

«Halb so wild!», rief Len und trat in die Pedale.

Lilly fühlte sich wie im Himmel. Langsam fiel auch die Anspannung des Vormittags von ihr ab. Seit der Professor beim Abschied hatte durchblicken lassen, dass sie fast fehlerfrei gespielt und ihm die Auswahl des fakultativen Stücks sehr imponiert hatte, war sie selig. Lilly hatte es genossen, vor einem Publikum zu spielen, das wirklich etwas von der Musik verstand. Sie hatte den besonderen Zauber und die musikalische Leidenschaft im ganzen Haus spüren können.

Dieser Tag war um Welten schöner, als Lilly ihn sich erträumt hatte. Wie oft hatte sie abends beim Einschlafen daran gedacht, wie es wohl wäre, eines Tages auf dieser Bühne zu spielen? Wie viele Stunden hatte sie auf diesen großen Tag hingearbeitet und war die unterschiedlichen Stücke von langsam bis schnell, hart und weich immer und immer wieder durchgegangen?

Wenn sie am Hotel ankamen, würde Lilly als Erstes ihre Eltern anrufen. Sie sollten teilhaben an ihrem Glück!

«Und, wie ist die Luft dort hinten?», fragte Len und drehte sich zu ihr um, als sie an der nächsten roten Ampel unweit der Wiener Staatsoper hielten.

«Himmlisch!» Lilly strahlte ihn an. «Es könnte mir nicht besser gehen.» Und das entsprach sogar in physischer Hinsicht der Wahrheit. Obwohl sie ziemlich geschafft war und ihre Arme schmerzten, konnte sie so frei atmen wie schon lange nicht mehr. «Wohin gedenkt der werte Herr mich denn zu entführen? Das Hotel liegt doch in der anderen Richtung ...»

«Sightseeing, was sonst?!»

Die Ampel schaltete auf Grün, und Len setzte seine Tour fort in Richtung Karlsplatz, wo Lilly ihn nach wenigen Minuten Fahrt bat, anzuhalten. Sie hatte ein für sie sehr besonderes

Gebäude auf der gegenüberliegenden Straßenseite entdeckt: das Haus des Wiener Musikvereins, in dem alljährlich das Neujahrskonzert der Wiener Philharmoniker gespielt und von dort aus in die ganze Welt übertragen wurde.

Lilly erklärte ihrem aufmerksamen Chauffeur, was dieser magische Ort ihr bedeutete. Dass es bei den Heinemanns Familientradition war, am ersten Tag des Jahres gemeinsam vor dem Fernseher zu sitzen und der Musik zu lauschen, die hier aufgezeichnet wurde.

Len wendete das Faxi und fuhr direkt bis vor den imposanten Bau. Andächtig betrachtete Lilly das tempelartige, rötliche Gebäude.

«Der Goldene Saal, aus dem das Konzert jedes Jahr ausgestrahlt wird, gilt als einer der schönsten und akustisch besten Säle der Welt», erklärte sie. Es kam ihr vor wie das Paradies auf Erden.

Die Emotionen überwältigten sie, und Lilly konnte ihre Tränen nicht mehr zurückhalten, so ergriffen war sie von allem. Und so erschöpft war sie.

«Hey, was ist mit dir?», fragte Len besorgt, als er sah, wie Lilly unauffällig versuchte, die Tränen aus dem Gesicht zu wischen.

«Ich bin … glücklich», flüsterte sie. Sie verstand sich ja selbst nicht.

Aber ja, sie war aus tiefstem Herzen glücklich. Intuitiv griff sie nach Lens Hand. Es war eine seltsam vertraute Geste, die Lilly selbstverständlich schien. Len ließ es geschehen, er zog seine Hand nicht weg.

«Komm», sagte er und stieg vom Rad. Er wollte sie mit sich ziehen zum Eingangsportal mit den drei großen Türen. Aber Lilly schüttelte den Kopf, und eine tiefe Traurigkeit erfasste sie. Was hätte sie nicht alles gegeben, um einmal in den heiligen

Hallen dabei zu sein, wenn der Große Saal des Musikvereins für einen Vormittag das Zentrum des Klassikuniversums war? Aber die Türen waren verschlossen.

Dennoch kletterte sie schließlich von der Sitzbank und blickte wie Len durch die Glasscheiben in das langgezogene Foyer des Gebäudes. Wieder einmal kam es ihr so vor, als wäre sie nur Besucherin in diesem Leben, zu dem sie gar nicht richtig dazugehörte.

«Ich muss meine Eltern anrufen», sagte Lilly schließlich.

«Bist du sicher? Nicht, dass es dich runterzieht», gab Len zu bedenken. «Sie machen dir doch bestimmt Vorwürfe.»

Er machte ein Tu's-lieber-nicht-Gesicht.

Es schien ihm wichtig zu sein, ihr eine rundum gute Zeit zu bescheren.

«Ja, vielleicht hast du recht», sagte sie, «ich schreib nur schnell eine SMS.»

Wie zum Beweis, dass sie seine Bedenken ernst nahm und mit jeder Faser ihres Körpers dankbar war, dass er ihr diese Abenteuerreise ermöglicht hatte, zeigte sie Len, was sie geschrieben hatte:

Vorspielen war super, mir geht es blendend! Hoffe, ihr habt einen tollen Abend im Thalia! Kuss, L.

Nachdem Lilly die Nachricht an ihren Vater geschickt hatte, zog sie Len näher an sich und nahm ein Selfie von ihnen auf.

Zufrieden betrachtete Lilly das Ergebnis, auf dem sie beide um die Wette strahlten. Im Hintergrund war der Eingang des Musikvereins zu erkennen, weswegen sie das Foto gleich hinterherschickte.

Lilly hoffte, Laura hätte ihren Eltern inzwischen erklärt, dass es sich bei ihrem Reisebegleiter um einen vertrauenswürdigen Freund handelte, der sicher nicht nachts über sie herfallen würde.

Obwohl, dachte sie schmunzelnd, als sie Len zurück zum Fahrradtaxi folgte, vielleicht wäre es sogar schön, von ihm berührt zu werden.

Auch von hinten machte er eine tolle Figur. Er trug ein eng anliegendes, hellblaues T-Shirt, das am Rücken leicht durchgeschwitzt war. Kurz überlegte Lilly, ob sie ein weiteres Foto machen und es als eine Art Bilderrätsel an Natascha schicken sollte. Aber sie verwarf diese fixe Idee gleich wieder. Bald würde sie Natascha alles am Telefon erzählen.

Im Moment hatte Lilly eher Sorge, sie könnte irgendein Highlight verpassen. Denn Len fuhr fast ein bisschen zu schnell für ihren Geschmack. Das Kunsthaus der Wiener Secession konnte sie im Vorbeifahren leicht an der goldverzierten Kuppel erkennen. Im Burggarten der Hofburg legten sie erneut eine Pause ein. Len setzte sich nach hinten zu Lilly auf die Bank, was zusammen mit dem großen Cellokasten ziemlich eng war.

Andächtig lauschte er dem, was Lilly auf die Schnelle über die beeindruckenden Bauten im Internet fand und laut von ihrem Handydisplay ablas.

Dann ging es weiter, vorbei am Burgtheater und am Museumsquartier, bis Lilly darauf bestand, ihrem Chauffeur eine längere Verschnaufpause zu gönnen.

«Ich lade dich in ein echtes Wiener Kaffeehaus ein», erklärte Lilly.

Doch Len hatte eine bessere Idee. «Was hältst du von einem Picknick?», fragte er.

Seine schönen braunen Augen blitzten Lilly intensiv an. Gleichzeitig sahen sie ziemlich müde aus.

«Sollen wir nicht lieber zurück ins Hotel? Dass du überhaupt noch stehen kannst!», sagte Lilly mitfühlend.

Allmählich war es ihr wirklich unangenehm, dass Len sich bis zur Erschöpfung aufopferte, während sie sich entspannt zurücklehnen und einfach nur genießen sollte. Auch wenn er immer wieder betonte, dass es ihm eine Freude sei.

Sie einigten sich schließlich auf einen gemeinsamen Plan. Auf die Schnelle würden sie Brötchen und was zu trinken organisieren und auf kürzestem Weg zum Wiener Prater fahren. Angeblich gab es hier nämlich noch eine relativ naturbelassene Parklandschaft und nicht nur den bekannten Vergnügungspark. Dort würden sie sich ein entspanntes Plätzchen suchen und etwas ausruhen, bis sie das Fahrradtaxi, das Len für ein paar Stunden gemietet hatte, am Stephansdom wieder abgeben mussten.

Lilly war vollkommen einverstanden mit allem, allerdings nur unter der Bedingung, dass sie ihren treusorgenden Begleiter vor der Rückfahrt noch formvollendet zum Essen einladen dürfte. Sie wollte wenigstens etwas von dem großartigen Geschenk zurückgeben, das er ihr gemacht hatte.

Len

Nein, es durfte nicht sein, dachte Len, als er Lillys schlafendes Gesicht betrachtete. Es durfte nicht sein, dass er sich in dieses Mädchen verliebte.

Er fand sie wunderschön und wahnsinnig begabt, aber verlieben, das wäre nicht gut, ermahnte er sich innerlich. Trotzdem konnte er nicht aufhören, sie zu betrachten.

Lilly sah aus wie ein Engel, wie sie so dalag, auf ihrem ausgebreiteten Kaschmirschal, den sie von ihrer Mutter am Abend des Abiballs geschenkt bekommen hatte. Der Stoff hatte das gleiche Blassblau wie ihr Kleid, das in der Sonne so schön schimmerte an ihrem zarten Körper.

Sie hatten ein ruhiges Plätzchen unter alten Kastanien gefunden und waren beide viel zu müde gewesen, um noch etwas zu essen. Kaum dass sie auf dem Rasen lagen, waren beide erschöpft eingeschlafen.

Ziemlich unsanft war Len vor einigen Minuten von einer Kehrmaschine geweckt worden, die in einiger Entfernung an ihrem lauschigen Picknickplatz vorbeigefahren war. Er hatte sich auf die Arme gestützt und sich die Sonne ins Gesicht scheinen lassen. Dann hatte er sich an das Fahrradtaxi gelehnt und eine Zigarette geraucht, um Lilly durch den Rauch nicht zu stören.

Len blickte auf seine Uhr, es war bereits halb sechs. Gleich würde er Lilly wecken müssen, wenn sie es noch rechtzeitig zum Stephansdom schaffen wollten. Aber er brachte es nicht übers Herz. Denn er war sich nicht sicher, ob er jemals wieder die Gelegenheit haben würde, sie so direkt aus nächster Nähe anzuschauen.

Vorsichtig beugte er sich über ihr Gesicht, um heimlich an ihr zu schnuppern. Geruch war eine verdammt wichtige Sache, das wusste er von Manni, und er musste seinem Chef recht geben. Man musste einander gut riechen können.

Sicher wäre Manni stolz, dachte Len, wenn er ihn jetzt sehen könnte.

Lilly duftete süßlich, aber unaufdringlich. Irgendwie nach Maiglöckchen, fand Len, obwohl er gar nicht wusste, wie Maiglöckchen rochen. Aber es passte zu ihr. Fast war er versucht, ihr die Strähnen aus dem Gesicht zu streichen, die ihre Wangen bedeckten. Erst jetzt registrierte er, dass sie feine, blasse Sommersprossen hatte.

Plötzlich kam Len eine Idee. Er zückte sein Handy, um auch diesen magischen Moment festzuhalten. So würde er Lilly immer bei sich haben und konnte sie anschauen, wann immer ihm danach war.

Dann räusperte er sich, in der Hoffnung, Lilly würde langsam aufwachen. Aber sie schlief immer noch tief und fest. Also begann Len, sanft in ihr Gesicht zu pusten, in der Hoffnung, sein Atem würde nicht mehr nach Zigarette riechen.

«Lilly?», traute Len sich schließlich zu fragen. Und weil sie sich immer noch nicht bewegte, durchfuhr Len plötzlich ein gewaltiger Schauer. Was, wenn …

«Lilly?», sagte er etwas lauter und stupste sie am Arm.

Und dann, endlich, bewegte sie sich und öffnete langsam ihre Augen. Etwas verdutzt blickte sie ihn an.

Gott sei Dank, dachte Len erleichtert. Für eine Schrecksekunde hatte er Angst gehabt, Lilly wären die Strapazen der Reise womöglich doch zu viel gewesen.

«Du hast mich ... wach geguckt», beschwerte sie sich und lächelte verlegen.

«Stimmt.» Len richtete sich auf.

Gekonnt verwandelte Lilly ihre Haare zu einem Zopf und zog sich ihre Schuhe wieder an. Dann packten sie alles zusammen und vereinbarten, dass Len Lilly und ihr Cello in dem Restaurant absetzte, das sie auf der Fahrt durch die historische Altstadt entdeckt hatten.

Als er in die Pedale trat, kam Len sich vor wie ein *little hero*. Lillys zufriedenem Gesichtsausdruck nach zu urteilen, hatte er es tatsächlich geschafft, sie ein bisschen glücklich zu machen. Das war mehr als er erwartet hatte. Und es fühlte sich saugut an. Er genoss jede Minute an Lillys Seite und war heilfroh, endlich einmal wieder einen Tag ohne dunkle Gedanken zu erleben. Und wenn ihn nicht alles täuschte, ging es Lilly genauso.

Vielleicht sollte er ihr vorschlagen, tatsächlich eine Nacht im Hotel zu bleiben und erst am nächsten Morgen wieder nach Norddeutschland zu fahren.

Lilly

Was für ein wunderschöner Tag, dachte Lilly und starrte verzückt in die Dunkelheit. Sie war noch immer so aufgewühlt von all den Ereignissen des Tages, dass sie nicht schlafen konnte.

Von ihrem Bett aus konnte sie hören, wie Len regelmäßig und leise atmete. Etwa zwei Meter lagen zwischen ihnen. Das war der «Sicherheitsabstand», wie Len amüsiert erklärt hatte, bevor sie sich unter ihre jeweiligen Bettdecken kuschelten. Irgendwann hatte er einfach nicht mehr geantwortet auf Lillys Fragespiel zum Einschlafen. Aber das war wohl auch kein Wunder, angesichts der Tatsache, dass der arme Kerl in den vergangenen 24 Stunden nur ein bis zwei davon geschlafen hatte.

Lilly war noch total aufgekratzt. Heute hatte sie so viel erlebt wie sonst nicht einmal in einem ganzen Jahr! Len hatte ihr buchstäblich die Welt zu Füßen gelegt: Nach dem kurzen Schläfchen unter den Kastanienbäumen waren sie bis zum Vergnügungspark gefahren und hatten dort spontan ihre Pläne geändert. Statt sofort in ein Restaurant zu gehen, um sich für die Rückfahrt zu stärken, überredete Len sie zu einer Fahrt im Riesenrad. Der Ausblick war überwältigend. Noch nie hatte Lilly sich so frei und unbeschwert gefühlt.

Vor allem aber genoss sie es, an Lens Seite in den Tag hineinzuleben.

Im Geiste ging Lilly noch einmal durch, was Len alles gesagt hatte bei ihrem Spiel. Es war zunächst so eine Art ironische Fragestunde gewesen, denn sie hatte wissen wollen, was noch alles auf seine Anti-Liste gehörte. Eine positive Wunschliste konnte jeder machen. Beim WM-Finale live dabei sein oder den Ayers Rock im Abendlicht sehen, das wünschte sich jeder Depp. Aber eine imaginäre Liste zu machen, mit Erlebnissen, die sich keiner freiwillig aussuchen würde, das hatte was. Und es ließ, wie in Lens Fall, durchaus Rückschlüsse auf seine geheimen Sehnsüchte zu.

Er gab zwar ständig vor, mit dem Leben irgendwie abgeschlossen zu haben, und Lilly hatte auch immer noch nicht herausfinden können, woher sein Fatalismus genau rührte. Aber sie spürte, dass er durchaus lebenshungrig war und absolut begeisterungsfähig!

Jeden seiner Bissen bei ihrem Drei-Gänge-Menü am Abend beim Italiener hatte er genossen, genauso wie jeden Schluck der Flasche Pinot Grigio, die sie auf Empfehlung des Kellners geordert und ziemlich schnell geleert hatten. Lilly trank ja normalerweise keinen Alkohol, sodass sie von dem kleinen Glas sehr schnell sehr albern geworden war. Sie hatten sich gegenseitig von ihren Tellern probieren lassen. Nur Lens Rinderfilet in Gorgonzolasoße hatte Lilly nicht testen wollen. Staunend hatte Len sich daraufhin ihren langen Vortrag über die Vorzüge veganer Ernährung angehört und am Ende sogar geschworen, mal eine Woche ohne Döner oder Burger auskommen zu wollen. Versuchsweise wolle er sich auch mal wie ein besserer Mensch fühlen.

Während des gesamten Essens hatte es keine verlegene Pause gegeben, keine seltsamen Zwischentöne oder unangenehmen Situationen. Deshalb hatte sich Lilly auch getraut, die Anti-

Liste noch mal anzusprechen. Aber sie hatte natürlich nicht damit gerechnet, dass auch Len sie ausquetschen würde.

Auf seine Frage, was sie denn eigentlich lieber nicht – am Ende aber doch – durchlebt haben wollte, wenn sie auf dem Sterbebett zurückblickte, hatte Lilly kurz überlegt und dann spontan geantwortet: «Liebeskummer!»

Wahrscheinlich stimmte es, dass man nur dann richtig gelebt hat, wenn man die Höllenqualen der unglücklich Verliebten kannte. So wie Laura gerade oder so wie die vielen Heldinnen in Lillys Büchern.

«Das ist ein sehr schöner Punkt, den will ich auch auf meiner Liste haben!», hatte Len grinsend erklärt und sie dabei aus seinen braunen Augen eindringlich angesehen.

Nur vor Liebeskummer sterben, das wolle er nicht, das sei zu qualvoll.

«Spätestens an meinem dreißigsten Geburtstag will ich ohnehin gehen», hatte er noch hinzugefügt und plötzlich seltsam ernst geklungen. «Still und heimlich, am liebsten mit Schlaftabletten oder einer Überdosis LSD oder Ecstasy.»

«Tja, ein Drogenrausch muss wohl auch mit auf die Liste», sagte Lilly, um die Situation etwas zu entschärfen. Besonders wild war sie auf die Erfahrung und die Nebenwirkungen von Drogen nämlich nicht.

«Ein Opernbesuch scheint mir ähnlich schrecklich», konterte Len.

Er spielte damit auf Lillys Vorschlag während des Essens an, sie könnten den besonderen Tag doch musikalisch ausklingen lassen und noch in die Wiener Oper gehen. Sie hatte es halb im Spaß, halb ernst gemeint. Doch der schnelle Blick in den Spielplan, den sie von ihrem Smartphone aus aufrief, zeigte, dass die

Wiener Staatsoper bereits Theaterferien hatte und sie auch leider nicht einmal in den Genuss der Live-Übertragung auf dem Platz vor dem Operngebäude kommen würden.

Weil Len wohl bemerkte, wie enttäuscht Lilly deswegen plötzlich gewesen war, hatte er sie nach dem Restaurantbesuch direkt ins Haus der Musik gelotst. Das Klangmuseum hatte zwar nicht mehr lange geöffnet, dafür wurde aber nur noch ein geringerer Eintrittspreis verlangt.

Len hatte die junge Frau an der Kasse, vielleicht eine Studentin des Konservatoriums, das ganz in der Nähe lag, gebeten, auf Lillys Cello aufzupassen, während sie in die Geschichte der Musik eingetaucht waren. Es war wie im Rausch gewesen, die zahlreichen, medial aufbereiteten Stationen abzuklappern und die faszinierenden Facetten des Museums zu entdecken. Hand in Hand waren sie durch die schmalen Gänge geschlendert und hatten noch so viele Räume wie möglich gesehen. Und wann immer sich ihnen auch nur der kleinste Anlass bot, waren sie in albernes Lachen ausgebrochen.

Len hatte ein großes Talent, sich zum Horst zu machen und alle großen Meister von Mozart bis Haydn nachzuäffen. Beinahe hatte Lilly Bauchschmerzen vom Lachen bekommen, als er in der dritten Etage ein Podest betrat und sich als Dirigent versuchte. Mit einem Taktstock bewaffnet, leitete er die Wiener Philharmoniker auf einer Leinwand virtuell an. Die Musik von Johann Strauss ließ er so schnell spielen, dass der Radetzky-Marsch, den Len angeblich nur aus der Bonduelle-Werbung kannte, eher nach Micky Maus klang als nach großer Kunst. Schnell hatte Lilly ihr Handy gezückt, um Lens Auftritt als Video festzuhalten. Vielleicht würden ihre Eltern im Nachhinein verstehen, warum ihr dieser Trip so guttat.

Und was wohl Natascha zu ihrem Abenteuer sagen würde? Und zu ihrem kleinen Helden? Lilly freute sich schon jetzt auf die Reaktion ihrer Freundin. Sicher würde Natascha während ihres Urlaubs von der Liege plumpsen, wenn sie erfuhr, dass auch Lilly mit einem attraktiven Typen durch halb Europa tourte. Womöglich würde sie ihr kein Wort glauben oder denken, die Nebenwirkungen ihrer Medikamente wären über die Zeit bedenklich geworden.

Vielleicht wäre es auch besser, Lilly würde die Sache nur andeuten und sich ihre spannende Geschichte aufsparen, um sie der Freundin lieber persönlich in allen Einzelheiten erzählen zu können. Ja, das wäre viel schöner.

Außerdem hatte sie ja auch noch kein Ende für ihre Geschichte und war selbst am allermeisten gespannt, wie das aussehen könnte.

Etwas zu tun, ohne auf andere Rücksicht zu nehmen, dachte Lilly jetzt und starrte weiter Löcher an die dunkle Decke, hätte auch auf ihrer Liste stehen können. Genauso wie einmal im Leben so richtig über die Stränge zu schlagen. Denn noch nie war sie richtig betrunken gewesen, und wenn Len sie nicht so gentlemanlike zurückgehalten hätte, wäre sie in dieser Nacht sicher zu allem bereit gewesen!

Und wer weiß, vielleicht wäre Lilly dann auch geküsst worden. Gelegenheiten hatte es viele gegeben. Jeden von Lens bewundernden Blicken hatte Lilly genossen. Und es fühlte sich vollkommen natürlich an, weiterhin Hand in Hand zum Hotel zurückzulaufen.

Als sie an einer Unfallstelle vorbeikamen, legte Len sogar seinen Arm um sie. Am Bahnhof stand eine Art Mahnmal, wo wenige Wochen zuvor eine junge Radfahrerin von einem LKW erfasst und tödlich verletzt worden war. So war es jedenfalls auf einem Schild zu lesen, das an ein weiß bemaltes Fahrrad geheftet war. Dieses sonderbare Kunstwerk erinnerte Lilly und Len daran, wie kostbar jede Minute Lebenszeit doch war. Plötzlich schien sich eine dunkle Wolke über sie zu legen. Len hatte daraufhin den Cellokasten abgestellt und Lilly in den Arm genommen, während sie so dastanden und auf die vielen brennenden Grablichter an der Unfallstelle starrten.

Nach einer Weile hatten sie sich tief in die Augen geschaut, bis Lilly es nicht mehr aushielt.

«Das mit deinem Bruder …», begann sie zögerlich. «Also, Paddys Unfall … Was hat es eigentlich damit auf sich?»

Doch Len hatte nur sanft den Kopf geschüttelt, was Lillys Herz so sehr rührte, dass sie es dabei beließ.

Auf den letzten Metern bis zur großen Eingangshalle des Hotels hatte Len sie schließlich unumwunden gefragt: «Hast du eigentlich Angst vor dem Tod?»

Lilly musste nicht groß nachdenken. «Jeden Tag», hatte sie, ohne zu zögern, erwidert.

Sie wusste, bei Len musste sie kein Blatt vor den Mund nehmen aus irgendeiner blöden Rücksichtnahme heraus.

«Aber wenn ich länger darüber nachdenke», fuhr sie fort, «ist die Angst, vorher noch etwas zu verpassen, viel größer als die diffuse Angst vor dem Tod selbst. Klingt das logisch?»

Len hatte genickt.

«Ich danke dir jedenfalls», hatte Lilly gesagt und ihm länger in die Augen gesehen, «dafür, dass du mich zu dieser Reise überredet hast. Ich hätte es sonst jeden Tag bereut.» Und dann hatte sie ihm schnell einen Kuss auf die Wange gedrückt und war durch die große Glastür ins Hotel geschlüpft.

Noch immer drehte sich alles in ihrem Kopf, wie im Riesenrad hoch oben über dieser wunderschönen Stadt, dachte Lilly und zog die Bettdecke höher.

Plötzlich kam ihr eine Idee. Die Vorstellung, Len am nächsten Morgen davon zu berichten, elektrisierte sie. Denn vielleicht würde sie sich damit revanchieren können für Lens Heldentat.

Len

Es war nur noch gut eine Stunde Fahrt, aber Len streikte. Er hielt es nicht mehr aus. Sein Hunger war inzwischen so groß, dass er bereits Lillys Proviant samt Studentenfutter aufgegessen hatte. Dabei hasste er das Zeug!

Ohne Lilly zu fragen, bog er von der Hauptstraße ins Zentrum von Udine ab.

Wie hatte sie ihn nur zu dieser aberwitzigen Idee überreden können? Einen Zwischenstopp an der Adria! Nur weil er noch nie am Mittelmeer gewesen war und noch keine «echte» Pizza in Italien gegessen hatte? Wie hatte sie das überhaupt wieder aus ihm herausgekitzelt?

Len wurde ganz schwindelig. War es der Hunger oder Lillys lebensfrohe Art, die ihn so umwarf?

Lilly sah ziemlich sexy aus in ihrer knappen Jeans, die sie angesichts der zunehmenden Hitze hochgekrempelt hatte. Vielleicht hätten sie nach dem Frühstück noch spontan shoppen gehen sollen, überlegte er. Wie gern hätte er ein sauberes T-Shirt angezogen, seines war nämlich schon total verschwitzt. Auch Badesachen wären gut. Denn was sollte ein Ausflug ans Meer, wenn man nicht schwimmen gehen konnte?

Len schaute zu Lilly hinüber, deren Haare im Fahrtwind flatterten. Sie hatten alle Fenster weit geöffnet, weil Mannis Auto keine funktionierende Klimaanlage besaß.

Aber der Pick-up hatte eine große Ladefläche, auf der sich

ganz bestimmt prima ein Päuschen machen ließ, wie Len sich ausmalte. Eigentlich hatte er es nicht so mit Romantik und all diesen Sentimentalitäten wie ein Date unter freiem Himmel und so. Aber mit Lilly wäre es was anderes.

Mit ihr konnte er herzhaft lachen und im nächsten Moment über ernste Themen philosophieren. Er mochte ihre Spontaneität und war überrascht gewesen von ihrer Energie an diesem Morgen. Während Len noch mit einem kleinen Kater zu tun hatte und ihn mit einem großen Kaffee zu betäuben versuchte, saß Lilly bereits fertig angezogen auf dem Bett und googelte in ihrem Handy nach der besten Route zur italienischen Küste.

Zuvor hatte sie ihren Eltern einfach eine weitere Nachricht geschickt, dass sie einen Tag später nach Hause kommen würde, weil sie noch etwas Wichtiges zu erledigen hatte. Nämlich ihm, der noch nie südlich der Alpen gewesen war, das Mittelmeer und ein wenig *Bella Italia* zu zeigen.

Len wusste, dass Lilly mit ihrer Familie früher häufig in Italien Urlaub gemacht hatte. Und manches Mal, wenn sie über ihre Eltern sprach, hatte Len das Gefühl, Lilly würde erst jetzt richtig zu schätzen wissen, wie behütet und privilegiert sie aufgewachsen war. Es schien ihr an nichts zu fehlen, und es war offenbar stets eine Selbstverständlichkeit gewesen, dass sie zwei, drei Mal im Jahr in den Urlaub fuhren.

Was Lilly alles auf Reisen gesehen und gelernt haben musste!, dachte Len ein wenig neidvoll. Er hatte mit seinen Eltern nie Opern, Museen oder sonstige kulturelle Veranstaltungen besucht. In der Familie Behrend war dafür kein Geld gewesen. Und vermutlich fehlte auch schlichtweg das Interesse daran.

Zwar war Len halbwegs unauffällig durch die Schulzeit

gekommen, doch musste er sich eingestehen, dass weniger fehlender Mut als vielmehr die Angst vor dem Abi der Grund gewesen war, alles hinzuschmeißen. In seiner Familie hatte niemand Abitur. Nach Paddys Unfall hatte er dann ohnehin keinen Sinn mehr darin gesehen, in die Zukunft zu investieren. Dennoch beneidete er Lilly ein bisschen. Im Vergleich zu ihr kam er sich ziemlich dumm und unwichtig vor. Eigentlich hatte er keine Ahnung, warum Lilly sich überhaupt mit ihm abgab. Aber es machte nicht den Anschein, als würde sie sich mit ihm langweilen.

«Ich sollte meinen Eltern was mitbringen», sagte Lilly nachdenklich, als sie sich dem Dorfplatz näherten.

«Was denn? Ein Stück Pizza vielleicht?», fragte Len und kassierte für diese unqualifizierte Bemerkung gleich einen spöttischen Blick.

«Sehr witzig!»

«Mann, ich hab Hunger», verteidigte er sich.

«Wir sind ja gleich da», sagte Lilly und war mit ihren Gedanken schon wieder woanders. «Und Laura sollte ich auch was mitbringen.»

Lilly sah zu Len herüber. «Mute ich ihnen zu viel zu?», fragte sie unsicher und wirkte plötzlich sehr zerbrechlich.

«Sie werden es verstehen. Bestimmt. Mach dir keine Sorgen», sagte Len. «Der Einzige, um den du dir Sorgen machen musst, bin ich. Wenn ich nicht bald was zwischen die Kiemen bekomme, kann ich für nichts mehr garantieren!»

Allmählich machte sich das Autofahren bemerkbar. Über vier Stunden saß er nun schon wieder am Steuer. Und Len brauchte jetzt wirklich eine Pause. Am meisten hatte er damit zu kämpfen, dass er in Lillys Gegenwart nicht rauchen wollte.

Es schien ihm irgendwie falsch, freiwillig etwas zu tun, das seine Gesundheit ruinierte – während sie ums Überleben kämpfte.

Aus ihren Erzählungen wusste er, wie unwahrscheinlich es war, ein passendes Spenderherz zu bekommen.

Vielleicht sollte er seines spenden, dachte er. Er hatte ein Leben zerstört und würde so ein anderes retten können.

Unmerklich schüttelte Len den Kopf über sein makabres Gedankenspiel. Aber er würde es tun! Er würde es wirklich tun, wenn er könnte.

«Da drüben ist eine!», rief Lilly, als sie auf eine schmale Straße mit Kopfsteinpflaster bogen.

Len bremste ab und folgte ihrer Hand, die auf eine Pizzeria auf der gegenüberliegenden Straßenseite zeigte.

Wie in einem Actionfilm legte er gekonnt eine Vollbremsung hin und machte dann einen U-Turn, sodass Lilly vor Vergnügen quietschte wie die dicken Reifen des Chevrolets.

Keine zwanzig Minuten später hatten sie die leckerste Pizza der Welt auf dem Teller. Sie saßen in einer kleinen Taverne unter einem Blätterdach aus grünen Weinranken. Len hatte Lilly den Platz auf der Bank überlassen und sich auf einen Stuhl ihr gegenüber gesetzt.

«Na, hat sich das Warten gelohnt? Kein Vergleich, oder?», fragte Lilly und betrachtete sichtlich amüsiert, wie Len genüsslich von seiner Pizza al Carpaccio e Rucola abbiss.

Weil er den Mund voll hatte, nickte er nur mehrfach und strahlte sie an.

Lilly begnügte sich mit einem großen Sommersalat mit Avocado, Tomaten und dicken Bohnen. Es hatte ihn mächtig beeindruckt, wie Lilly es geschafft hatte, dem kleinen, schmächtigen

Kellner mit ein paar Worten Italienisch klarzumachen, dass sie Veganerin war.

«Ist deine Schwester eigentlich genauso hübsch wie du?», fragte Len, bevor er gierig den nächsten Bissen nahm.

Sein Herz pochte wie wild, er war es nicht mehr gewohnt, einer Frau Komplimente zu machen, und hoffte, dass es gut ankam.

Doch Lillys Stirn kräuselte sich, und ihr seltsames Schweigen verunsicherte Len. Er konnte in ihren Augen nicht ablesen, ob seine Frage sie beschämte oder ihr schmeichelte.

«Laura ist gerade unglücklich verliebt», erklärte Lilly schließlich und wirkte auf einmal sehr nachdenklich. «In den Freund meiner besten Freundin.»

«Natascha?» Len fuhr sich mit einer weiß-rot karierten Stoffserviette über den Mund.

Lilly nickte. Der Liebeskummer ihrer Schwester schien ihr sehr nahezugehen.

Len konnte ein Stoffel sein, ein Gefühlstrampel, ja. Aber dass Lilly etwas wirklich bedrückte, war offensichtlich. Aufmunternd sah er sie an. Denn er ahnte: Da war noch mehr als nur die Sorgen um ihre Schwester.

«Ich glaube ...», sagte Lilly leise und legte ihr Besteck zur Seite, «es gibt doch etwas, wovor ich noch mehr Angst habe, als nur etwas zu verpassen im Leben ... Nein, das Schlimmste ist die Vorstellung, meine Liebsten zu verlieren. Ich meine, ich würde sie alle mit einem Schlag verlieren, weil ich die Erste bin, die geht. Außer meinem Opa, der ist schon vor ein paar Jahren gestorben. Und es ist gemein, das zu denken, aber er war alt und krank. Aber ich bin jung und krank, und das ist doch etwas anderes, oder?»

Len schluckte, als sie ihn jetzt ansah. Es war der erste Moment in den etwa vierzig Stunden, die sie nun schon gemeinsam verbracht hatten, in dem Lillys Schicksal ihn zutiefst berührte. So sehr, dass er es kaum aushielt.

Lilly kullerten dicke Tränen über die mit Sommersprossen gesprenkelten Wangen, sodass Len sofort von seinem Stuhl aufsprang und sich zu ihr auf die Bank setzte, um sie fest an sich zu drücken. In diesem Moment war ihm scheißegal, wie verschwitzt sein T-Shirt war.

«Komm, meine kleine Weltretterin, lass es raus», flüsterte er und vergrub seine Nase in ihrem seidigen Haar. Und Lilly ließ es geschehen.

Len wusste, dass es in solchen Momenten keinen wirklichen Trost gab. Schon ein blödes Wort konnte reichen, um alles nur noch schlimmer zu machen. Also hielt er Lilly einfach ganz fest, bis sie nicht mehr zitterte und aufhörte zu weinen. Mit ziemlich verheulten Kulleraugen sah sie ihn schließlich an. Aus Ermangelung einer Alternative tupfte Len ihr mit der Serviette das Gesicht trocken.

Und das war der Moment, in dem Len klarwurde, dass es zu spät war. Er hatte sich hoffnungslos und bis über beide Ohren in Lilly verliebt.

Lilly

D*as* ist Leben, dachte Lilly und starrte auf die hügelige Landschaft, die rechts und links an ihnen vorbeizog. Sie liebte Italien. Alles roch hier nach Kindheit und Unbeschwertheit.

Der schwüle Fahrtwind wehte ihr um die Nase. Neben ihr saß Len, ein Freund, ein Seelenverwandter, der ihr fremd und doch so beängstigend vertraut war. Das Beste aber war seine Musik, die sie so laut aufgedreht hatten, dass jede Zelle im Körper vibrierte. Sie fühlte sich frei und lebendig und irgendwie ... reifer. Vielleicht war sie schon vor ihrem 18. Geburtstag erwachsen geworden, quasi über Nacht, weil sie das erste Mal etwas getan hatte, bei dem sie wirklich ganz bei sich war.

Von Freiheit handelte auch der Song, der gerade lief. Wenn auch bloß von der Freiheit der ersten Zigarette, was Lilly anfangs ein bisschen albern gefunden hatte. Vor allem, weil die Stimmen auf der Demo-CD etwas zu hell und zu jung klangen für wahre Helden. Aber sie verstand die Botschaft. Und sicher war bereits der Name *Little Heroes* augenzwinkernd gemeint. Das passte sehr zu Len. Er war ein «daueraugenzwinkernder» Typ, der nichts, was er sagte, komplett ernst zu meinen schien. Der sich aber auch gerne hinter den spaßigen Sprüchen versteckte.

Lilly hatte am eigenen Leib gespürt, wie empathisch er war, wie sehr er sich in sie hatte hineinfühlen können. Aber sie spürte auch, dass er tief in sich einen verdammt ernsten «Einfach-alles-scheiße»-Schmerz hatte. Einen Lebensschmerz, den man nur ertragen konnte, wenn man wie ein bekiffter Schmetterling gedanklich von einer Belanglosigkeit zur nächsten flatterte.

Auch wenn sie nicht den gleichen Flügelschlag wie er hatte, sondern eine Vorliebe für andere Blüten, die das Leben trieb – aber bei der Bedeutung von Musik waren sie sich einig. Und wenn es eines gab, das sie ihm mit auf den ungewissen Weg geben wollte, dann, dass er niemals aufhören durfte, Musik zu machen.

«Wie wäre es mit einem Neuanfang?», fragte Lilly aus einem Impuls heraus und drehte die Musik etwas leiser.

«Was?», rief Len.

Und weil Len sie auch beim zweiten Versuch nicht verstand, stellte er die Musik aus. Der Motor des Pick-ups machte schon genug Krach.

«Was hältst du von *Lost Heroes*?», fragte Lilly einer Eingebung folgend.

Len kräuselte seine Stirn. «Ach, die Musik meinst du. Ich weiß nicht. Kein schlechter Name, aber die Zeiten der Band sind definitiv vorbei. Unmöglich, an einen Neuanfang zu denken.»

Einen Moment sah Lilly ihn nachdenklich an. «Gut. Ich setze das also mit auf die Liste.»

Len schien nicht zu verstehen. Aber das war ihr egal. Sie sammelte in Gedanken einfach weiter, bis sie genug Punkte auf seiner Anti-Liste zusammenhatte, die ihn für den Rest seines Lebens beschäftigen würden.

Len

Du musst dich aber umdrehen!», rief Lilly und verschwand erst hinter dem Pick-up, als Len Anstalten machte, seinen Blick wieder aufs Wasser zu richten.

Aber natürlich drehte er sich nicht komplett um, sondern linste gespannt in Lillys Richtung.

Seit geschlagenen zehn Minuten stand er bis zur Hüfte im Wasser der Adria und wartete darauf, dass Lilly sich endlich ihren Bikini anzog. Es war heiß, und Len genoss jede Welle, die gegen sein Kreuz schlug und für Abkühlung sorgte. Dank der Arbeit in der Schreinerwerkstatt war er glücklicherweise auch ohne Krafttraining einigermaßen in Form. Denn die Wellen hatten durchaus Wumms.

Lilly hingegen hatte sich eine gute halbe Stunde gewunden wie ein Aal bei der Frage, ob sie doch noch den Mut aufbringen würde, sich in die Fluten zu stürzen. Len hatte sich sehr über ihr Zögern amüsiert und irgendwann einfach gar nichts mehr gesagt. Stattdessen hatte er sich bis auf seine Shorts, die immerhin ein bisschen nach Badehose aussahen, ausgezogen und sich Lilly einfach geschnappt. Verwundert hatte er festgestellt, was für ein Fliegengewicht sie war.

Doch Lilly war zäh und hatte sich mit Händen und Füßen gewehrt, und zwar so laut kreischend und lachend, dass die wenigen Besucher am anderen Ende des langen Strandabschnitts irritiert zu ihnen herübergeschaut hatten.

Nun sollte das Zaudern endlich ein Ende haben.

Lilly schien sich endlich überwunden zu haben, bei gefühlten vierzig Grad aus ihren Klamotten zu steigen und ins erlösend frische Nass zu hopsen.

«Verräter!», rief sie, weil Len jetzt unumwunden in ihre Richtung starrte.

«Der Verrat hat sich gelohnt», erwiderte er, als sie in einem sehr süßen, überraschend knappen blau-weiß gestreiften Bikini angelaufen kam.

Natürlich spritzte Lilly ihm zur Strafe als Erstes Unmengen Salzwasser ins Gesicht. Nur ihn unterzutauchen – dafür reichte ihre Kraft nicht. Überhaupt hatte sie die Wucht der Wellen unterschätzt. Kurzzeitig glitt sie unter Wasser, tauchte wieder auf und prustete. Sie schien kaum noch Luft zu bekommen. Also hielt Len sie einfach fest und wartete, bis sie wieder ruhiger wurde. Dann flüsterte er ihr ins Ohr: «Du bist wunderschön!»

Eine Zeitlang starrten sie sich unsicher an. Und als Len endlich Halt im schlammigen Boden fand, nahm er Lillys glühendes Gesicht in seine Hände und tat das, was er schon seit Stunden mit jeder Faser seines Körpers tun wollte: Er küsste sie.

Lilly

Oh, mein Gott! Ich habe es getan, nein, *wir* haben es getan! Wir haben es wirklich getan, wiederholte Lilly immer und immer wieder in Gedanken. Wenn sie es nur oft genug vor sich hin sagte, würde sie es vielleicht auch begreifen.

Sie lag geborgen in Lens starken Armen auf der Ladefläche des Pick-ups, eingehüllt in eine etwas müffelnde Wolldecke, und tat, als würde sie ihm zuhören.

Len philosophierte leidenschaftlich über Musik und darüber, was ihm seine Band bedeutet hatte. Aber Lillys Körper war noch so sehr mit dem überwältigenden Feuerwerk beschäftigt, das ihr das erste Mal beschert hatte, dass sie sich kaum konzentrieren konnte.

Es war bereits dunkel. Und über ihnen leuchtete der blauschwarze Himmel voller kleiner Sonnen. Seit einer gefühlten Ewigkeit starrte sie bereits mit weit aufgerissenen Augen nach oben. Auf keinen Fall wollte sie eine Sternschnuppe der Perseiden verpassen.

«Hey, hörst du mir überhaupt zu?», fragte Len und stupste Lilly zärtlich in den Bauch.

«Schon. Irgendwie. Aber ich bin noch zu geflasht, um kluge Fragen zu stellen.»

Lilly grinste ihn an. Len grinste Lilly an. Und dann küssten sie sich zum bestimmt hundertsten Mal. Len war ein guter Küsser. So viel stand fest. Er hatte feste Lippen, schöne Zähne.

Sein Bartansatz kratzte etwas, aber das machte seine sanfte und leidenschaftliche Zunge wieder wett.

Das Anziehendste an Len aber war sein Körperduft. Diese betörende Mischung aus süßlichem Schweiß und dezentem Männerdeo machte Lilly ganz verrückt.

Ihm mussten die Mädels reihenweise zu Füßen liegen, wenn er auf der Bühne stand, dachte sie argwöhnisch. Also konnte es ihr doch nur recht sein, dass er nicht mehr auftrat. War es aber nicht!

Vielmehr ahnte sie, dass er seine Musik genauso brauchte wie sie ihre. Es wunderte Lilly auch nicht mehr, wo die Gefühle für seine berührenden Songtexte herkamen. Allerdings hatten die Inhalte der Lieder, die sie bislang gehört hatte, so gar nichts mit der Magie des Textes zu tun, den Len bei *last exit* gepostet hatte.

«Ich würde dir noch viel lieber zuhören, wenn du noch mal was spielst», regte Lilly an. «Aber etwas, das auch berührt.»

Sie hatte mit Protest gerechnet oder damit, dass Len sich rausreden würde. Deshalb freute sie sich wie blöd, als er sich aufrichtete und tatsächlich nach seiner Gitarre am Kopfende ihres improvisierten Himmelbetts griff.

Ob er, wohl wissend um seinen Charme als Gitarrist und Sänger, sein Instrument auch aus Berechnung mitgenommen hatte? Vielleicht hatte er damit ohnehin Eindruck schinden wollen bei ihr. Na ja, das hatte er ja auch.

Nachdem sie aus dem Wasser gekommen waren, hatte er Lilly zurück zum Auto getragen und auf der Ladefläche die Wolldecke ausgebreitet. Während Lilly es sich bequem gemacht hatte, holte Len die Gitarre hervor und begann zu spielen.

Dieses «Vorspiel» war ein Selbstläufer gewesen, dachte Lilly jetzt und schmunzelte.

Um ihn zu necken, hatte sie zwar noch behauptet, er kriege sie mit der durchsichtigen Nummer nicht rum. Schon gar nicht ohne Kondome. Doch als er dann sogar eines aus dem Handschuhfach gezogen hatte, war es um sie geschehen. Nur ein Song hatte gereicht, damit sie ihren bis dahin nur spielerisch vorgetäuschten Widerstand auf- und sie sich ihm ganz hingab.

«Ich weiß, was ich für dich spiele», sagte Len mit einem verschmitzten Lächeln.

Und dann machte er ihr die schönste Liebeserklärung, die eine junge Frau hören konnte, eine Frau, die allein schon wegen ihres von Narben verunstalteten Körpers verunsichert war. Er spielte den Song *Wie schön du bist* von Sarah Connor und interpretierte ihn neu. Mit seiner rauchigen, lebendigen Männerstimme schuf er eine ganz eigene, viel coolere Version, die aber derart bewegend war, dass Lilly eine Gänsehaut bekam. Sie unterdrückte die Tränen und lauschte seinem Gitarrenspiel andächtig bis zum letzten Ton.

«Wow!» Lilly war sprachlos. Sie gab ihm einen langen, verliebten Kuss. «Das war wunderschön», sagte sie, als sie sich wieder etwas gefangen hatte. «Du solltest dein Talent nicht wegwerfen.»

Offenbar konnte Len dieses Kompliment nicht annehmen. Denn er senkte nur kopfschüttelnd seinen Blick und nahm ihre Hand. «Ich finde dich wirklich sehr schön. Dein Innen und dein Außen!»

«Dein Außen gefällt mir auch ganz gut ...», versuchte Lilly die Situation etwas aufzulockern, weil sie spürte, dass Len irgendwie abdriftete.

Tatsächlich ließ er sie los und rückte ein Stück von ihr ab, um sich eine Zigarette anzuzünden.

Lilly konnte nicht sagen, ob er es aus Rücksicht oder Angst vor zu viel Nähe tat. Sie richtete sich auf, schlug die Decke enger um sich und fixierte Len.

Noch immer hatte er den Blick gesenkt und nestelte an seinem Schweißband herum, als würde er dadurch etwas Halt finden.

«Was ist los?», fragte sie vorsichtig. «Wieso hasst du dich bloß so?»

Len nahm einen tiefen Zug und winkte nur ab.

Lilly wusste, wenn sie jetzt weiter nachbohrte, würde er für immer schweigen. Also wartete sie, so lange, bis Len anfing zu reden.

«Ich habe bisher nur ein Mal erzählt, wie es passiert ist», sagte er, ohne sie anzusehen. «Nur ein Mal meinen Eltern. Das war das Schlimmste, was ich jemals aussprechen musste. Diese Worte verschwinden einfach nicht aus meinem Kopf. Sie haben sich eingebrannt und verfolgen mich. Ständig!» Er machte eine Pause. Dann verschlug es Lilly den Atem, als er erklärte: «*Ich hab meinen Bruder umgebracht!* Das musste ich ihnen sagen. Zwanzig Minuten nachdem Paddy aus dem Mund blutend in meinen Armen gestorben war.»

Len zitterte.

Lilly auch. Sie war verunsichert. Intuitiv rückte sie wieder etwas näher an ihn heran und legte behutsam eine Hand auf seinen Arm. Sie wollte ihn sanft ermuntern, weiterzusprechen.

«Es war auf der Straße ...» Len kämpfte sehr mit den Tränen und biss sich auf die Lippen, bevor er weitersprach. «Sie kamen kurz nach dem Notarzt und dem Rettungswagen. Aber es gab keine Rettung mehr. Paddy hatte keine Chance. Er wurde mit voller Wucht gegen einen Baum geschleudert. Ohne Helm. Und ich hab es kommen sehen. Der Asphalt war noch ein bisschen feucht vom Unwetter in der Nacht. Aber ich hatte es einfach nicht mehr abwarten können, meine neue 80er auszuprobieren. Vier Jahre habe ich neben der Schule gejobbt und drauf gespart und so lange davon geträumt. Und nach nur einer Woche ist es passiert: Paddy wollte unbedingt mit und auch mal fahren. Ich habe gesagt, nur eine kleine Runde, nur so, zum Ausprobieren, eine winzige Runde. Ich hätte wissen müssen, dass er durchdreht. Er war immer der Wildere von uns beiden gewesen, der, der Scheiße baut und keinen Spaß auslässt. Auch das Motorradfahren nicht. Aber es hat ihn umgebracht – und ich bin schuld. Es ist alles meine verdammte Schuld …»

Len vergrub sein Gesicht in den Händen und weinte. Er heulte herzerweichend, krümmte sich vor Schmerz. Lilly war zutiefst erschrocken über sein Verhalten, über dieses Schicksal, das er in sich trug. Aber sie versuchte, stark zu sein.

Sie nahm seinen Kopf auf ihren Schoß und streichelte Len. Auch wenn sie wusste, dass es eigentlich keinen Trost gab.

Lilly hätte nicht sagen können, wie lange sie dort ineinandergeschlungen lagen. «Ich weiß, dass es nicht deine Schuld ist», wagte sie vorsichtig, das Gespräch wiederaufzunehmen. «Und deine Eltern wissen es auch.»

«Aber ich hab ihn mitgenommen! Ich hab ihn diese Scheißkarre fahren lassen!», schrie er zornig. «*Ich* war der große Bruder, *ich* hätte auf ihn aufpassen müssen, verdammt noch mal!»

«Schhhh…»

Sanft legte Lilly ihren Zeigefinger auf seine Lippen und suchte mit der anderen Hand die seine. Dann machte sie eine Entdeckung, die sie irritierte. Unter dem verrutschten Schweißband kam an Lens Handgelenk eine längliche Narbe zum Vorschein, die doppelt so groß war wie ihre.

«Was ist passiert?», flüsterte sie zaghaft und streichelte die Stelle. Sie hatte Angst vor der Antwort, kannte sie im Grund ihres Herzens auch schon.

«Einmal …» Lens Stimme war brüchig. «Einmal habe ich es versucht. Ich war so kurz davor, alles –»

Len brach ab, aber Lilly ahnte, wie der Satz weitergehen sollte: Er war kurz davor gewesen, sein Leid und die Trauer und die Schuldgefühle ein für alle Mal zu beenden.

«Aber ich konnte nicht», fuhr Len schluchzend fort. «Ich hab die Wunde schnell verbunden und nie jemandem davon erzählt.»

Lens Tränen erstickten seine Stimme, sodass Lilly nicht mehr anders konnte und selbst zu weinen anfing. Es tat ihr unfassbar weh, ihn so zu sehen. Zu sehen, was er bereits seit Jahren durchmachte.

Die Vorstellung, sie könne Laura auf so brutale Art und Weise verlieren, raubte ihr den Atem. Ein absoluter Albtraum.

«Es tut mir alles so leid. Es tut mir so wahnsinnig leid!», wimmerte sie leise. Es vermischte sich alles. Der Schock, die Trauer, der unsägliche Schmerz. Sie wusste nicht, wie Len das alles überhaupt aushalten konnte.

Aber zwischen all diesen widerstreitenden Gefühlen war auch ein winziges Fünkchen Hoffnung – auf Geborgenheit, auf Zweisamkeit, auf Neuanfang. Bedeutungslos für die Welt, aber es war eine Hoffnung, die für Lilly die Welt bedeutete.

Len

Nein, lass mal! Ich trage dir die Sachen zur Tür und verdrück mich dann schnell», entgegnete Len. Er wusste, dass Lillys Vorschlag, ihm die Eltern vorzustellen, gut gemeint war. Aber er wollte sein Glück nicht überstrapazieren.

Seit Len am Morgen vom Meeresrauschen aufgewacht war, hatte er den vernünftigen Part übernommen und Lilly in ihrer Euphorie gebremst. Denn Lilly versuchte ihn zu überzeugen, auch noch einen Abstecher nach Venedig zu machen. Aber er wollte nicht als der Depp dastehen, der ohne Verantwortungsbewusstsein durch die Weltgeschichte gondelte. Also hatte er lieber darauf bestanden, gleich im Morgengrauen aufzubrechen, damit er Lilly zu einer halbwegs humanen Zeit wieder zu Hause absetzen konnte. Zum Ende der Sommerferien wusste man schließlich nie, wie voll die Autobahnen waren.

Sie waren überraschend gut durchgekommen, hatten mehrfach Pause gemacht und würden, wenn weiterhin alles gut lief, in etwa einer Stunde in Lüneburg ankommen. Unwillkürlich musste Len gähnen.

«Du brauchst keinen Schiss zu haben. Meine Eltern sind wirklich ganz in Ordnung», erklärte Lilly und holte wie zum Beweis ihr Handy hervor, um Len wohl noch mal daran zu erinnern, dass die Eltern in ihrer letzten Nachricht auf der Mailbox einen überraschend versöhnlichen Ton angeschlagen hatten. Lilly hatte sie über die Rückfahrt informiert. Und seitdem waren nur noch zwei SMS gekommen. Eine sorgenvolle der Mutter, sie sollten ja vorsichtig fahren und die Pillen nicht vergessen. Und eine zweite vom Vater.

«Hier, von heute Mittag», sagte Lilly und las die SMS ihres Vaters vor:

> Wenn du schon ausbüxt, hab wenigstens Spaß!
> Vorstellungsgespräch mit deinem Begleiter: Freitag,
> ab 18 Uhr in meinem Büro!

Len hatte Fotos von Lillys Familie auf ihrem Handy gesehen. Der Vater wirkte sympathisch. Aber gleich als neuer Lover der Tochter vorgeführt und durchleuchtet zu werden erschien ihm ein bisschen *too much*.

«Dein Dad ist bestimmt echt cool», erklärte er. «Ich sag auch gerne kurz hallo, wenn du es willst. Aber ich komme nicht mit rein, okay? Das wird mir echt zu viel. Außerdem würd ich gern noch halbwegs im Hellen zu Hause ankommen.» Wie zur Entschuldigung griff er nach Lillys Hand, ohne allerdings seinen Blick von der nun ziemlich verstopften A7 abzuwenden. Len fühlte sich so ungepflegt, viel zu platt und einfach nicht in der Lage, noch einen einigermaßen guten Eindruck zu hinterlassen.

«Ist schon gut», antwortete Lilly und lächelte müde.

Sie hatte die letzten Stunden geschlafen und schien immer noch nicht so ganz wach zu sein. Dennoch spürte Len genau, wie enttäuscht sie war, rechnete es ihr aber hoch an, dass sie ihn nicht drängte. Das war einfach nicht ihre Art.

Es war so selbstverständlich und ehrlich, wie sie miteinander umgingen. Schon bei den unwesentlichen Dingen wie Pinkelpausen einlegen und Wegstrecken planen waren sie sich stets einig gewesen, ohne viele Worte wechseln zu müssen. Bei den großen, bedrückenden Themen hingegen konnten sie ewig diskutieren, ohne den anderen kleinzureden. Und was hatte Lilly ihm alles für schöne Dinge gesagt! War das Liebe? Wenn einem der andere Komplimente machte, die auch ankamen? Oder Wünsche erfüllte, von denen man gar nichts gewusst hatte?

«Was ist eigentlich mit *deiner* Wunsch-Liste? Was würde darauf noch fehlen?», fragte Len und drehte das Radio etwas leiser, weil die Verkehrsmeldungen gar nicht mehr aufhörten. «Du könntest immerhin schon einen Haken machen hinter *Sex on the beach*!»

Er warf Lilly einen vielsagenden Blick rüber, den sie leicht verlegen erwiderte. Zwischen den Zeilen hatte sie nämlich durchblicken lassen, dass sie mit ihm ihr erstes Mal gehabt hatte. Und Len war heilfroh, dass sie ihm vorher nichts davon gesteckt hatte. Auch so war er furchtbar nervös gewesen, aber am Ende doch auch ein bisschen stolz, dass er nicht verlernt hatte, worauf Mädchen abfuhren. Jedenfalls hatte Lilly ihm versichert, wie schön sie es gefunden hatte, und er glaubte ihr. Auch der Sex hatte sich ganz natürlich bei ihnen angefühlt.

«Sehnsucht haben», sagte Lilly und wirkte auf einmal ganz verloren und traurig. «Da kann ich einen Haken hinter machen. Gleich, wenn du weg bist.»

Es lag kein Vorwurf in ihrer Stimme. Trotzdem dachte Len fieberhaft nach, wie er Lilly mit einer Antwort wieder dieses süße Lächeln auf ihr leicht gebräuntes Gesicht zaubern konnte.

«Ich auch.» Len war sicher, einen Volltreffer gelandet zu haben. Seine Antwort war zwar schlicht, aber wahr.

Lilly lehnte ihren Kopf an seine Schulter, als Len von der Autobahn auf die Bundesstraße fuhr, an derselben Stelle wie drei Tage zuvor. Damals ... als er noch ein ganz anderer Mensch gewesen war. Bevor er drei Tage und Nächte voller Magie und Leben mit Lilly verbracht hatte.

«Und du?», fragte sie. «Was hast du denn noch auf deiner Liste?»

«Keine Ahnung.» Erneut musste Len ein Gähnen unterdrücken. «Vielleicht ein Vorstellungsgespräch bei meinen zukünftigen Schwiegereltern ...»

Er grinste. Wieder ein Treffer. Jedenfalls lachte Lilly und warf, deutlich gelöst, ihre Haare in den Nacken. Er mochte so sehr, wie sie ihm immerfort das Gefühl gab, sich wirklich wohl in seiner Gegenwart zu fühlen.

Lilly beugte sich vor, kramte einen Zettel und einen Stift aus ihrer Tasche und begann, etwas aufzuschreiben.

«Was machst du da?», wollte Len wissen.

«Ich mache dir eine neue Liste. Mit Punkten, auf die du dich freuen kannst.»

«Ich bin gespannt», erwiderte er spöttisch.

«Ganz oben steht: wieder in einer Band spielen.»

Len verzog seine Mundwinkel. Na klar schmeichelte es ihm, dass Lilly sich seinetwegen so ins Zeug legte. Und er wollte jetzt nicht schon wieder einen auf Spielverderber machen. Aber sie überschätzte ihn, er war noch lange nicht so weit.

Um abzulenken, fragte er: «Mach dir lieber erst mal selbst eine Liste. Was könnte noch draufstehen, außer die Welt retten und mir das Rauchen abgewöhnen?»

«Erwachsen werden! Ich finde, das hat aber auch zwei Seiten. Einerseits öffnet es einem viele Türen, andererseits bedeutet es das Ende der Kindheit. Irgendwie traurig», sagte Lilly nachdenklich. «Aber noch trauriger ist es natürlich, gar nicht erwachsen zu werden.»

Len wusste nicht genau, wie der Satz gemeint war. «Wann hast du eigentlich Geburtstag?»

«Am 11. September.»

«Schwieriges Datum!»

«Ja, wieder so ein kosmischer Witz. An meinem vierten Geburtstag wollte plötzlich keiner mehr feiern. Alle Erwachsenen saßen vor dem Fernseher. An viel mehr kann ich mich aber ehrlich gesagt nicht erinnern.»

«Krass, bei uns war es auch so», sagte Len und erinnerte sich unweigerlich an sein 9/11-Erlebnis. Er war mit Paddy auf dem Bolzplatz gewesen und hatte nichts von den tragischen Ereignissen in Amerika mitgekriegt. Bis seine Mutter vollkommen aufgelöst angeradelt kam, aus einer irrationalen Angst heraus, der Dritte Weltkrieg könnte noch am selben Tag ausbrechen. Ganz entgegen ihrer sonst so besonnenen Art hatte sie energisch darauf bestanden, dass beide Söhne sofort mit nach Hause kamen. Und dann hatten auch sie die meiste Zeit vor dem Fernseher verbracht. Ebenso Paddy, obwohl er mit seinen drei Jahren nichts von alle dem verstand, was um ihn herum passierte. Noch immer hatte Len die Worte seiner Mutter im Ohr, die sie in jenen Tagen häufiger wiederholte.

Er wollte seine Erinnerungen mit Lilly teilen und erklärte: «Weißt du, was meine Mum damals sagte? Sie meinte: *Sterben muss jeder mal, aber auf diese Art und Weise sollte es nicht passieren.*» Len schluckte. «Ich habe danach noch wochenlang Angst gehabt, dass meine Eltern oder ich plötzlich sterben könnten.

Aber ich schwöre, niemals habe ich eine Sekunde daran gedacht, dass mein kleiner Bruder ...»

Er sprach nicht weiter, spürte aber, wie Lilly ihre Hand auf sein rechtes Bein legte. Diese vorsichtige Berührung reichte schon, damit Len sich irgendwie sicherer fühlte.

«Das geht mir mit Laura genauso», ergänzte sie. «Niemals wäre es mir in den Sinn gekommen, sie könnte vor mir sterben. Ich meine, so grausam kann einfach kein Gott sein, dass eine Tochter herzkrank ist und er dann die andere noch früher zu sich holt.»

Fragend sah Len sie an. «Tust du das wirklich, an Gott glauben?»

«Ich habe mich einfach entschieden, zu glauben.» Sie zuckte mit den Schultern. «Kein Mensch hat je einen glasklaren Beweis für oder gegen einen Gott geliefert. Und wenn schon keiner weiß, was Sache ist, kann ich doch lieber an etwas Gutes glauben ...» Ihre plötzlichen philosophischen Betrachtungen über Gott und die Welt schienen sie aufzumuntern.

Len war erstaunt über ihre Einstellung. Denn wenn er sich vorstellte, das Schicksal hätte ihn so unverschuldet gestraft wie Lilly, würde er erst recht an nichts und niemanden glauben.

«Interessant», entfuhr es Len, «ich kenne eigentlich niemanden, der wirklich gläubig ist.»

Auf der Straße vor ihnen fuhr jetzt ein LKW. Len musste etwas abbremsen, verzichtete aber darauf, zu überholen, sondern konzentrierte sich vielmehr auf das, was Lilly über ihr Weltbild verriet. Auch wenn sie ihn kaum überzeugen würde, fand er es faszinierend, wie sie darüber dachte.

«Meine Oma hat mich ziemlich geprägt, was das angeht», erklärte Lilly. Sie war offenbar in ihrem Element. «Aber Anni meint immer, bei ihr sei das nicht mehr Glaube, sondern Wissen. Oder besser gesagt: Erfahrung!»

«Bahnhof?» Len kapierte gar nichts.

Er versuchte nun doch auf einer geraden Strecke den Lastwagen zu überholen, um nicht länger mit achtzig Stundenkilometern kriechen zu müssen. Aber ein entgegenkommendes Auto machte ihm im letzten Moment einen Strich durch die Rechnung.

«Fast jedes Mal, wenn wir uns sehen, fängt meine Oma davon an», fuhr Lilly unbeirrt fort. «Sie meint zum Beispiel, als mein Opa gestorben ist, konnte sie ihn anfangs noch an ihrem Bett stehen sehen. Kurz nach der Beerdigung glaubte sie, ihn zumindest noch fühlen zu können. So energiemäßig ...»

«Was heißt denn *energiemäßig?*»

Len fand das gruselig und seltsam. Aber er war neugierig und wollte es genauer wissen.

Lilly lachte. «Da musst du sie am besten mal selbst fragen. Sie bringt die Story immer dermaßen authentisch rüber, dass man es ihr echt abnimmt.» Sie wurde wieder ernster. «Ich meine, dass Menschen, die sich nahestehen, sich sehen können so kurz nach dem Tod des einen, habe ich schon öfter gehört. Das hab ich in verschiedenen Büchern so gelesen. Aber das mit dem *Fühlen* ist eben so eine Sache. Das kann man offensichtlich nur schwer beschreiben. Oma behauptet, es sei, als ob Opas Energie irgendwie in sie reingekrochen wäre. Sie musste weinen, aber war gleichzeitig total happy. Das muss wahnsinnig intensiv gewesen sein.»

«Und wie hat sie das gemacht? Ich meine, hat sie vorher irgendein Medium aufgesucht, ein Pendel geschwungen oder bei Vollmond einen Affentanz aufgeführt oder so?»

Skeptisch sah Lilly ihn an. «Willst du es wirklich wissen, oder verarschst du meine liebe Omi etwa gerade?!»

Len grinste. «Nein, ich will es wirklich wissen», erklärte er, während er noch einmal die Überholoption checkte.

«Also», begann Lilly zögerlich, «du musst dir ein ruhiges Plätzchen suchen und –»

«Wer? Ich jetzt?», unterbrach Len sie.

«Na, ebender, der Kontakt zu einem Toten aufnehmen will.» Lilly sah ihn leicht strafend an. «Willst du es nun wissen oder nicht?»

Len seufzte und nickte. Er wollte es wissen, ja. Aber irgendwie fand er die Vorstellung albern. Vielleicht hatte er aber auch ein bisschen Angst vor so einem Zeug. Wenn es einen Weg gäbe, um mit Paddy zu kommunizieren, dachte er, würde er ihn unbedingt finden wollen. Aber gleichzeitig hätte Len eine Scheißangst, seinem Bruder zu begegnen. Deswegen ging er ja auch nicht auf den Friedhof, obwohl er ein verdammt schlechtes Gewissen hatte und ihn unglaublich vermisste.

«Jedenfalls musst du möglichst entspannt sein», fuhr Lilly fort, «und ganz fest an diese Person denken, die du verloren hast. Meine Oma sagt immer, man muss sich quasi auf die Frequenz der Gefühle einschwingen, die einen verbinden. Liebe, Sehnsucht … Und wenn man ganz großes Glück hat, würde man ein Zeichen bekommen. Irgendwo geht ein Licht an, eine Sternschnuppe fliegt vorüber oder was auch immer. Und dann könne man den anderen mit jeder Faser seines Körpers spüren und man wäre von nichts als purer Liebe erfüllt.»

«Aha», sagte Len nur, weil er nicht wusste, was er sonst sagen sollte. Das Ganze kam ihm höchst seltsam vor, aber es war denoch eine schöne Vorstellung.

«Meine Oma glaubt an Zeichen», sagte Lilly und lächelte. «Immer, wenn sie eine weiße Feder fliegen sieht, glaubt sie, Opa stecke dahinter …»

Len war amüsiert, und ihm lag ein Spruch auf den Lippen. Aber es stand ihm nicht zu, etwas Blödes dazu zu sagen und dadurch Lillys Worte ins Lächerliche zu ziehen. Also schwieg er und konzentrierte sich ganz auf die Straße.

Endlich bot sich eine sichere Gelegenheit, den LKW zu überholen, der inzwischen noch langsamer geworden war. Doch gerade als Len wieder eingeschert war, passierte es: Es blitzte!

Und dann erst sah Len das Schild, das in diesem Abschnitt eine Geschwindigkeitsbegrenzung von siebzig Stundenkilometern vorschrieb.

«Scheiße!», fluchte er lautstark. Das würde sicher teuer werden.

Wieso nur, fragte er sich, hatte er den Blitzer nicht bereits gesehen, als er vor drei Tagen dieselbe Strecke nach Lüneburg gefahren war?

«Siehste! Schon bist du erleuchtet», rief Lilly und kicherte.

«Sehr witzig!»

Len grummelte vor sich hin, aber Lilly kriegte sich gar nicht mehr ein, sodass auch er anfangen musste zu lachen.

Lilly

»Na, Gott sei Dank!« Lillys Mutter kam aus dem Haus gerannt, nahm zwei bis drei Stufen auf einmal und rannte auf sie zu, als hätten sie sich ein Jahr lang nicht gesehen.

«Mama!», sagte Lilly ziemlich überrumpelt, als sie fast erdrückt wurde bei der Begrüßung. «Jetzt lass uns doch erst mal rein. Ich würde euch nämlich gerne jemanden vorstellen.» Sie befreite sich aus der Umarmung und trat zur Seite. «Das ist Len.»

Lillys Mutter zögerte einen Moment, dann gaben sie einander zur Begrüßung die Hand.

Angela Heinemann lächelte gequält. An der Mimik ihrer Mutter konnte Lilly ablesen, dass Len in diesem Moment nicht wirklich willkommen war.

«Ich werde mich gleich wieder vom Acker machen», sagte Len entschuldigend und setzte Trolley und Cellokasten ab.

«Aber unser Gast wird ja wohl nicht fahren, bevor er nicht ordentlich zu Abend gegessen hat.» Lillys Vater stand in der Haustür und sah auffordernd in die Runde. «Los, kommen Sie rein!»

«Danke, aber wir haben so viel gegessen unterwegs, das dürfte reichen für heute», sagte Len und winkte ab.

«Sie sind hoffentlich nicht durchgefahren?», schaltete sich Lillys Mutter sofort ein, während ihr Vater den Koffer und das Cello in die Eingangshalle brachte. «Wie lange waren Sie denn unterwegs? Gab es viele Staus? Ich meine, wir haben mehrfach Verkehrsmeldungen gehört und –»

«Angela!», rief Lillys Vater streng. «Jetzt lass die beiden doch erst mal ankommen.»

«Ja, ja. Schon gut. Also, hinein mit euch, Kinder!» Hektisch scheuchte sie die beiden Ankömmlinge ins Haus.

Lilly und Len tauschten verstohlene Blicke. Tatsächlich hatte Len trotz mehrerer Stopps über tausend Kilometer an diesem Tag fahren müssen. Was für ein Ritt! Kein Wunder, dass er müde war. Wenn Lilly früher gewusst hätte, dass Len sofort wieder umkehren und nach Hause fahren wollte, hätte sie sich nie und nimmer bis nach Lüneburg bringen lassen. Sie hätte zumindest ab Köln auch gut in den Zug steigen können und ihre Eltern gebeten, sie vom Bahnhof abzuholen.

«Unser Gästezimmer steht jedem offen», sagte Georg Heinemann zu Len und schüttelte ihm die Hand.

«Wir grillen», erklärte Lillys Mutter. Sie bemühte sich um einen versöhnlichen Ton, aber Lilly konnte an ihrem fleckigen Hals erkennen, wie angespannt sie war.

Len hob seine Augenbrauen und sah Lilly vielsagend an. Lilly zuckte mit den Schultern. Zwar war auch sie vollkommen fertig, versuchte sich aber genau wie Len nichts davon anmerken zu lassen. Sie hoffte einfach, Len würde es sich überlegen und die Nacht über hierbleiben.

Nachdem Len ausgiebig die beeindruckende Eingangshalle begutachtet hatte, gingen sie nacheinander kurz ins Bad, um sich frisch zu machen. Dann traten sie auf die Terrasse, wo Lillys Eltern bereits am großen, gedeckten Gartentisch saßen und unruhig warteten.

Lilly fand die Stimmung etwas verkrampft, aber wahrscheinlich musste sie den Eltern einfach noch ein bisschen Zeit lassen. Damit diese sich nicht gleich in Vorwürfe stürzen konnten, erkundigte sich Lilly, wie das Konzert in Hamburg gewesen war.

Als ob das die Antwort darauf war, kam Laura in diesem Moment aus dem Garten zu ihnen herüber. Und Lilly traute ihren Augen kaum. Die Schwester trug ein weißes Top zu ihren schwarzen Shorts. Sie nickte Len freundlich zu und setzte sich zu ihnen an den Tisch.

«Und? Wie war das Abenteuer?», fragte sie.

Unsicher sahen Lilly und Len sich an. Wo sollten sie auch anfangen?

Dann prasselten auch schon die ersten Fragen der Mutter auf sie ein, während sie ihnen die Teller füllte. Len wurde mit Grillfleisch, Soßen und jeder Menge Fragen überhäuft, die er gar nicht alle so schnell beantworten konnte. Er gab sich große Mühe, sich ordentlich zu benehmen und nicht mit vollem Mund zu sprechen. Am liebsten redete er aber über Lilly und ihre Prüfung und darüber, wie beeindruckend er sie und das Konservatorium gefunden hatte.

«Ich hab auch Fotos», sagte Len und reichte sein Handy herum, damit alle sehen konnten, wie Lilly sich auf der Bühne machte.

«Und?», fragte der Vater. «Warst du sehr aufgeregt, mein Goldstück?»

Ergänzend warf die Mutter ein: «Es muss doch furchtbar anstrengend für dich gewesen sein! Wie konntest du nur –»

«Nein, Mum, es war eigentlich keine so große Sache, jedenfalls inhaltlich keine unüberwindbare Herausforderung. Und auch körperlich nicht», erklärte Lilly beschwichtigend, wohl wissend, dass ihre Mutter sich wegen der möglichen Überforderung bei der Prüfung sicher am meisten gesorgt hatte.

«Dann also zu deinem Begleiter», warf Lillys Vater ein, um die Situation etwas zu entspannen. «Dass ihr euch damals in Dresden bei der Schulfahrt kennengelernt habt, hat Laura ja zum Glück schon verraten.»

Mit staunenden Augen sahen die beiden Laura an.

«Ja, Dresden … Richtig.» Len fing sich als Erster. «Lange ist's her …»

«Also, was machen Sie denn so, junger Mann», fragte ihr Vater weiter. «Oder dürfen wir du sagen?»

Len nickte. «Na klar doch. Gern!»

«Welches Instrument spielst du denn? Oder machst du nur Sport? Denn wenn ich mir deine Arme so ansehe …»

Hilfesuchend sah Len zu Lilly.

«Papa, geht es nicht noch direkter?», empörte sich Lilly.

Doch bevor Len etwas erklären konnte, war es Laura, die die Bombe platzen ließ: «Und? Habt ihr schon rumgeknutscht?»

«Laura, also bitte!», beschwerte sich Lillys Mutter sehr zum Vergnügen aller. «Das gehört nun wirklich nicht hierher. Leg lieber noch ein paar von den Gemüse-Spießen für deine Schwester auf. Unser Lilly-Kind muss doch halb verhungert sein.»

Kind?!, dachte Lilly entsetzt. Die lockeren Sprüche ihres Vaters waren ihr deutlich weniger peinlich. Um weitere Katastrophen zu verhindern, beschloss Lilly, das Kreuzverhör zu beenden, indem sie ein bisschen mehr über Len erzählte, was hoffentlich sowohl ihm als auch ihren Eltern gefallen würde. Nämlich, dass er auch Musiker war, sogar schon eigene Lieder komponiert hatte und öfter aufgetreten war.

«Das ist ja toll, welches Musikinstrument spielen Sie denn?» Die Mutter war so bemüht, Interesse zu bekunden, dass sie Len ungefragt eine Apfelsaftschorle ohne Zucker einschenkte.

«Mum, jetzt hast du ihn schon wieder gesiezt.» Langsam wurde es Lilly zu viel. Ohnehin verspürte sie eine bleierne Müdigkeit. Obwohl sie auf der Rückfahrt die meiste Zeit geschlafen hatte, war sie nach wie vor sehr schlapp. Sie sehnte sich allmählich nach ihrem Bett, das sie am liebsten mit Len geteilt hätte. Vor dem Schlafengehen durfte sie auf keinen Fall vergessen, ihre Medikamente einzunehmen.

«Ach, wissen Sie, Frau Heinemann», entgegnete Len freundlich, «mir ist alles recht!»

Lilly war ganz hingerissen von ihm und seinen Bemühungen, einen guten Eindruck zu machen.

«Also, ich bin Georg», warf jetzt ihr Vater ein. «Und wenn die Ladys schlafen gehen, trinken wir noch einen unter Männern, einverstanden?»

Lilly rollte mit den Augen. Sie wusste genau, dass ihr Vater versuchen würde herauszufinden, was wirklich zwischen ihm und seiner Tochter lief. Aber das mit Len, das würde das erste Mal sein, dass sie ihrem Vater nicht alles erzählte! Dass sie sich so unvorstellbar nahegekommen waren, ging nur sie und Len etwas an. Lilly wollte dieses süße, kostbare Geheimnis, das sie noch immer mit Glückshormonen zu belohnen schien, mit niemandem sonst teilen. Auch nicht mit Natascha.

«Der arme Junge wird sicher früh schlafen gehen wollen», sagte die Mutter mit mahnendem Unterton in Richtung ihres Mannes.

Lilly schüttelte den Kopf. «Der *arme Junge* ist schon zwanzig und sitzt hier auch mit am Tisch!»

«Entschuldigung, ich bin es einfach nicht gewohnt, dass meine Tochter männlichen Besuch mitbringt», sagte sie nun bemüht warmherzig und reichte Len ganz offiziell die Hand.

«Ich heiße Angela!»

Lilly tauschte mit Len einen peinlich berührten Blick aus.

«Dann hast du dein Abi also schon gemacht?», wollte Laura jetzt wissen, wofür Lilly sie hätte ohrfeigen können. Sicher würden die Eltern ihn als Schulabbrecher noch kritischer beäugen.

Aber Len ließ sich nicht einschüchtern. Mit warmen Worten berichtete er von seiner Ausbildung und davon, wie viel Glück er mit seinem Betrieb und mit seinem Chef hatte. Und je länger er redete, desto gelöster wirkte er.

Erschöpft, aber auch erleichtert lehnte sich Lilly endlich ein bisschen zurück. Auch ließ sie zu, dass ihr Vater noch ein paar von den Tofu-Würstchen für sie grillte, die ihre Mutter immerhin nur Lilly zuliebe gekauft hatte. Das tröstete sie zumindest etwas darüber hinweg, dass es wie immer Quark zu Kartoffeln und Mayonnaise im Nudelsalat gab.

«Haben Sie das Haus eigentlich selbst entworfen?», fragte Len, gleich nachdem er die leckeren Beilagen gelobt hatte.

«Du! Sag bitte du!», entgegnete Lillys Vater. «Ich muss da dringend drauf bestehen, sonst machst du uns noch älter, als wir sind, was, Schatz?» Lachend sah er zu seiner Frau herüber.

Und dann berichtete Georg Heinemann von der Entstehungsgeschichte des Hauses und ließ auch nicht unerwähnt, dass es schon in Publikums- und Fachzeitschriften abgebildet worden war. Er hatte es selbst entworfen und war beim Bau involviert gewesen.

«Ich hatte so ein großes, offenes Haus schon immer im Kopf», erklärte er. «Bereits im Studium fing ich mit ersten Plänen an. Als ich dann ein paar Jahre erfolgreich im Geschäft war, konnte ich es mir auch tatsächlich leisten.»

Lilly wusste, ihr Vater war keine dreißig gewesen, als er sich dieses Traumhaus gebaut hatte. Ohne eine Frau, geschweige denn Familie in Aussicht gehabt zu haben. Als er dann Angela auf einer Messe in Hannover kennengelernt und sie zu sich nach Hause eingeladen hatte, hatte diese lange Zeit angenommen, die Villa mit den vielen Zimmern gehöre seinen Eltern.

«Also eigentlich hat meine Frau mich nur wegen dieser Hütte genommen», schloss Georg augenzwinkernd seine Geschichte.

Lilly hörte sie immer wieder gern, weil ihr Vater gut darin war, die Dinge so zu erzählen, dass sie nicht angeberisch oder oberlehrerhaft rüberkamen.

«Ich hab jedenfalls noch nie ein so schönes Haus gesehen», sagte Len anerkennend. «Erst recht nicht von innen.»

Lillys Vater war sichtlich geschmeichelt. «Wenn du willst, zeige ich dir alles, während sich die Frauen in der Küche nützlich machen.»

«Papa!», sagte Lilly mit mahnender Stimme.

Das Grinsen ihres Vaters verriet, dass er das mit den Frauen nicht ganz ernst gemeint hatte. Er schien Len trotz einer gewissen Eifersucht als Vater zu mögen, das merkte Lilly.

Und dann entspann sich eine Art Fachgespräch zwischen Architekt und Tischler, dem alle drei Frauen mal interessiert, mal mit ironisch gehobenen Augenbrauen lauschten. Bis es irgendwann zu Fußballthemen überging, da wurde es den Heinemann-Frauen zu langatmig, und sie begannen tatsächlich, abzuräumen.

Als Lilly das Geschirr in die Küche brachte, sagte ihre Mutter in altbekannter Sorge: «Liebes, lass es bitte und setz dich! Du hast genug hinter dir.»

Eigentlich hatte Lilly widersprechen wollen, aber heute fehlte ihr irgendwie die Energie. Müde lehnte sie sich an den

Kühlschrank und sah zu, wie ihre Mutter die schmutzigen Teller erst unter laufendem Wasser abspülte, bevor sie sie in die Maschine einsortierte. Lilly fand diese Marotte total überflüssig und wenig umweltfreundlich, sagte aber heute nichts. Sie konnte nicht länger vortäuschen, fit zu sein. Die lange Autofahrt und die emotionale Aufregung in den vergangenen drei Tagen machten sich allmählich bemerkbar. Lilly spürte eine gewisse Kurzatmigkeit und kämpfte mit schweren Beinen. Auch das Ziehen über dem Brustkorb konnte sie nicht länger ignorieren. Sie brauchte ihre Medikamente, sie brauchte Schlaf.

Besorgt und beinahe streng schaute die Mutter sie an. «Unverantwortlich von dir, solche Strapazen auf dich zu nehmen, Liebes. Warum hast du denn nichts gesagt?»

«Hättet ihr mich denn gehen lassen?»

«Natürlich nicht», kam es wie aus der Pistole geschossen. «Weißt du, was alles hätte passieren können? Du siehst doch selbst, wie kaputt du jetzt bist. Es wird höchste Zeit, dass du in deinem Bett verschwindest.»

Laura war mit den letzten Sachen aus dem Garten in die Küche getreten und hatte die Schelte der Mutter offensichtlich mit angehört. Die Schwestern warfen sich einen vielsagenden Blick zu. Es war offensichtlich, dass ihrer Mutter diese Art Ausnahmezustand nicht recht war. Allerdings konnte Lilly nicht sagen, ob es an dem Männer-Besuch oder dem Ausbruchsversuch lag. Aber sie hatte absolut keinen Nerv darauf, die Diskussion weiter anzufachen.

«Ach, auf mich hört hier ja eh keiner», sagte die Mutter resigniert. «Ich mach schnell das Gästezimmer fertig.» Und dann fügte sie noch etwas sanfter hinzu: «Ich bin unglaublich erleichtert, dass du heile wieder da bist. Du hast uns einen großen Schrecken eingejagt!»

Lilly nickte. Die Augenringe der Mutter verrieten, dass diese wenig geschlafen haben musste. Ein wenig tat es Lilly schon leid, dass sie ihren Eltern so viele Sorgen bereitet hatte. Aber Lilly musste nur kurz an den einsamen Strand zurückdenken, da wusste sie wieder, dass es richtig gewesen war, zu fahren.

Auch jetzt noch genoss Lilly jede Sekunde in Lens Nähe, und das konnte sie offenbar nur schwer verbergen.

Während die Mutter sich um das Bettzeug kümmerte, blieb Lilly mit Laura allein in der Küche.

«Erzähl mir nicht, dass zwischen euch nichts geht!», sagte die Schwester und grinste frech. «Der ist echt mega, dein Len, ich freue mich tierisch für dich!»

«Ich kann es selbst kaum glauben. Und ich bin dir so unendlich dankbar, dass du mir geraten hast, mit ihm mitzufahren. Ich könnte durchdrehen, so happy bin ich.»

«Und wegen Mum, mach dir keine Sorgen! Die beruhigt sich schon wieder. Papa konnte das Schlimmste verhindern ...»

Lilly drückte ihre Schwester. «Dann werde ich mich auch bei Dad noch mal bedanken. Gute Nacht!»

Sie ging los, um die beiden Männer zu suchen, die noch irgendwo im Haus mit der Führung beschäftigt waren. Als Lilly in die Eingangshalle trat, konnte sie hören, dass die beiden im Untergeschoss sprachen, wo neben den Büros auch das Gästezimmer mit eigenem Bad lag. Ächzend stieg sie die Treppe hinunter und traf die beiden am Schreibtisch ihres Vaters sitzend.

Len erzählte gerade begeistert von den vielen schönen Bauten, die sie in Wien bewundert hatten, und davon, wie gelungen er die Mischung von Moderne und den verschiedenen Epochen in der ganzen Stadt fand.

Eigentlich wollte Lilly das vertrauliche Gespräch nicht stören, aber sie konnte nicht anders.

«Du hast ihm einen von meinen Bonbons gegeben?», fragte Lilly mit gespielter Empörung.

Len saß im Bürostuhl des Vaters und hatte eine verräterische Lakritzpackung vor sich liegen.

«Das ist schon der zweite!», sagte Len grinsend und schob sich den nächsten Bonbon in den Mund.

«Ich wollte auch nur kurz gute Nacht sagen. Soll ich dir dein Zimmer zeigen?», fragte sie ihn.

«Ist schon längst erledigt», triumphierte ihr Vater.

Tja, dachte Lilly, damit ist wohl jede Chance auf einen Gutenachtkuss vertan.

Len musste ihre Gedanken erraten haben, denn er zuckte nur mit den Schultern und sagte etwas hilflos: «Schlaf schön!»

Auf ihrem Weg nach ganz oben musste Lilly ein paar Verschnaufpausen auf den Stufen einlegen, und sie war sehr darauf bedacht, dass ihre Mutter dies nicht mitbekam.

Kraftlos putzte sie sich die Zähne, zog sich um und kuschelte sich endlich in ihr lang ersehntes Bett. Trotzdem fühlte sie sich ein bisschen einsam, so ohne Len. Wie amputiert, nachdem sie zuvor ununterbrochen zusammen gewesen waren. Sie hatten eine so wundervolle Zeit miteinander verbracht, dass es Lilly beim Gedanken an die vielen schönen Momente schwindelte.

Es war inzwischen nach Mitternacht, und Lilly fragte sich, wie Len das Kreuzverhör zwei Etagen tiefer wohl überstehen würde.

Gerade als ihr die Augen zufielen, ertönte ihr Handy. Sofort pochte ihr Herz wie wild. Es war klar, dass die Nachricht von Len sein musste:

... und träum süß, meine kleine indianerin

Lilly musste breit grinsen und tippte sofort eine Antwort ein:

Du auch, mein kleiner großer Held! Oder bist du schon «traumatisiert»?

du meinst, weil ich nach unsrem roadtrip auch noch den vorstellungsmarathon bei deinem vater überstehn musste?

Sorry dafür!! Seine Eltern kann man sich leider nicht aussuchen ...

also wenn ich mir welhce aussuchn könnte, wärn sie genau wie deine. du hast eine tolle family!!

Mein Dad hat dir meine Bonbons gegeben – er mag dich!

ich ihn auch. aber seine tochter noch mehr

ich dich mehr

geht gar nich. werde von dir träumen!

Zufrieden legte Lilly ihr Handy beiseite und wartete, bis das Display schwarz wurde. Dann schlief sie mit einem Lächeln auf den Lippen ein.

Len

Krass, wie aufgeräumt es hier ist», staunte Len, als er sich nach einem üppigen Frühstück in Lillys Zimmer umsah.

«Findest du?»

Lilly bedeutete ihm mit einer Geste, sich zu ihr aufs Bett zu setzen. Sie war ziemlich aus der Puste, nachdem sie zusammen die Treppe hinaufgegangen waren.

«Ich mag es nicht so gerne, wenn so viel rumsteht», erklärte sie kurzatmig. «Aber guck ja nicht in meinen Kleiderschrank!»

Er lachte, um gleich darauf besorgt neben Lilly Platz zu nehmen. Sie lehnte an der mit Leuchtsternen beklebten Wand hinter ihrem Bett und atmete tief ein und aus. Noch immer fand Len, dass sie ziemlich geschafft aussah und etwas blass um die Nase war, aber ihre Augen strahlten.

«Wie lange fährst du?», fragte sie und klang nun auch deutlich ernster.

Abschiedsblues lag in der Luft, dachte Len, seit er beim Familienfrühstück erklärt hatte, demnächst aufbrechen zu müssen.

Das war allerdings nur die halbe Wahrheit. Denn eigentlich erwartete ihn niemand, und er hätte durchaus noch bleiben können und auch wollen. Aber er spürte, dass Lillys Mutter ihn auf dem Kieker hatte. Zwar benahm sie sich freundlich und zuvorkommend. Aber sie gab ihm trotzdem das Gefühl, ein Fremdkörper in der Familie zu sein, was ja auch stimmte.

Außerdem wollte Len aufbrechen, damit Lilly sich, so schnell es ging, erholte.

Er nahm ihre Hand, was sie sich gerne gefallen ließ.

«So vier Stunden etwa. Vier Stunden entfernt von meiner kleinen Weltverbesserin», sagte er nachdenklich und sah Lilly in die Augen.

Sie lächelte etwas verlegen. Und Len spürte den dringenden Wunsch, ihr übers Haar zu streichen und sie zu küssen. Lilly erwiderte den Kuss, der sanft begann und sich langsam in seiner Heftigkeit steigerte. So heftig, dass Len lieber abbrach. Andernfalls hätte er für nichts garantieren können.

«Was ist?», fragte Lilly irritiert.

Len zuckte mit den Schultern. Wie sollte er ihr begreiflich machen, dass er zwar total scharf auf sie war, ihm aber so viele Dinge im Kopf herumspukten. Die Lage war wirklich kompliziert. Weder passte er in Lillys Familie, noch waren die Aussichten, dass aus ihnen ein richtiges Paar werden könnte, besonders rosig. Da war nicht zuletzt die Entfernung zwischen ihnen. Vor allem aber machte es Len zu schaffen, dass er sich einem so tollen Menschen wie Lilly so weit geöffnet hatte. Er dachte, er würde nicht mehr lieben können. Die Macht seiner Gefühle für Lilly und die Verantwortung erdrückten ihn beinahe.

Len war hin und her gerissen. Einerseits würde er Lilly am liebsten mitnehmen oder ihr wenigstens noch mal eine romantische Liebeserklärung machen. Andererseits wollte er nicht, dass sie beide noch mehr leiden mussten.

Aber vielleicht war es eh längst zu spät. Schon an diesem Morgen hatte Len eine solche Sehnsucht nach Lilly, nach immer noch mehr Lilly gehabt, dass er sich beim Aufwachen beinahe wünschte, sie niemals getroffen zu haben.

«Ich werde dich schrecklich vermissen», sagte Lilly, so als könnte sie seine Gedanken lesen.

«Ich dich auch!»

Len spürte, dass er zitterte, als Lilly begann, sich auszumalen, wie es weitergehen könnte. Ihre Tagträume wurden allerdings immer übertriebener, und das machte es Len wiederum leichter, damit umzugehen.

«Wir könnten gemeinsam die Welt retten oder wenigstens alle Länder dieser Erde bereisen. Wir könnten am Strand unterm Sternenhimmel heiraten, vier Kinder zeugen und eines Tages mit einem Haufen Enkel in einem Haus am Meer wohnen. Ein Haus, das du selbst entworfen hast, wie mein Vater …» Sie sprudelte nur so vor Ideen. «Oder wir gehen erst mal zusammen nach Wien, wenn ich den Studienplatz kriege und du mit der Ausbildung fertig bist», sagte Lilly, weil sie offensichtlich merkte, dass sie Len etwas überrumpelt hatte.

«Das wäre schön», sagte er und bohrte seine Nase in Lillys wundervoll nach Maiglöckchen duftenden Nacken. «Oder muss ich dann jeden Abend in die Oper?»

«Ein bisschen Kultur hat noch niemandem geschadet!», entgegnete sie.

«Den Ritt durch die Weltliteratur schaffe ich aber wohl nicht mehr», scherzte Len, als sein Blick auf den großen Stapel Bücher auf Lillys Nachttisch fiel.

Lilly beugte sich über ihn rüber, um nach dem obersten Buch zu greifen.

«Möchtest du es mal versuchen? Du kannst es gerne mitnehmen», sagte sie und hielt ihm ihr Lieblingsbuch unter die Nase. Er meinte jedenfalls, sich daran zu erinnern, dass dies ihr Lieblingsbuch war, als er kurz den Klappentext überflog.

«Gibt es denn ein Happy End für die beiden?», fragte er skeptisch.

«Es kommt drauf an.»

«Wie, es kommt drauf an?»

«Na ja, kommt darauf an, was man darunter versteht.»

Len sah sie amüsiert an. «Na, Haus am Strand, viele Enkelkinder und so.»

Als Lilly lachte, lehnte er sich zufrieden an. Er hatte es wieder geschafft, er liebte es einfach, ihr beim Lachen zuzusehen.

«Das Ende verrate ich dir nicht», erklärte Lilly. «Aber ich glaube an die große Liebe, die auch den Tod überdauert.»

Plötzlich sahen sie sich tief in die Augen und seufzten beide ein bisschen.

Und dann war es so weit.

«Tja ...» Len richtete sich auf.

«Meinst du, wir werden uns bald wiedersehen?», fragte Lilly, als sie zum Abschied ihre Arme um Lens Hals schlang.

«Ich verspreche es dir, meine kleine tapfere Indianerin. Ich besuche dich sogar im Krankenhaus, wenn du das möchtest.»

Bei der unwillkürlichen Erinnerung an ihren bevorstehenden OP-Termin ließ Lilly sofort von ihm ab. Sie nickte nur und senkte ihren Blick.

Len hätte sich ohrfeigen können! Wie konnte er nur so trampelig sein? Er ahnte, was jetzt passieren würde. Und tatsächlich, als er Lilly ans Kinn stupste, um ihr in die Augen blicken zu können, sah er, dass diese sich bereits mit Tränen gefüllt hatten.

«Komm her», sagte er schnell, und sie schmiegten ihre Oberkörper so fest aneinander, wie es nur ging. Für einen Moment konnte Len sogar Lillys Herzschlag an seiner Brust spüren, so stark pochte es.

Dieses verdammte kranke Herz, dachte Len. Tausend Gedanken geisterten ihm im Kopf herum. Und keiner davon hatte ein Happy End. Aber weder wollte er den Moment zerstören noch sich selbst hineinsteigern in irgendwelche Worst-Case-Szenarien, die niemandem nützten.

Er musste stark sein. Stark sein für Lilly! *Sie* war es, der die schlimme Zeit bis zur OP bevorstand. Und erst recht die fiese Zeit danach. Len wusste nur so ungefähr, was die Ärzte Lilly an Nachwirkungen und denkbaren Komplikationen angedroht hatten. Der Gedanke an ein künstliches Koma, an Schmerzen und wochenlange Reha und der ganze verdammte Mist, das alles war doch schon schlimm genug. Was Len allerdings definitiv gar nicht an sich herankommen lassen konnte, war die Angst, dass etwas schiefgehen könnte. Er hatte bereits ein bisschen im Internet recherchiert, aber nach den ersten Seiten davon abgelassen und alles lieber von sich weggeschoben.

Denn Len wusste, er würde es nicht überleben, ein weiteres Mal einen geliebten Menschen zu verlieren.

Fieberhaft suchte er nach irgendeinem lustigen Spruch, so wie er es immer tat, wenn etwas wirklich schlimm und eigentlich nicht auszuhalten war.

«Ich werde dich mit dem kitschigsten Song aller Zeiten aus der OP aufwachen lassen», sagte er in einem bemüht lockeren Tonfall.

Lillys zauberhafter Mund lächelte, doch ihre Augen sagten etwas anderes. Darin spiegelte sich Angst – und zwar in einer Klarheit, die Len bis ins Mark erschütterte.

«Du willst einen Song für mich schreiben?», fragte sie, als sie sich wieder etwas gefangen hatte.

Er nickte, dann stutzte er jedoch, weil Lilly aus ihrer Nachttischschublade einen Stift hervorholte. Len befürchtete schon, er solle auf der Stelle einen Liedtext für sie dichten, was ihn in diesem Moment definitiv überfordert hätte.

Doch Lilly hatte wohl etwas anderes im Sinn. Sie nahm ihm das Buch wieder aus der Hand, das ziemlich mitgenommen aussah, klappte es auf und schrieb hinein.

Es musste eine Art Widmung sein, die er jedoch auf die Schnelle nicht lesen konnte

«Hier», sagte Lilly schließlich und gab ihm das Buch zurück. «Nimm es mit. Aber du darfst erst reingucken, wenn du zu Hause bist!»

Lilly

Wenn es dir morgen nicht besser geht, rufe ich in der Klinik an», sagte Lillys Mutter emotionslos.

Obwohl Lilly tatsächlich alles andere als fit war und das Bett seit zwei Tagen nicht verlassen hatte, weil ihre Beine stark geschwollen und ihre Luftnot arg schlimm war, bekam sie sehr genau mit, dass ihre Mutter nur noch wie auf Autopilot lief. Sie konnte ihr nicht einmal mehr in die Augen sehen, wenn sie mit ihr sprach.

«Ich hole dir jetzt was zu essen, und dann versuchst du zu schlafen.» Wenn ihre Mutter sich besonders große Sorgen machte, war sie mitunter seltsam leblos und funktionierte nur noch.

Lilly nickte zaghaft, weil sie wusste, es würde ohnehin nichts bringen, zu widersprechen. Aber Hunger hatte sie keinen, und schlafen würde sie auch diese Nacht nicht, befürchtete sie.

Seit Len vier Tage zuvor aus Lüneburg weggefahren war, schien er gleichermaßen aus Lillys Leben verschwunden zu sein. Mit jeder Stunde, die sie sich nach ihm sehnte, ihm wenigstens am Telefon nahe sein wollte, wurde es schlimmer. Ganz offensichtlich ging er mehr und mehr auf Distanz, was Lilly vielleicht rational verstehen, im Herzen aber einfach nicht nachvollziehen konnte.

Gleich nach seiner Ankunft in Köln hatte er ihr noch eine sehr berührende Nachricht geschickt und sie damit in den siebten

Himmel katapultiert. Wieder und wieder hatte sie seinen Text seitdem gelesen. Er musste sich die Zeilen auf dem Heimweg für sie im Kopf zurechtgelegt haben. Und es war mehr als deutlich, dass er durchaus etwas für sie empfand.

Lilly wälzte sich zur Seite und griff nach dem Handy, das auf ihrem Nachttisch lag. Sie las die Worte erneut:

seelenblues

ich möchte dich wiegen
und inniglich schmiegen,
wenn das dunkel uns fortwährend ruft,
wenn unsere sehnsüchte schweigend erliegen
und der blues meinem herzen seine nöte eingroovt,

wenn saiten in moll die misstöne ziehen,
von rauchiger stimme umgeben,
vor selbstmitleid trunken die außenwelt fliehen,
nach gehaltener ruhe hinstreben.

dann möcht ich dich schmiegen ins dunkel hinein,
deine angst in den tiefen berühren,
in gedanken für immer bei dir sein
*und die liebe mit dir erspüren.**

Obwohl die Zeilen wahnsinnig traurig waren, glaubte Lilly jedes Wort zu verstehen. Es lag ein Rhythmus darin, der sie an Lens Songtexte erinnerte. Vielleicht, so hoffte sie, hatte die Reise immerhin eines gebracht, nämlich dass Len seine Leidenschaft für die Musik wiederentdeckt hatte. Zwar wusste sie, er würde ohne seinen Bruder nichts mehr von einer Band wissen und auf keiner Bühne mehr spielen wollen. Aber Paddy hätte ganz sicher niemals gewollt, dass Len sein Talent wegwirft und keine Lebensfreude mehr hätte. Und er hatte Talent! Vielleicht war er aber immer noch zu gefangen in seiner Trauer, als dass er ohne Hilfe da wieder herauskommen konnte.

Anders war es auch nicht zu erklären, warum er so urplötzlich abgetaucht war und Lilly am langen Arm verhungern ließ. Er reagierte nur sehr verspätet oder gar nicht mehr auf ihre Nachrichten und ging auch nicht ans Telefon, wenn sie anrief. Alles was sie noch hatte, waren die Fotos.

Wenn Lilly doch nur wüsste, wie sie seine Eltern oder seinen Chef, mit dem Len doch so ein enges Verhältnis hatte, erreichen konnte. Selbst jetzt, da sie körperlich jeden Tag mehr abbaute, hätte sie versucht, ihnen klarzumachen, wie schlecht es Len ging. Und es musste ihm verdammt schlechtgehen, wenn er von einem Tag auf den anderen in ein solch tiefes Loch fallen konnte.

Lilly zermarterte sich das Hirn. War sie ihm zu nahegekommen? Hatte sie ihn zu sehr bedrängt mit ihren Zukunftsvisionen? Oder waren die gemeinsamen Tage vielleicht gar nicht so besonders für ihn gewesen? Nein, das konnte nicht sein. Sie hatte gespürt, wie tief auch seine Gefühle waren.

In ihrem Bett gab es für Lilly immer nur sie und ihre kreisenden Gedanken, von denen jeder einzelne Len gehörte. Und es war ihr ernst gewesen mit ihrer Widmung:

Als Erinnerung an die Zeit unseres Lebens …
In Liebe, L.

Das waren die Worte, die Lilly in das Buch geschrieben hatte. Womöglich hatte sich Len nicht wie gehofft über diese Widmung gefreut, sondern sie als unpassend oder klettenhaft oder kitschig empfunden.

«Atmen!», ermahnte Lilly sich jede Minute von neuem. Man muss seine eigene Angst atmen, hatte ihre Oma gepredigt. Lilly musste diese schlimme Zeit einfach irgendwie aushalten. Oder was rieten die schlauen Bücher? Jeder Schmerz zieht vorüber, wenn man ihn nur zulässt, erinnerte sich Lilly. Sie war absolut bereit, alles zuzulassen.

Was hatte sie schon zu verlieren?

Len

»Hier!«, sagte Manni und reichte Len einen großen Pott Kaffee.

Dann setzte er sich zu ihm auf die Bank und starrte ebenso wie sein Auszubildender Löcher in die Luft.

Len seufzte innerlich. Genau das schätzte er an seinem Chef: dass man sehr gut mit ihm schweigen konnte, obwohl sie sich ein paar Tage nicht gesehen hatten.

Aber irgendwann hielt Len die Dauerschleife in seinem Kopf nicht mehr aus. Da war nur noch Lilly. Lilly und ihr zauberhaftes Lachen. Lilly, die er so enttäuscht haben musste.

«Du hast noch gar nichts erzählt», sagte er daher. «Wie geil war's denn nun in Wacken?»

«Auf einer Skala von eins bis zehn?», fragte Manni und steckte sich eine von Lens Zigaretten in den Mund.

Len nickte.

«Zwölf!»

Manni zündete die Zigarette an und nahm einen tiefen Zug. Und dann, nach einer längeren Pause, stellte er die Gegenfrage.

«Und du? Auf einer Skala von eins bis zehn – wie groß ist dein Liebeskummer?»

Er musste gespürt haben, dass Len für irgendwelche Anekdoten aus Wacken keinen Kopf hatte.

«Hundert», sagte Len kaum hörbar und senkte den Blick.

Manni verlor keine großen Worte, sondern klopfte Len einfach nur verständnisvoll auf die Schulter, so als würde er damit sagen wollen: Tut mir echt sehr, sehr leid, Mann!

Irgendwie sagte und tat sein Chef immer genau das Richtige. Gleich am Morgen hatte er Len für das Aktenregal im Büro gelobt, das dieser seit seiner Rückkehr wie ein Besessener fertig gezimmert hatte. Es war ihm eine willkommene Ablenkung gewesen, und er hatte all seine Wut auf die Welt, auf die Ungerechtigkeit des Schicksals, vor allem aber diese riesige Wut auf sich selbst darin verarbeitet.

Manni hatte nicht zu viel, aber auch nicht zu wenig gesagt, sodass Len die Anerkennung gut hatte annehmen können.

«Hast du heute schon was gegessen?», fragte Manni.

Len schüttelte den Kopf. «Keinen Hunger.»

«So schmal und blass, wie du aussiehst, ist der Kühlschrank doch sicher schon seit Tagen leer. Du weißt aber, dass man auf Dauer nicht nur von Nikotin und Alkohol leben kann?!» Manni wedelte mit der Zigarettenschachtel vor Lens Nase herum.

«Schmeckt mir auch nicht mehr», erklärte Len zu Mannis Erstaunen.

«Oha, Lennart Behrend hat es erwischt. Und zwar so richtig. Wer hätte das gedacht?», sagte Manni und sah Len aufmunternd an. So, als würde er sagen wollen, es sei doch alles halb so schlimm.

Und da polterte Len dann doch plötzlich los. Er brach sein Schweigen, und die Worte sprudelten nur so aus ihm heraus. Er erzählte von der langen Autofahrt, von dem Fragenbombardement auf den ersten 200 Kilometern, von Lillys wunderschönem Lachen, von ihrem Talent am Violoncello, von Wien, von seiner ersten original italienischen Pizza, von dem Spontantrip ans

Meer, von dem Wunsch, ihr nahe zu sein, und von dem großen, großen Glück, an ihrer Seite die Welt neu entdeckt zu haben. Er schwärmte von Lilly, von ihrem zauberhaften Wesen und ihrer lebensfrohen Art. Obwohl das Schicksal doch so grausam zu ihr war.

«Für Lilly möchte ich ein besserer Mensch werden», schloss er. Sie sei auch der Grund, warum er versuchte, mit dem Rauchen aufzuhören.

Len fuhr sich durchs Haar. «Und frag jetzt bitte nicht, wo eigentlich das Problem liegt!», ermahnte er Manni.

«Aber wo *ist* denn jetzt wirklich das Problem?» Manni hob fragend seine Augenbrauen.

Wahrscheinlich war er immer noch nicht ganz ausgenüchtert, dachte Len missmutig. Wie sollte er seinem Chef etwas begreiflich machen, das er selbst nicht mal richtig verstand?

Er hatte sich verliebt, und zwar so richtig. Das erste und vielleicht auch das letzte Mal in seinem verdammten Scheißleben. Ausgerechnet in ein Mädchen, das sehr krank war und dessen Mutter ihm beim Abschied strengstens untersagt hatte, weiter Kontakt zu ihr zu haben. Und all das erzählte er ihm auch.

«*Ich flehe dich an!*, hat sie zu mir gesagt und mich traurig angesehen.» Len wollte, dass Manni den Ernst der Lage endlich kapierte. «*Wenn dir wirklich etwas an Lilly und ihrer Gesundheit liegt, dann lass sie jetzt erst mal in Frieden! Bitte!*» Das waren ihre Worte.»

Eine absolut verfahrene Situation!

«Wieso soll es denn schlecht sein für Lillys Gesundheit, wenn ihr Kontakt habt?», hakte Manni verständnislos nach.

«Weil sie ein krankes Herz hat und jede Aufregung vermeiden soll.» Und dann berichtete Len von Lillys elender Krankengeschichte, soweit er sie kannte. Und von der anstehenden Operation, bei der Lilly ein Kunstherz eingesetzt werden würde.

«Lillys Mutter hat mein ohnehin schon vorhandenes schlechtes Gewissen befeuert», fügte Len hinzu, «weil die Reise unterm Strich nicht gut gewesen ist für Lilly. Psychisch vielleicht, aber physisch nicht!» Len stand die Panik ins Gesicht geschrieben, als er fortfuhr: «Du hättest sie mal sehen sollen am Tag nach unserer Rückkehr. Sie war total blass und hatte kaum noch Kraft, die Treppen hochzugehen.»

Unbewusst hatte Lillys Mutter mit ihrer Äußerung also Lens gigantische Angst bestätigt, es sei falsch gewesen, die Reise anzutreten. «Es ist meine Schuld, wenn sie jetzt nicht robust genug für den Eingriff ist.»

Manni hatte aufmerksam zugehört. «Du weißt aber selbst, wie wichtig die Psyche ist, wenn es um Gesundheit geht. Das hängt doch alles mit allem zusammen. Vielleicht sollten dir Lillys Eltern dankbar sein, dass du ihre Tochter so glücklich machst!»

«Aber wie kann ich sie glücklich machen, wenn ich einfach keine Verantwortung für ihr Leben übernehmen kann.» Er schnaubte. «Außerdem passe ich gar nicht in ihr Leben. Du hättest die Hütte mal sehen sollen, in der die wohnen! Ein Palast ist das. Die sind aus einer komplett anderen Welt.»

Manni tippte sich an die Stirn. «Wir leben im 21. Jahrhundert. Und du bist nicht Prinz Harry, dessen Braut gesellschaftlich kompatibel sein muss!»

Len wusste, dass Manni im Grunde recht hatte. Aber darum ging es auch gar nicht. Es war mehr so ein Grundgefühl, dass er sich nicht in das Leben einer Familie einmischen durfte, die eine solch harte Prüfung zu bestehen hatte. Er wollte einfach keine zusätzlichen Probleme bereiten und sich nicht mit einer vor Sorge zerfressenen Mutter anlegen, die wahrlich genug auszustehen hatte. Trotzdem hatte er es sich nicht nehmen lassen, Lilly direkt nach seiner Rückkehr zu schreiben. Auf der Fahrt nach Köln waren ihm die Worte nur so zugeflogen. Und er war froh, ihr wenigstens auf diese Weise seine Gefühle mitgeteilt zu haben.

«Wenn alles überstanden ist, frage ich vielleicht, ob ich Lilly im Krankenhaus besuchen darf», sagte Len eher zu sich selbst als Aufmunterung.

Manni pflichtete ihm bei. «Ja, das tust du. Und jetzt zeig mir doch mal ein Foto von Lilly.»

Als Len im Schnelldurchlauf seine Schnappschüsse von der Reise durchscrollte und auch die, die Lilly ihm noch auf der Rückfahrt weitergeleitet hatte, wurde ihm augenblicklich wieder warm ums Herz. Der Anblick einer strahlenden Lilly machte ihm Mut. Gleich nach Feierabend würde er sich hinsetzen und ein Aufwachlied für sie schreiben. Er hatte es ihr versprochen!

Lilly

Lilly schloss die Augen und dachte an Len. Sie dachte an das Konservatorium in Wien, an die Fahrt mit dem Faxi, an das Riesenrad, an das zweite italienische Essen, an die Nacht am Strand – an all das Traumhafte, das sie zusammen erlebt hatten. Denn es war so ziemlich das Gegenteil zu der Realität ihres Krankenbetts, ihres Krankenzimmers im Krankenhaus. Doch sie wollte nicht jammern oder sich beschweren. Ihren Eltern würde es nicht guttun, und Laura wollte sie ebenso schützen.

Morgen würde ihre Omi kommen, also einen Tag vor der vorgezogenen OP. Die Ärzte hatten beschlossen, den Eingriff vorzuziehen, weil sich Lillys Zustand so sehr verschlechtert hatte. Gleichzeitig würde dadurch das Risiko steigen, weil die Strapazen für ihren ohnehin schon stark angeschlagenen Körper entsprechend größer wären.

Lilly war bereits seit drei Tagen im Krankenhaus. Neben ihr lag ein junges Mädchen, keine 15 Jahre alt, das so sehr von Tumoren und Metastasen zerfressen war, dass sie demnächst in ein Hospiz verlegt werden würde. Ihr Name war Jenny, und sie war sehr tapfer – zumindest, wenn ihre Familie da war. Aber sobald ihre Eltern sich wie vor wenigen Minuten in die Nacht verabschiedet hatten, kamen bei ihr der Schmerz und die Angst mit einer Wucht durch, die sich in Heulkrämpfen und Panikattacken bemerkbar machte. Lilly konnte sie gut verstehen. Ihr ging es nicht anders. Nur gut, dass sie beide ihre Medikamente hatten und sich wenigstens nicht noch gegenseitig etwas vorzumachen brauchten. Aber natürlich gab es einen entscheidenden Unterschied: Lilly zehrte von der Hoffnung, der Eingriff würde die Zeit bis zu einer erfolgreichen Spende überbrücken. Sie wusste, das Warten auf ein passendes Spenderherz würde dadurch nicht einfacher werden. Aber sie war voller Hoffnung. Auch voller Hoffnung, Len eines Tages wiederzusehen und ihm wieder nahe zu sein, wenn es ihr besser ging.

Seine Nachrichten waren wieder intimer und häufiger geworden. Aber immer noch meldete er sich viel zu selten, gemessen daran, wie oft Lilly an ihn dachte. Er antwortete brav, wenn sie wissen wollte, was er so trieb oder wie es ihm ging. Aber von allein meldete er sich nicht, was Lilly beinahe um den Verstand brachte. Von ihrem akuten Zustand wusste er nichts. Schon mehrfach war Lilly kurz davor gewesen, ihm zu berichten, dass die Ärzte Alarm geschlagen und sie umgehend stationär aufgenommen hatten. Denn übermorgen war es nun so weit. Zwar würde sie sich nicht von ihrem eigenen Herzen trennen müssen, was Lilly und ihre Familie sehr erleichtert hatte. Aber das Organ wäre fortan an ein Herzunterstützungssystem angeschlossen, das allerdings nur eine gewisse Zeit seinen Dienst tun würde, wenn es überhaupt funktionierte. Die Ärzte würden eine künstliche Herzpumpe implantieren, eine Art neuen Mini-Defibrillator, der etwaige Herzrhythmusstörungen auffängt. Über die Risiken hatte sie lange mit den Ärzten diskutiert. Letztlich gab es aber keine Alternative.

Aber all das wollte sie Len lieber nicht sagen. Sie rief ihn nicht mehr an und wollte seine Betroffenheit nicht. Und erst recht kein Mitleid. Alles, was sie von ihm wollte, war seine offene und ehrliche Zuneigung. Sie vermisste seine Nähe, seit sie erfahren hatte, wie schön es war, begehrt und wirklich gesehen zu werden.

Ja, es stimmte! Er hatte sie gesehen, so wie sie wirklich war, und trotzdem hatte sie ihm gefallen. Sie hatte Len ihr Herz geschenkt, kurz bevor sie es bildlich gesprochen endgültig verlieren würde.

Genau das würde sie ihm schreiben, dachte Lilly, bevor sie in die OP ging. Überhaupt hatte sie beschlossen, all ihren Lieben einen Brief zu schreiben: ihren Eltern, ihrer Schwester, auch Natascha wollte sie unbedingt noch Glück wünschen. Und natürlich Len. Wer wusste schon, ob sie wieder aufwachen würde, wenn alles vorüber war?

Lilly klammerte sich an die Hoffnung, dass ihr Herz, jetzt wo es so voller Liebe war, alles geben würde.

Wenn alles gutging, würde sie nach der OP noch etwa sechs Wochen im Krankenhaus bleiben müssen. Auch Lauras Glücksschweinchen hatte sie eingepackt. Es stand direkt neben ihr auf dem Nachttisch und grinste sie gut gelaunt an, sodass Lilly jedes Mal schmunzeln musste, wenn sie hinsah. Ansonsten vertrieb sie sich die quälende Warterei mit Sudokus und Fernsehen. Zum Glück hatten Jenny und sie einen ähnlichen Geschmack, sodass sie selbst die anspruchslosesten Sendungen zusammen gucken konnten. Was Lilly sich im Laufe ihres Lebens an kulturellem Wissen angelesen hatte, machten ihre Fernsehgewohnheiten wieder wett. Von Shoppingqueen über Castingshows und aktuell der «Bachelorette», bei der eine Single-Frau einen Partner fürs Leben suchte, war alles gut genug, um sie wenigstens für einige Augenblicke aus der beklemmenden Krankenhauswelt zu befreien. Lilly ertappte sich immer wieder dabei, jeden Anwärter für die Single-Lady mit Len zu vergleichen. Keinen einzigen von ihnen hätte sie gegen Len als ihren Einschlafmann eintauschen wollen. Sie wäre lieber unglücklich mit einem abwesenden Len als nur ein bisschen glücklich mit einem anderen Mann. Aber das war Zukunftsmusik von einer Zeit, die ihr aus dem Krankenhausbett heraus unerreichbar weit weg schien.

Noch bis vor wenigen Monaten hatte Lilly ihr Leben in eine Zeit vor und nach dem Abi eingeteilt. Seit dem Ende der Schule war es für sie der 18. Geburtstag gewesen, den es zu erreichen galt. Und nun gab es nur noch diese OP, die alles, was ihr noch blieb vom Leben, in ein Davor und ein Danach einteilte.

Len

Len traute seinen Augen nicht und las die Nachricht ein weiteres Mal:

> Hi Len, ich bin es, Laura! Habe mir heimlich Lillys Handy geschnappt, als sie schlief (und lösche diese Nachricht gleich wieder). Auch wenn meine Mutter dagegen ist, wollte ich dir unbedingt sagen, dass Lilly im Krankenhaus ist und schon morgen Nachmittag operiert wird. Es geht ihr nicht gut, vor allem nicht ihrem Herzen, das du ein bisschen gebrochen hast. Wenn du mehr wissen willst, hier meine Nummer …

Len musste die Nachricht auch noch ein drittes Mal lesen. Seine Augen waren verschwommen, weil bittere Tränen der Wut und der Angst in ihm aufgestiegen waren, als er begriff, was Lillys Schwester da geschrieben hatte. Jedes einzelne Wort tat ihm weh. Und am liebsten hätte er sich sofort ins Auto gesetzt und wäre zu Lilly gefahren, um ihre Hand zu halten, ihr übers Haar zu streichen und um ihr zu sagen, dass er sie liebte. Aber der Gedanke, er könne Lillys ohnehin schon schwaches Herz gebrochen haben, schnürte ihm die Kehle zu und ließ ihn taumeln. Er spürte eine riesige Wut auf Lillys Mutter und war kurz davor, sie anzurufen und sie zu beschimpfen.

Warum hatte sie ihm und vor allem ihrer kranken Tochter so etwas angetan? Hätte er sich über ihren an sich nachvollziehbaren Wunsch hinwegsetzen müssen? Denn natürlich wusste Len, dass auch und gerade Lillys Mutter Angst hatte. Aber war das Grund genug, ihm Schuldgefühle einzureden? Hatte sie überhaupt das Recht, ihn zu verurteilen, dafür, dass er Lilly mit auf eine Reise ins Glück genommen hatte?

Bestärkt durch das Buch mit der bewegenden Widmung, das Lilly ihm mitgegeben und das er sofort in einem Rutsch durchgelesen hatte, beschloss er, Laura anzurufen. Len wollte alle Einzelheiten über Lillys Zustand und ihren OP-Termin erfahren. Er musste einfach etwas tun! Die Vorstellung, dass Lilly einsam und still vor sich hin litt, ohne zu wissen, warum er auf Tauchstation gegangen war, schien ihm unerträglich. Er hatte etwas klarzustellen, wollte aber nichts Unbedachtes tun und womöglich tatsächlich Schaden anrichten. In jedem Fall war Eile geboten, den Song für Lilly zu vollenden.

Obwohl es schon beinahe Mitternacht war, legte Len sofort los.

Lilly

Lillys Arme und Augenlider waren eigentlich viel zu schwer, um Briefe zu schreiben. Ihre Oma, ihre Schwester, ihre Eltern und Natascha hatte sie bereits bedacht. Und ihr war klargeworden, dass sie ihnen eigentlich immer alles gesagt hatte, was sie wichtig fand. Und so waren es eher kurze Dankes- und Liebesgrüße geworden und der klare Auftrag, das Leben gemeinsam zu genießen und sich nicht wegen Nichtigkeiten zu streiten.

Beim Schreiben hatte Lilly mehrfach angefangen zu weinen. Sie war einfach sehr labil und schwach gerade. Und sie hatte schon jetzt einen Riesenschiss, wenn es am nächsten Mittag in den Operationssaal gehen würde. Die neuen Tabletten und all die Voruntersuchungen und schlafarmen Nächte machten sie offensichtlich so mürbe, dass Lilly ihre Emotionen nur schlecht in den Griff bekam. Und ein bisschen war sicher auch Len daran schuld, an den sie unentwegt dachte und den sie gerne vorher noch mal gesehen hätte.

Lilly starrte auf das linierte DIN-A4-Ringbuch, das ihr Vater wie bestellt mitgebracht hatte. Wenn sie es jetzt nicht schaffte, alles aufzuschreiben, was sie Len noch zu sagen hatte, würde er es womöglich nie erfahren. Also erlaubte sie sich nicht mehr den Luxus, jedes Wort sorgfältig abzuwägen und endlos an den einzelnen Formulierungen herumzufeilen, sondern schüttete einfach ihr Herz aus und schrieb all das auf, was sie ihm noch mit auf den Weg geben wollte.

Mein kleiner großer verlorener Held,

geht es dir gut? Denkst du auch manchmal an unsere Reise? Ich kann nur mutmaßen, warum du dich zurückgezogen hast, gleich nachdem wir uns verabschiedet haben. Aber mir ist sehr, sehr wichtig, dass du weißt, es gibt keine einzige Sekunde unseres Trips oder überhaupt unserer gemeinsamen, womöglich viel zu kurzen Zeit, die ich bereue. Im Gegenteil, sie war die schönste meines Lebens, und dafür bin ich dir unendlich dankbar.

Vielleicht war das alles zu viel und zu schnell für dich? Ich weiß ja, dass du lange niemanden an dich rangelassen hast. Dein Herz lange verschlossen hast. Zu lange, denn das Leben ist kurz.
Vielleicht haben dich auch deine Schuldgefühle wieder gefangen genommen? Und du hast Sorge, die Nähe zu einem geliebten Menschen könnte dich erneut zu viel Kraft kosten, dich enttäuschen?
Aber vielleicht geht es im Leben gar nicht darum, Antworten zu finden, wie mir manche von Omis Büchern weismachen wollten. Vielleicht geht es einzig und allein darum, zu lieben und geliebt zu werden. Die Liebe ist das, was bleibt. Und du hast mir – nicht nur praktisch – gezeigt, wie sie funktioniert. ;-)

Du bist alles andere als ein Alleszerstörer. Du bist wahrhaftig ein Held, mein Held, weil du mich zum Leben erweckt und mich doch noch rechtzeitig ein bisschen erwachsen gemacht hast. Und so will auch ich dich wieder zum Leben erwecken! Denn mit dem Tod deines Bruders ist auch ein Teil von dir gestorben. Natürlich stirbt ein großer Teil in uns, wenn ein geliebter Mensch viel zu früh geht. Aber eben nur ein Teil, und das ist gut so. Denn das Leben bietet uns die Chance, dass wir uns erneuern und immer wieder von vorne beginnen können. Und ich bin dankbar, dass wir diese Chance hatten. Dass wir auf unserer Reise gelebt und geliebt haben und gesehen haben: Es ist möglich, und es fühlt sich sehr gut an.

Glaub mir: Wenn dein Bruder dich mindestens genauso geliebt hat wie du ihn, wäre es ihm sicher das größte Anliegen, dass du lebst. Dass es dir gutgeht. Dass du seinetwegen nicht in Trauer versinkst und dein Leben wegwirfst. Er hätte ganz bestimmt gewollt, dass du dein Glück findest. Dass du trotz aller Schmerzen und aller Vorwürfe und Zweifel erkennst, wie schön das Leben sein kann. Jetzt erst recht. Es lohnt sich, sich auf das Abenteuer Leben einzulassen. Und auf die Liebe.
Gib dir nicht länger die Schuld für etwas, sondern übernimm lieber Verantwortung für dich und dein Leben. Und verzeihe dir, wenn du dir etwas verzeihen musst. Und genieße, wenn es etwas zu genießen gibt. Denn in einem haben Omis Bücher sehr wohl recht: Du kannst dein Glück nur finden, wenn du dich selbst liebst. Und ich habe erfahren, dass es ganz leicht ist, einen so wundervollen Menschen wie dich zu lieben.
Ich bin mir sehr sicher, deine Eltern sehen das genauso!

Sorry, jetzt ist dieser Brief doch viel eso-mäßiger und länger geworden, als ich wollte. Aber ich wünsche mir so sehr, du würdest dir wieder selbst vertrauen, auf die Bühne gehen und deinen Weg finden. Und falls dieser Weg ohne mich sein wird, hoffe ich auf das nächste Leben mit dir. Ich werde dir ein Zeichen geben!

In ewiger Liebe,
deine L.

Len

Obwohl der ICE erst in einer Viertelstunde in Hamburg ankommen würde, stand Len bereits voller Ungeduld im Gang, um als Erster aussteigen zu können. Die letzten Minuten bis zum Hauptbahnhof kamen ihm ewig vor. Mehrfach hatte er auf seinem Handy gecheckt, welche U-Bahn und welchen Bus er nehmen musste, um auf direktem Weg ins Universitätsklinikum Eppendorf zu kommen.

Mit Laura hatte er am Telefon vereinbart, dass sein Besuch bis zur letzten Sekunde ihr gemeinsames Geheimnis blieb. Die Mutter sollte sich nicht unnötig aufregen und um ihre Tochter sorgen. Dennoch hielt Len es nun nicht mehr aus und formulierte eine WhatsApp-Nachricht an Lilly. Er konnte sich immer noch überlegen, ob er sie wirklich losschickte. Aber es war ihm ein sehr großes Bedürfnis, ihr, so schnell es ging, zu verraten, dass er zu ihr auf dem Weg war und in Kürze bei ihr eintreffen würde. Er wollte vor ihrer OP unbedingt noch mal in ihre schönen grünen Augen blicken. Vielleicht würde es ihr Kraft geben. Aber vielleicht war es besser, sie vorzuwarnen. Immerhin hatte er sie lange auf Abstand gehalten. Zu lange. Vor lauter Sehnsucht hielt er es kaum noch aus. Ob sie sich noch etwas Zeit für ihn allein reservieren konnte? Er hatte ihr doch noch so viel zu sagen! Außerdem wollte er ihr als kleine Motivation für die Zeit nach dem Eingriff mitteilen, dass er sein Versprechen wahrgemacht hatte: Er hatte einen Song für sie geschrieben und würde ihn sogar bald vertonen. Lilly hatte ihm die Lust an der Musik zurückgegeben. Und nun wollte Len ihr ein kleines Geschenk machen.

Zunächst aber galt es, die richtigen Worte für seine Nachricht zu finden. Len merkte, er war viel zu aufgeregt, um wohlüberlegte Formulierungen zu finden. Zu sehr hatte er sich in der vergangenen Zeit zurückhalten müssen. Jetzt wollte er Lilly Mut machen. Er hoffte so sehr, es würde noch eine Zukunft für sie beide zusammen geben. Also tippte er einfach drauflos:

> meine kleine weltverbesserin! bin auf dem weg zu dir, weil es das einzig richtige ist. und doch halte ich es nicht mehr aus, dir zu sagen, wie sehr du mir fehlst und was du mir bedeutest: ALLES! kuss, l.

Lilly

Ich weiß, dafür ist eigentlich keine Zeit. Aber das hier solltest du dir noch schnell angucken», sagte Lillys Vater und hielt ihr einen Brief vor die Nase.

«Papa, ich wurde schon sediert. Was ist das?», entgegnete Lilly matt.

Man hatte sie bereits auf ein anderes Zimmer verlegt und ihr ein Beruhigungsmittel verabreicht. Und Lilly hatte eigentlich gehofft, durch die Scheiß-egal-Pille von der weiteren Aufregung etwas verschont zu werden. Denn die OP war um ein paar Stunden vorgezogen worden, weil das EKG in den frühen Morgenstunden bewiesen hatte, was Lilly längst spürte. Ihr Herz machte schlapp und ließ sie auf den letzten Metern tatsächlich im Stich.

Ihr Vater lächelte stolz. «Das ist die Bestätigung für deinen Studienplatz!»

Eine Zusage des Konservatoriums in Wien? Lilly durchströmte ein süßes Glücksgefühl. Aber dann wurde sie zurück in die Realität geholt.

«Du hast meine Post aufgemacht», sagte sie spöttisch. Offensichtlich zeigten die Tabletten doch schon ihre Wirkung.

Er zuckte mit den Schultern. «Deine Mutter war dagegen. Aber ich finde, du solltest es noch vor der OP erfahren. Dann hast du einen Grund, schnell wieder auf die Beine zu kommen, mein Goldstückchen.»

An den Augen ihres Vaters konnte Lilly sehen, dass er schauspielerte. Seine bemühte Lockerheit konnte jedoch nicht darüber hinwegtäuschen, dass auch er Angst hatte. Schließlich wusste keiner, ob Lillys stark geschwächter Körper dem Eingriff gewachsen war. Aber es war ihre einzige Chance.

Lilly wusste, dass ihr Vater auch bezüglich ihrer Mutter bereits eine Notlüge erfunden hatte. Oder wieso musste sie angeblich noch mal dringend mit dem Chirurgen sprechen? Dabei ahnte Lilly, dass ihre Mum nur auf den Flur gegangen war, um zu heulen, ohne dass sie es mitbekommen sollte.

«Du sollst mich doch nicht Goldstückchen nennen», beschwerte sie sich lächelnd. Dann fuhr sie mit ihrem Anliegen fort: «Also, falls die Sache hier schiefgeht, Dad ...» Sie sah ihn ernst an. «Ich habe euch Briefe geschrieben. Sie liegen dort in der Schublade.»

Lilly deutete auf ihren Nachttisch. Dann sah sie, dass ihr Vater große, feuchte Augen bekam. Schnell sprach sie weiter. «Und noch was: Kannst du mir versprechen, dich ein bisschen um Len zu kümmern? Du hast mächtig Eindruck auf ihn gemacht. Auf dich würde er bestimmt hören, falls er drauf und dran ist, sein Leben zu verpfuschen.»

«Ich verspreche es dir. Aber es wird nicht so kommen.» Ihr Vater schluckte. «Ich meine, es wird nicht so kommen, dass du dich nicht mehr selbst um ihn kümmern kannst», sagte er mit einem Lächeln, in dem nichts zu lesen war außer Liebe. «Aber ich helfe gerne. Wenn er doch noch studieren will oder einfach mal bei einem Architekten reinschnuppern will, stehen ihm meine Türen immer offen. Das weißt du.»

Lilly spürte einen Stich in der Brust, auf der Höhe ihres Herzens. Sie nahm ihren Vater kaum noch wahr. Und dann ging alles ganz schnell. Plötzlich traten ihre Mutter, die Oma und Laura ins Zimmer, gefolgt von einem Pfleger, der sich an Lillys Bett zu schaffen machte und sie offenbar aus dem Zimmer rollen sollte.

«Lilly, mein Schatz!», hörte sie die Stimme ihrer Mutter. «Wir lieben dich, wir sind jede Sekunde bei dir. Alles wird gut, du wirst sehen!» Ihre Augen waren verquollen, und der Hals schien voller Flecken.

«Ich liebe euch auch», flüsterte Lilly kraftlos. «Sehr!»

Nun war er gekommen, der Moment, in dem sie loslassen und sich in die Hände der Ärzte begeben musste. Das Sedativum entfaltete seine volle Wirkung, und Lilly gab alle Widerstände auf. Sie hatte keine andere Wahl. Sie wäre nun vollkommen ausgeliefert – den Ärzten, dem Schicksal, dem Universum. Nichts und niemand konnte etwas daran ändern.

«Warte!», rief Laura plötzlich. Erst jetzt registrierte Lilly, dass ihre Schwester ein rotes Kleid trug und ihr ein Handy dicht vors Gesicht hielt. Es war ihr eigenes Handy.

«Hast du das schon gesehen?», fragte Laura. «Du hast eine Nachricht.»

Lilly wusste sofort, von wem die Botschaft war. Sie las und war selig.

Len

Ganz genau konnte er es sehen: Lillys Brustkorb hob und senkte sich. Trotzdem wurde Lens Kehle trocken, als er näher an ihr Bett trat. Sie sah so friedlich aus, als würde sie bloß schlafen. Und in gewisser Weise stimmte das ja auch, doch in der Bezeichnung «künstliches Koma» schwang so etwas Bedrohliches mit.

Lilly lag in einem furchtbar nüchternen Zimmer auf der Intensivstation und war an unzählige Schläuche und Apparate angeschlossen. Augenblicklich wünschte Len sich wieder an den Strand in Italien zurück, wo es nur Lilly und ihn gegeben hatte.

Noch immer konnte und wollte er kein Wort von dem glauben, was Lillys Vater ihm am Vorabend unter Tränen erklärt hatte. Er war zu spät ins Krankenhaus gekommen, denn die Ärzte hatten die OP vorgezogen. Zusammen mit der Familie hatte er in Lillys eigentlichem Krankenzimmer gewartet, wo das zweite Bett neu bezogen worden war.

Len hatte mit einer feindlichen Haltung ihm gegenüber gerechnet. Aber alle waren wohl zu sehr mit den eigenen Ängsten beschäftigt. Selbst Lillys Mutter hatte ihn nur überraschend gemustert und war dann wieder in sich zusammengesackt. So oder so, Len hatte Lilly nicht mehr vor dem Eingriff sehen können.

Die OP an sich war so weit gut verlaufen, aber dann hatte sich die Lage dramatisch zugespitzt. Lillys Kreislauf war instabil und der Gasaustausch in der Lunge so schlecht, dass sie schließlich in ein künstliches Koma versetzt werden musste.

Ein Schock für alle.

Irgendwann war Len am späten Abend gemeinsam mit der Familie zu den Heinemanns nach Hause gefahren. Sie hätten ohnehin nichts mehr im Krankenhaus ausrichten können. Kurzerhand hatte Lillys Mutter Len erneut das Gästezimmer hergerichtet. Geschlafen hatte er in der letzten Nacht aber nicht.

Er rechnete es den Eltern hoch an, dass sie ihn heute Morgen mit ins Krankenhaus genommen hatten. Und dass er sogar zu Lilly ins Zimmer durfte. Auch wenn er bei den Gesprächen mit den Ärzten selbst nicht dabei gewesen war.

Offensichtlich war es zu weiteren Komplikationen gekommen, die wohl leider häufiger bei solch schweren Eingriffen am Herzen auftraten, wie Len inzwischen exzessiv auf seinem Smartphone recherchiert hatte. Lilly hatte in der Nacht hohes Fieber bekommen, weswegen die Ärzte eine Sepsis vermuteten, eine Art Blutvergiftung.

Auch wenn angeblich keiner der Ärzte eine Prognose abgeben wollte, konnte Len an den Augen der Eltern und der Schwester deutlich ablesen, wie ernst die Lage war. Und die Tatsache, dass Lillys Mutter nun doch ihre Zustimmung für seinen Besuch auf der Intensivstation gegeben hatte, sprach für sich. Die Möglichkeit war für Len einerseits eine Erlösung, andererseits jedoch ein weiteres untrügliches Zeichen für Lillys Zustand. Es nahm ihm die Luft zum Atmen.

Er riss sich zusammen.

«Hallo, meine kleine Weltverbesserin!», flüsterte Len, als er sich auf den Stuhl an Lillys Kopfende setzte. Er hatte das absurde Gefühl, leise sein zu müssen, damit er sie nicht aufweckte. Die ganze Situation war furchtbar beklemmend, und es zerriss ihm das Herz, nicht zu wissen, ob Lilly jemals wieder aufwachen würde.

Gleichzeitig freute er sich so sehr, sie endlich wiederzusehen. Sie war noch hübscher als in seiner Erinnerung, wie sie so ruhig dalag. Am liebsten hätte Len sich einfach neben sie gelegt und sich an sie geschmiegt.

Weil er nicht wusste, ob nicht jeden Moment wieder eine der Schwestern oder jemand vom Ärzteteam hereinplatzen würde, beeilte er sich lieber, sein Versprechen einzulösen. Mit zitternden Händen fischte er einen Zettel aus seiner Hosentasche und faltete ihn auseinander.

Seine Augen waren jedoch schon so wässerig, dass Len nichts mehr von dem erkennen konnte, was er da geschrieben hatte. Aber er kannte das Lied ohnehin auswendig. Und erst jetzt, da er seinen Text das erste Mal laut vortrug, wurde ihm bewusst, dass er Lilly zum Aufwachen einen Mutmach-Song geschrieben hatte. Leise sang er ihr ins Ohr:

vom sinn des lebens

es kommt der tag der unendlichkeit
das bittersüßeste weit und breit
die eine sternenstunde, wenn ich geh
nie mehr werde ich mit augen sehn

aber dann, aber dann ist es so weit
so weit das licht der seligkeit
aber dann, aber dann endlich ist es so weit
die kraft der liebe ohne endlichkeit

es kommt der tag, da zählt nicht mehr
die summe von allem, sondern wie sehr
ich erfüllt bin von liebe und frieden dazu
sei nicht traurig, wir sind ewig ich und du

aber dann, aber dann ist es so weit
so weit das licht der seligkeit
aber dann, aber dann endlich ist es so weit
die kraft der liebe ohne endlichkeit

Einen Winter später

Hallo, kleiner Bruder!»

Len stand vor Paddys Grabstein und kam sich sehr seltsam dabei vor. Einerseits war er stolz, es war sein dritter Versuch, ihn zu besuchen. Andererseits ärgerte er sich, dass er nicht schon früher hergekommen war.

Bislang stellte er sich aber ganz gut an. Denn die Aufgabe, die er sich für heute vorgenommen hatte, war eine echte Herausforderung. Er wollte Paddy nah sein, mit ihm sprechen und ihm berichten, was sich seit dem letzten Sommer, dem Sommer seines Lebens, alles ergeben hatte.

Unsicher sah Len sich um. Er wollte sich vergewissern, dass ihn auch ja keine Menschenseele dabei beobachtete, wie er Selbstgespräche führte.

Es dämmerte bereits, und niemand war zu sehen, sodass es Len gar nicht mal so schwerfiel, wie er befürchtet hatte, einfach draufloszuplaudern:

«Ich muss dir unbedingt erzählen, dass wir wieder proben. Flo ist aus Amerika zurück und liegt mir und Simon seitdem ständig in den Ohren, dass wir unbedingt auf der Abifeier deines Jahrgangs spielen sollen. Ich glaube, das würde dir gefallen, oder? Vielleicht weißt du von den Plänen ja auch schon längst. Es ist aber nicht das Gleiche ohne dich. Deswegen haben wir uns auch umbenannt in *Lost Heroes*. Aber weißt du was? Ich bin auch nicht mehr derselbe wie damals. Seit ich Lilly getroffen habe und sie ein Stück ihres Weges begleiten durfte, habe ich mich verändert. Es ist so verdammt hart ohne sie. Ohne euch. Aber sie hatte recht: Die Liebe ist das Einzige, was zählt. Denn die Liebe bleibt!

Seid ihr euch schon begegnet? Irgendwie gehen die Besten doch immer zuerst. So ist es wohl. Aber mit eurer Hilfe werde ich auch immer besser. Ab Sommer hole ich mein Abi nach und wohne so lange wieder bei Mum und Dad. Ich hoffe, es ist okay für dich, dass ich dein Zimmer nehme. Da kann ich dir auch nahe sein. Näher jedenfalls als hier. Unserer Mum geht es auch besser, seit wir darüber gesprochen haben.»

Len stockte. Denn plötzlich überkam es ihn wieder. Die Abstände wurden zwar größer, aber die Heftigkeit, mit der sich seine Trauer manchmal schlagartig Bahn brach, war noch immer extrem. So extrem, dass er jetzt in die Knie sank, von einem Weinkrampf geschüttelt wurde und kaum noch Luft bekam.

Wie oft hatte Lilly diese Atemnot fühlen müssen, die sie, wie alles andere auch, so tapfer ertragen hatte. Auch wenn Len seinen Bruder über alles liebte und Paddy ihm unendlich fehlte, ertappte er sich immer wieder dabei, wie er viel öfter an Lilly denken musste. Noch immer spürte er eine solch intensive Nähe zu ihr, dass er nach wie vor nicht glauben konnte, dass sie aus dem künstlichen Koma nicht mehr erwacht war.

Len schrak auf, als plötzlich ein Motorengeräusch die Stille durchbrach. Er wollte sich gerade aufrichten, da blendete ihn der Scheinwerfer eines Motorrads, das neben dem Eingangstor geparkt hatte. Er hatte es beim Betreten des Friedhofs gar nicht bemerkt. Beim Aufheulen der Maschine zog sich Lens Magen sofort zu einem schmerzhaften Klumpen zusammen, wie jedes

Mal, wenn ein Motorrad in seiner Nähe gestartet wurde. Daran hatte sich seit dem Unfall nichts geändert.

«Shit!» Er war gestolpert, weil er eine Sekunde zu lang in die Scheinwerfer gestarrt hatte und nur noch Schwarz sah. Len taumelte, konnte sich aber fangen.

Als sich der Fahrer entfernte und die Stille zurückkehrte, durchfuhr ihn plötzlich ein gewaltiges Glücksgefühl. Er wurde durchströmt von der wahren Liebe, von Glück und einem inneren Frieden, den er so nicht kannte. Dann spürte er etwas Kaltes auf seinem Gesicht und richtete den Blick nach oben.

Weiche, winzig kleine, weiße Schneeflöckchen sandten einen Gruß aus dem Himmel.

Danke

An allerersterster Stelle möchte ich meiner langjährigen und wunderbaren Lektorin Ditta Friedrich danken für ihre so treue und hilfreiche Unterstützung – darüber hinaus aber auch dafür, mir die Bewältigung einer solchen Geschichte zugetraut und an mich geglaubt zu haben.

Des Weiteren bedanke ich mich sehr bei Helga Rode und Dr. Andreas Wollmann, die mich bei Fachfragen kompetent und freundlich beraten und auch auf den oft unerträglich harten Boden der medizinischen Tatsachen gesetzt haben.

Ich danke meinem lieben Opa, Catharina Wüst sowie meinen alten Freunden Dr. Stefan Plaß und Rudgar Berthold für ihr mir geschenktes Wissen über Musik und das Tischlerhandwerk.

Mein besonderer Dank gilt meiner Schreibworkshop-Teilnehmerin Hedda Lenz, die mir in Lens Namen die beiden wundervoll mit * gekennzeichneten Gedichte geschrieben und zur Verfügung gestellt hat.

Und von ganzem Herzen danke ich meinem Lieblingsonkel für die tägliche Erinnerung daran, dass die Liebe das Einzige ist, was zählt, einschließlich der Liebe zum Leben.

Das für dieses Buch verwendete Papier ist FSC®-zertifiziert.